历朝通俗演义（插图版）——两晋演义Ⅲ

刘裕代晋

蔡东藩　著

北方联合出版传媒(集团)股份有限公司
万卷出版公司

© 蔡东藩 2015

图书在版编目（CIP）数据

两晋演义. 3, 刘裕代晋 / 蔡东藩著. — 沈阳：万
卷出版公司, 2015.1（2017.5重印）
（历朝通俗演义）
ISBN 978-7-5470-3098-1

Ⅰ. ①两… Ⅱ. ①蔡… Ⅲ. ①章回小说－中国－现代
Ⅳ. ①I246.4

中国版本图书馆CIP数据核字（2014）第154392号

出版发行：北方联合出版传媒（集团）股份有限公司
　　　　　万卷出版公司
　　　　　（地址：沈阳市和平区十一纬路29号　邮编：110003）
印　刷　者：北京航天伟业印刷有限公司
经　销　者：全国新华书店
幅面尺寸：168mm×233mm
字　　数：232千字
印　　张：14
出版时间：2015年1月第1版
印刷时间：2017年5月第2次印刷
责任编辑：周莉莉　康艳玲
封面设计：向阳文化　吕智超
版式设计：范思越
ISBN 978-7-5470-3098-1
定　　价：33.00元

联系电话：024-23284090/010-57262361
传　　真：010-88332248
E-mail：200514509@qq.com
网　　址：http://e.weibo.com/zhipinshuye

目 录

1

第一回

据渭北后秦独立
入阿房西燕称尊

却说慕容冲起兵平阳，进攻蒲坂，秦王坚欲调兵抵御，一时苦无统将，只好将钜鹿长史窦冲，拨使讨冲。钜鹿公苻睿，少了一个帮手，未免势孤，但睿是少年使气，粗猛任性，不管什么利害，即倍道往攻华阴。慕容泓接得探报，说他来势凶猛，却也寒心，当下引众东走，将奔关东。睿便欲率兵邀击，司马姚苌进谏道："鲜卑各众，并皆思归，所以群起为乱，今彼既东行，正好驱令出关，由彼自去，不宜阻遏。试想鼷鼠甚微，被人执尾，尚能反噬；况乱党甚多，凶猛可知，倘或进退无路，必将向我致死，我一失利，悔将何及！故不若鸣鼓相随，但教张皇声势，彼已是奔避不遑了。"睿悍然道："今日驱出关外，他日待我旋师，彼又入关，终为后患，俗语有云：斩草除根，能乘此斩尽根株，岂不较善！况我兵比寇倍蓰，怕他什么？"**匹夫之勇，徒自取死。**遂不从苌议，自为前驱，往截慕容泓。泓正防秦军掩击，却故意逗留华泽，分兵四伏，专待苻睿到来。睿未曾探明路径，但知向前乱闯，纵辔急进，行至华泽附近，见有一簇人马，停驻泽旁，便麾兵杀去。泓略略接战，当即退走，睿不肯舍泓，从后追赶。到了泽畔，正值春草繁茂，一碧连天，看不出什么高低，辨不出什么燥湿，睿尚自恃兵众，不以为意。猛听得胡哨声起，草泽里面，钻出许多伏兵，各执长槊，前来厮杀，睿忙督众抵敌，不防一面伏发，四面俱起，一齐围裹拢来，累得

1

睿前后左右，统是敌兵。睿自知不佳，只好退兵，为了一退，顿致行伍错乱，没路乱窜。华泽中多是泥淖，一不经心，立即滑倒，断送性命，睿亦急不暇择，误蹈淖中，马足越陷越深，一时无从自拔，那敌兵即乘势攒集，你一槊，我一槊，戳得符睿身上有几十个窟窿，就使铜头铁脚，也是活不成了。余众亦大半陷没，只剩得残卒数千，还亏姚苌驰来援应，方得救回。

苌返至华阴，检查兵士，十失七八，几难成军。乃遣龙骧长史赵都，速诣长安，报明败状，一面谢罪，一面请示。哪知赵都去后，杳无复音，派人探听，才知都被杀，且有敕命来拿姚苌。苌当然惶急，潜奔渭北，转至马牧。西州豪族尹详赵曜王钦狄广等，共挈五万余家，愿推苌为盟主，苌未肯照允。天水人尹纬进言道："百六数周，秦亡已兆，如将军威灵命世，必能匡济时艰，所以豪杰驱驰，共乐推戴，将军宜降心从议，曲慰众望，不可坐观沉溺，同就沦胥。"苌踌躇半晌，自思秦已与绝，无路可归，不如就此独立，较为得计。**全是符坚激成。**遂依了纬议，据万年为根本地，自称大将军大单于秦王，大赦境内，改元白雀。即用尹详庞演为左右长史，姚晃尹纬为左右司马，狄伯支焦虔等为从事中郎，王钦、赵曜、狄广等为将帅。历史上称符氏为前秦，姚氏为后秦。**为十六国中三秦之一。**

时慕容冲为秦将窦冲所破，奔依兄泓。泓仍屯华阴，集众至十余万，因贻书秦王坚道："吴王**指慕容垂。**已定关东，可速资备大驾，奉送家兄皇帝，**指慕容暐。**泓当率关中燕人，翼卫皇帝还主邺都，与秦以武牢为界，分王天下，永为邻好。钜鹿公轻躁锐进，为乱兵所害，非泓本意，还幸俯原！"**若讥若讽，比唾骂还要利害。**坚得书大怒，即召慕容暐入责道："卿兄弟干纪僭乱，乖逆人神，朕应天行罚，拘卿入关，卿未必改迷归善，乃朕不忍多诛，宥卿兄弟，各赐爵秩，虽云破灭，不异保全，奈何因王师小败，便猖獗至此？垂叛关东，泓冲复称兵内侮，岂不可恨！今泓书如此，付卿自阅，卿如欲去，朕当相资助，如卿宗族，可谓人面兽心，不能以国士相待呢。"说着，将来书掷示慕容暐，暐连忙叩头，流血泣谢。坚怒意少解，乃徐徐说道："古人云父子兄弟，罪不相及，今三竖构兵，咎不在卿，朕非不晓，许卿无罪，仍守原官。但卿宜分书招谕，令三叛速即罢兵，各还长安，须知朕不为已甚，所有前愆，概从恩宥便了。"**全是呆气。**暐唯唯而出，名为奉命致书，暗中却遣密使嘱泓道："秦数已终，燕可重兴，唯我似笼中禽鸟，断无还理，且我不能保守宗庙，自知罪大，不足复顾。汝可勉建大业，用吴王为相国，中山王昕曾封冲为中山王。为太宰，领大司马，汝可为大将军，领司徒，承制封拜，听我死耗，汝便即尊位，休得自误！"**亡国主自知死罪，死期亦不远了。**泓得昕使传言，乃进向长安，改元燕兴，且致书与垂，互结声援。

垂围攻邺城，日久未下，因向右司马封卫问计，卫请决漳水灌城。垂依议施行，水入城中，固守如故。垂未免焦烦，特自往游猎，聊作消遣，顺便过饮华林园，不意为内城所闻，出兵掩袭，将园围住，飞矢如注，垂几不得脱，幸冠军将军慕容隆，麾骑往援，冲破秦兵，才得翼垂出围。

垂既得回营，太子宝入白道："翟斌恃功骄恣，潜有贰心，不可不除！"垂说道："河南盟约，不应遽负，况罪状未露，便欲下手，人必谓我嫉功负义。我方欲收揽豪杰，恢弘大业，奈何示人褊狭，自失人望呢！果使彼有异谋，我当预先防备，彼亦无能为了。"宝趋退后，范阳王德，陈留王绍，骠骑大将军农，俱进见道："翟斌兄弟，贪骄无厌，必为国患。"垂又驳道："贪必亡，骄必败，怎能为患？彼有大功，当听他自毙罢。"既而斌嘱使党与，代请为尚书令，垂复语道："翟王功高，应居上辅；但现在台尚未建，此官不便遽设，且俟邺城平定，自当相授。"斌以所求不遂，竟致怀怒，潜与城中勾通，使人泄去漳水。当有人向垂报闻，垂不动声色，佯召斌等议事，斌与弟檀敏入帐，由垂叱令左右，将他弟兄拿下，面数斌罪，按律斩首。檀敏亦被杀，余皆不问。

斌从子真，却夜率部众，北走邯郸。嗣又还向邺下，欲与苻丕，内外相应。垂太子宝，与冠军大将军隆，凑巧碰着，迎头痛击，得将真众击退，向垂报功。垂又遣农楷二人，带着骑兵数千，北往追真。驰至下邑，见真众驻扎前面，多是老弱残兵。楷即欲进战，农谏阻道："我兵远来，已经饥疲，且贼营内外，未见丁壮，定有诈谋，不如安营自固，免堕彼计！"楷不听农言，径击真营，真弃营佯退，诱楷往追。楷恃勇追去，果为伏兵所围，冲突不出，势将覆没。还是农急往相救，杀开血路，方将楷拔出围中，狼狈驰还，兵士已伤毙不少了。垂见楷等败归，乃宣告大众道："苻丕穷寇，必且死守，丁零叛扰，乃我心腹大患，我且迁往新城，纵不西还，既可谢秦王宿惠，复可防翟真来侵，这也未始非目前至计呢。"众无一异议，垂遂引去邺，北屯新城，再遣慕容农往攻翟真。真转趋中山，据住承营，复遣从兄辽，往扼鲁口，作为犄角。农乃先攻翟辽，辽屡战屡败，仍奔依翟真去了。**垂借翟起兵，旋为翟累，他人之**

不可恃也如此。

后秦王姚苌，进屯北地，秦王坚调集步骑二万人，亲出讨苌。行次赵氏坞，使护军杨璧，带领游骑三千，堵苌去路。又令右军徐成，左军窦冲，镇军毛盛等，三面攻苌，连破苌兵，并将苌营水道，扼住上源，不使通入。时当盛夏，苌军无从得水，当然患渴。苌令弟尹买出营，领着劲卒二万，往击上流守堰的秦兵，期通水道。不防秦将窦冲，埋伏鹳雀渠，待至尹买到来，一鼓齐出，竟将尹买击死，斩首至一万三千级，只余数千人逃回。苌众大惧，向地掘坎，不得涓流，去路又被塞断，好似竹管煨鳅，危险万状。约莫过了三五日，苌营内渴死多人，急得苌仰天长叹，焦灼异常。忽然间，黑云四布，雷电交乘，大雨倾盆而下，滂沛周流，苌众得饮甘霖，不由得欢跃逾恒，精神陡振。更可怪的是苌营里面，水深至三尺许，距营百步外，水仅寸余。秦王坚方在营用膳，得着雨信，甚至投箸起座，出指空中道："老天，老天！难道汝亦佑贼么？"*汝何尝非贼？*秦军见天意归苌，并皆气馁，苌军转衰为盛，又通使慕容泓，约为奥援。

会燕谋臣高盖等，因泓持法严峻，德望不及乃弟冲，竟引众杀泓，推立冲为皇太弟，承制行事，署置百官，即用高盖为尚书令。*杀兄者反举为首辅，可见冲实与谋。*姚苌闻冲得众心，特致书相贺，且遣子崇往质冲营，令冲速赴长安，牵制符坚。一面集众七万，径攻秦军。秦将杨璧，挡住去路，被苌冲杀过去，立即荡破，且将杨璧擒住。再分头掩击徐成毛盛各营，无不摧陷。连徐毛二将，一并擒来，只窦冲得脱。苌却厚待杨璧、徐成、毛盛三人，与他宴饮，好言抚慰，以礼遣归。*乐得客气。*

秦王坚很是懊丧，又接长安警报，慕容冲兵马日逼，不得已舍了姚苌，奔回长安。适平原公符晖，率领洛阳陕城兵众七万人，还援根本，坚遂命晖都督中外诸军事，配兵五万，出拒慕容冲。行至郑西，与冲接战，秦兵已成弩末，所向皆靡，晖只得退走。坚又遣前将军姜宇，与少子河间公琳，率众三万，御冲坝上，又复败绩。琳与宇相继战死，冲遂入据阿房城。冲小字凤皇，当时长安有歌谣道："凤凰凤凰止阿房。"秦王坚还道阿房城内，将有真凤凰到来，意谓凤凰非梧桐不栖，非竹实不食，特植桐竹数十万株，专待凤凰。哪知来的是人中凤凰，不是鸟中凤凰，反使秦王坚一番奢望，变作深愁。这岂非变生不测么？

俗语说得好，喜无双至，祸不单行。秦既为慕容氏、姚氏所困，已闹得一塌糊涂，偏江左的桓谢各军也乘势进略淮北，连下各城。荆江都督桓冲，已自愧前时失言，悔不该轻视谢氏，遂至恚愤成疾，病殁任所。*回应六十七回中桓冲语，且因冲尚为贤臣，故随笔叙及冲之病殁。*晋廷追赠冲为太尉，予谥宣穆。只从子桓石虔，方随谢玄逾淮北行，拔鲁阳，下彭城，逐去秦徐州刺史赵迁，玄表石虔为河东太守，使守鲁阳。自为彭城镇帅，使内史刘牢之，攻秦兖州，击走秦守吏张崇。崇奔依燕王慕容垂，牢之得进据鄄城，晋军大振。河南城堡，陆续归晋，晋授太保谢安为大都督，统辖扬江荆司豫徐兖青冀幽并梁益雍凉十五州军事，并加黄钺，余官如故。安表辞太保职衔，情愿统兵北征，恢复中原全境，有诏不许。适谢玄进图青州，特遣淮阳太守高素，率兵三千，往攻广固。秦青州刺史苻朗，系秦王坚从子，放达有余，韬略不足，急得手足无措，只好奉书乞降。玄当即收纳，送朗入都，再分檄各将，北攻冀州，刘牢之进据碻磝，济阳太守郭满，又进据滑台，将军颜肱刘袭等，复进逼黎阳。秦冀州牧苻丕，闻报大惊，急遣将军桑据，至黎阳抵御晋军。不料黎阳又被陷没，更闻燕军复来围邺，正是愁不胜愁，拒不胜拒，没奈何遣参军焦逵，向晋乞和，宁让邺城与晋，但请假途求粮，西赴国难。

逵奉命后，密语司马杨膺道："今丧败至此，长安阻绝，存亡且不可知，就使屈节竭诚，径乞粮援，尚恐不得见许，乃长乐公豪气未除，语设两端，事必无成，奈何奈何？"杨膺道："这也何难，但教改书为表，自称降晋，许以王师一至，便当致身南归，我想晋军方锐图冀州，定必前来援邺了。"焦逵犹有难色，膺附耳与语道："君虑彼未肯相从吗？如果晋军到来，我等可逼令出降，否则生缚与晋，看他何法拒我？"*好一个参谋。*说罢，便将苻书私下改窜，令逵赍送晋军。

晋将接着，送逵往见谢玄，玄欲征丕子入质，然后出援。逵固陈丕无他志，且将杨膺所嘱，亦约略表露，玄始有允意，遣使转白谢安。安正与琅琊王道子有隙，乐得借此为名，出外督军，遂许玄收邺，自请往镇广陵，经略中原。孝武帝当即批准，亲饯西池，由安献觞赋诗，从容尽欢，然后别主出都，尽室偕行，径赴广陵去了。

且说慕容垂屯兵新城，遣子麟攻入常山，收降秦将苻定苻绍苻亮苻评，进拔中山，执住守将苻鉴，遂得入中山城。慕容农引兵会麟，与麟共攻翟真，驰至承营，两人并辔先驱，观察形势，随从只数千骑兵，真却驱众齐出，竟来角斗。燕兵俱逡巡欲退，慕容农语麟道："丁零非不勇悍，翟真却是懦弱，我若简率精锐，专攻翟真，真

谢玄攻秦

必却走，众亦自散，可蓦使尽歼了。"说着，便回头返顾，见骁骑将军慕容国，方在背后，就使他率领锐骑百余，径冲翟真，真果返奔，众亦驰还。农与麟从后追逐，迫压营门，真众争门奔入，自相践踏，死伤甚众。燕军得夹杂进门，遂拔承营外郭。真慌忙逃入内城，闭门守住，有一半未及奔入，统弃械降燕。慕容农收了降众，再攻内城。相持多日，真粮将尽，潜开门遁往行唐，真司马鲜于乞叛真，将真刺死，自称赵王。真众不服，又共杀乞，拟推立翟辽为主。偏辽已奔往黎阳，只有从弟翟成，尚在军中，大众就奉为主帅，据住行唐，苟延残喘罢了。

慕容垂拟北都中山，将自新城启行，闻苻丕在邺，引晋援师，不由得怒气上冲，便语范阳王德道："苻丕可去不去，与我争邺，且向晋乞援助守，情实可恨，我且去赶走了他，再作计较。"德也即赞成，因复引兵围邺，但留出西门一路，纵丕出奔。丕仍不肯去，居守如初。

垂在城下数日，接得慕容冲来书，乃是故主慕容暐被杀，在秦诸宗族，一律就歼，只垂幼子柔，与垂孙盛，脱奔冲营，幸得无恙，请垂放心。且说自己承暐遗命，已在阿房城称尊即位，勉承燕祚，云云。垂不禁悲叹，将佐统向垂劝进，垂谓冲已称号关中，不应遽自加号，且从缓议为是，垂非不愿称尊，实恐柔盛为冲所害，故置诸缓图。将佐方才无言。究竟慕容暐如何被杀，应该约略叙明。

暐在长安，尚有宗族千余人，他本思奔往关东，苦无间隙。慕容绍兄肃，与暐密谋，将乘暐子婚期，请坚入室，为刺坚计，坚全未得知。既而婚期已届，暐入见坚，稽首称谢道："臣弟冲不识义方，辜负国恩，臣罪该万死，蒙陛下恩同天地，许臣更生，臣次子适当结婚，愚意欲暂屈銮驾，幸臣私第，臣得奉觞上寿，不胜万幸！"坚当即许诺，会遇大雨，坚果不出，暐计遂败。乃决意出奔，密令部酋悉罗腾屈突铁侯等，潜告鲜卑遗众，诈言自己将受命出镇，旧部俱可随去，应预先会集，在城外伺候。部众信以为真，内有一人名叫突贤，往与妹别，妹为秦将窦冲妾，不忍乃兄远离，请诸窦冲，乞留突贤。冲即入白秦王，秦王坚惊诧道："朕并未有遣暐情事，为何设此谎言？"冲答道："陛下既未有此意，定是慕容暐有异谋了。请速传召悉罗腾，讯明虚实。"坚即召腾入讯，备悉暐谋，因复传召暐肃。肃语暐道："无故猝召，事必泄了，入即俱死，不如杀死来使，斩关出奔，或可得一生路。"暐尚谓秦王未必知谋，当有别事相商，遂与肃并入见坚。坚果盛气相向，叱暐负恩谋叛。暐尚思抵赖，肃直答道："家国事重，顾不得小恩小惠，我等不幸事泄，外面二王即至，秦祚总不久了。"坚竟大怒，喝斩晖肃。并令卫兵搜捕鲜卑各众，无论男女老幼，尽加诛戮。唯慕容柔寄养阉人宋牙家，幸得免死，且与慕容盛乘隙逃出，奔依慕容冲。

冲为晖发丧，托称受遗即位，称帝阿房，改元更始，因即贻书与垂，如上所述。史称慕容冲为西燕，但因他历年短促，不列入十六国中。**特别提醒**。小子有诗叹道：

> 桐竹纷披引凤凰，矫雏一举入阿房；
>
> 当年僭国俱垂史，独略西燕为速亡。

冲既称帝，复西逼长安。欲知秦王坚如何拒冲，请看官续阅下回。

本回事实，最为拉杂，总之为符秦衰亡之兆。慕容垂、慕容泓、慕容冲，皆燕臣而降入于秦者也。姚苌为姚弋仲第二十四子，亦因兄襄之败没，率诸弟而降入于秦者也。垂之叛，秦纵之；苌之叛，秦实激之，纵之已为失策，激之尤属非计，故秦王坚之败亡，皆其自取耳。慕容泓慕容冲，因垂之发难而并起，紫宫之谶，凤凰之谣，何莫非坚之自召，乐极悲生，理有固然，无足怪者。晋与秦本为仇敌，其乘秦乱而出兵，尤势所必至者也。翟斌辈特其导线耳。故本回虽头绪纷繁，而实可一言以蔽曰：符秦之乱亡。

第二回

堕虏谋晋将逾绝涧
应童谣秦主缮新城

却说慕容冲进逼长安，众至数万。秦王坚登城俯视，见冲在马上耀武扬威，不禁失声道："此虏从何处出来，乃敢猖獗至此！"*当还问自己。*说着，复大声呼冲道："奴辈止可牧牛羊，何苦自来送死！"*前时何亦引入紫宫？*冲答道："正因不愿为奴，所以欲取尔位！"坚令将士登陴守御，自下城踌躇多时，乃遣使赍取锦袍一袭，出城送入冲营，且令传谕道："古人交兵，不绝使人，朕想卿远来草创，岂不惮劳，特命使臣赐汝一袍，聊明本怀，朕与卿何等恩情，卿为什么变志？"冲亦遣詹事复答，自称皇太弟，谓现今心在天下，岂顾一袍小惠，如果知命，便可君臣束手，早送出皇帝梓宫，孤当宽贷符氏，借报前惠，省得汝口口声声，自矜旧谊。*龙阳之宠，原不足道。*这一席话，气得符坚两目圆睁，且怒且悔道："我不用王景略阳平公言，使白虏胆敢至此，岂不可叹！"*秦人向呼鲜卑为白虏。*遂调兵出战，互有杀伤。两下里相持兼旬，已战过了好几次，未决胜负。秦王坚不觉愤发，亲督将士，与冲交战于仇班渠，得破冲军，进至雀桑再战又捷，复进至白渠，陷入伏中，为冲所围。*又是骄兵之过。*殿中上将军邓迈，左中郎将邓绥，尚书郎邓琼，自相告语道："我家世受秦恩，怎可不死君难！"当下各执长矛，拚死突围，三将在前，诸军随后，一齐奋勇，立将冲兵冲散。坚得着走路，始克驰归。

冲收兵不进，到了夜间，却遣尚书令高盖，引众疾走，潜袭长安。城中未曾戒备，晨启南门，突被冲军掩入，门不及闭，幸左将军窦冲，前禁将军李辩等，从内城杀出，猛厉无前，得把高盖杀退，斩首八百，磔尸分食。盖败退后，复移兵往攻渭北诸垒，与秦太子宏相值，战复失利，奔回冲营。秦王坚又自出击冲，大获胜仗，逐冲至阿房城，城尚未阖。秦将请乘胜杀入，偏坚惩着前败，只恐城内有伏，不敢径进，竟鸣金收军，退回长安。前次轻进，此次轻退，总之气数将尽，无一合宜。

后秦王苌，闻冲入关，与僚佐共议进止，齐声道："大王宜亟西行，得能先取长安，方可立定根本，再图四方。"苌笑说道："诸君所论，皆非明见。今日燕人起兵，意在规复故土，就使得志，也必不愿久留关中，我当移屯岭北，广收资实，坐待秦亡，俟燕人既去，然后引众入关，长安可唾手而取了。是即鹬蚌相争，渔翁得利之策。僚佐方才拜服，苌乃留长子兴居守北地，自率部众趋新平。从前石虎季年，清河人崔悦为新平相，被郡人杀死，悦子液奔入长安，至符坚僭位，得官尚书郎，自表父仇不共戴天，欲与新平人拚命，坚代为调停，削去新平城角，作为纪念。新平土豪，引为己耻，常思自立忠义，得补前恨。及苌至新平，太守苟辅，因兵单难守，即欲降苌，郡人冯杰等入谏道："天下丧乱，忠臣乃见，昔田单仅守一城，尚得存齐，今秦犹连城数百，难道便灭亡不成？况既为臣子，服事君父，要当尽心竭力，除死方休，奈何甘作叛臣，遗臭万年呢？"辅乃誓众固守，多方抵御。苌筑土山，辅亦筑土山，苌凿地道，辅亦凿地道，内外相制，屡挫苌众。辅又为诈降计，诱苌入城，伏兵邀击，几得擒苌。苌幸得逃脱，部众丧亡万余人。嗣是苌不与辅战，但在城外，筑起长围，堵截粮汲，辅坚守数月，粮尽矢竭，连水道尚且不通，眼见是无力再支。苌探得消息，即遣吏语辅道："我方以义取天下，岂忍仇害忠臣？君可率众男女还长安，请勿他虑，我但求此城设镇罢了。"辅信为真言，遂率男女万五千口，开城西走，那知苌已预设陷坑，坑旁置伏，一俟辅众出来，即发伏四邀，迫使入阱，可怜万五千口兵民，都堕落陷坑中，尽被坑死，无一孑遗。如此暴虐，哪得久长？苌得入据新平，专探听长安消息，再议进行。

那邺城为燕王垂所困，再遣使至晋促援。晋前锋都督谢玄，乃遣刘牢之率兵二万，北援邺城，并馈秦兵粮米二万斛，燕王垂督众逆战，挡不住牢之锐气，纷纷溃退，垂不得已撤围北走。牢之不愿入城，便即长驱追击。秦长乐公丕，正出城迎接牢之，偏牢之已经过去，乃亦督兵继进。牢之恃勇轻追，昼夜疾驰二百里，至董唐渊，将及垂兵。垂语将佐道："秦晋瓦合，各自争强，胜不相让，败不相救，实非同心。今两军相继追来，势尚未合，我宜用计，先破晋军，晋军败去，苻丕亦何能为呢？"遂在五桥泽旁，散置辎重，作为晋饵，使慕容德、慕容隆两将，分兵伏住五丈桥，静候晋军。牢之引众越五桥泽，见沿路尽是辎重，不禁欣羡起来，晋军又个个好利，纵望前争取，遂致不顾行列，哪知慕容德、慕容隆两军，左右杀出，急切里如何抵挡？再加慕容垂统着大众，又复杀回，三面受敌，料难招架，不得不拍马返奔，回至桥畔，禁不住叫一声苦，原来桥板已被燕兵拆去，只有涧水潺潺，络绎不绝。牢之逃命要紧，索性退后数步，将马缰一提，幸亏是匹骏马，腾空跃起，得将五丈涧跳过。也是牢之命尚未绝。部众无此马匹，相率投入涧中，好许多卷入漩涡，随水漂没，唯素能泅水的，还得幸逃性命。偏燕兵尚不肯舍，架起桥板，仍逾桥追来。牢之倍觉着急，适值苻丕踵至，才得保救牢之，击退燕兵。牢之随丕回邺，邺中大饥，前时由晋给与二万斛，经旬散尽。丕不得已引众至枋头，就食晋谷，令刘牢之入守邺城。谢丕之兵败，征还原镇。丕亦仍然回邺，察知杨膺前谋，将他诛戮，自是仍不服晋。

慕容垂亦无从觅粮，趋回中山，沿途但取桑椹代食，饥疲异常。关东前时，曾有谣言道："幽出崛，生当灭，若不灭，百姓绝。"崛系慕容垂原名。曾见前文。垂与丕相持经年，害得百姓不安耕稼，遂致野无青草，人自相食，应了前日谣言；这也未始非劫运侵寻，所以有此兵争呢。实是争城者之罪。

且说慕容冲败回阿房，收集败军，再加整缮，复四出寇掠。秦平原公苻晖，屡次为冲所败，秦王坚使人责晖道："汝为我子，拥众数万，不能制一白虏小儿，还想活着做甚？"晖闻言恚慨，竟至自杀。前禁将军李辩，都水使者彭和正，恐长安不守，召集西州人，出屯韭园，坚征召不至。高阳公苻方，与尚书韦钟父子，驻守骊山。方与冲战殁，钟父子并皆擒住。冲命钟子谦为冯翊太守，使招降三辅士民。冯翊垒主邵安民等，责谦道："君系雍州望族，今乃从贼自失忠义，有何面目对人！乃尚敢来饶舌吗？"谦羞惭满面，返白父钟，钟不胜悔叹，仰药以殉，谦南下奔晋。秦左将军苟池，右将军俱石子，率骑五千，与冲争麦，冲族人征西将军慕容永，击杀苟池，石子奔邺。秦复遣骁将杨定，引兵击冲。定系故仇池公杨纂族人，仇池陷没，降入苻秦，秦灭仇池，见六十二回。坚爱定骁勇，招为女婿，拜领军将军，至是率左右精骑二千五百人，前击冲军，十荡九决，无人敢当，冲众大败，被定掳得万余人，还城报功。坚命将俘虏一并坑毙，再令定出徇坝上，又破慕容永，永退语慕容冲，谓定难力敌，宜用智取。冲乃设堑自固，俟养足锐气，再行进攻。嗣闻长安城上有群鸟数万翔鸣，俱作悲声，关中术士，多言长安将破，冲乃悉众攻长安，秦王坚亲出督战，飞矢集身，流血满体，不得已走还城中。

　　冲纵兵暴掠，民皆流散，道路断绝，千里无人烟。唯冯翊堡壁三十余所，推平远将军赵敖为统主，共结盟誓，辄遣人负粮助坚，途中多为燕兵所杀，不过二三人得入长安。坚使人传语道："闻来使多不得达，忠义可嘉，死亡可悯。当今寇氛日恶，非数人可能拒灭，但望明灵照护，祸绝灾退，方有转机，卿等当善保诚顺，为国自爱，裹粮坐甲，静听师期，不可徒劳役夫，轻縻虎口。为此谕令周知"等语。既而三辅豪民，又遣人告坚，请拨兵攻冲，愿放火为内应。坚又与语道："诸卿忠诚，可敬可哀，但时运剥丧，恐无益国家，空使诸卿夷灭，益足伤心！试想我猛士如虎，利刃若霜，乃反为小丑所困，岂非天意，愿卿等善思为是！"<small>天道恶盈，坚其果知此义否？</small>偏豪民又复固请，情愿效死，坚乃遣骑士八百，往劫冲营。三辅人却也纵火，无奈风势不顺，焰反倒冲，竟致自焚，十有九死。

　　坚闻报益哀，就在长安设祭招魂，且亲制诔文道："有忠有灵，来就此庭，归汝先父，勿为妖形。"一面遣护军仇腾为冯翊太守，往抚郡县，大众都感激涕零，誓无贰志。无如人心尚固，天意难回，长安城中，但闻有人夜呼道："杨定健儿应属我，宫殿台观应坐我，父子同出不共汝。"到了诘旦，遍索此人，查无踪迹。长安又有遗书，叫做《古符传贾录》，内有帝出五将久长得一语。又秦人亦有谣传云，坚入五将久长得。坚知长安东北有五将山，还道是往至五将，便可久长得国。乃嘱太子宏留守长安，且与语道："谶文谣言，统谓我宜出五将。大约天意欲导我出外，集兵剿寇。今留汝兼总兵政，善守城池，不必与贼争利，我当出陇收兵，输粮给汝便了。"计议已定，先使将军杨定，出西门击冲，截住冲军，自与宠妃张夫人，及幼子中山公诜，幼女宝锦，率骑数百，东出五将。正要启行，即有败卒入报道："杨将军为贼所算，追贼不慎，堕入陷坑，竟被贼捉去了！"<small>杨定被擒，事从虚写。</small>坚不禁大骇，匆匆嘱别，出城自去。

　　长安城中的战将，首推杨定，定既被擒，阖城惊惧。燕兵又猛攻不息，秦太子宏，料不能守，奉母挈妻及宗室男女等，西奔下辨。百僚逃散，司隶校尉权翼等数百人，奔投后秦。慕容冲入据长安，纵兵大掠，死亡不可胜计。那秦王坚出长安城，行过韭园，麾骑袭击，前禁将军李辩奔燕，都水使者彭和正走死，坚乃径往五将山。

后秦主姚苌，探得苻坚出奔，正拟往袭，适值权翼奔来，益知苻氏虚实，遂遣骁骑将军吴忠，带领骑兵，往围五将山。忠星夜前进，行抵五将，一声鼓噪，把山围住。秦兵当即骇走，只侍御十余人，随着苻坚。坚神色自若，尚召宰人进膳，从容下箸。俄而后秦兵至，把坚拘往新平。所有坚妾张夫人以下，一并被掳，幽禁新平佛寺中。姚苌不见苻坚，但使人向坚求玺道："苌次应历数，可将传国玺见惠。"坚瞋目怒叱道："小羌乃敢干逼天子，太无天理，图纬符命，有何依据？五胡次序，无汝羌名，玺已送晋，岂授汝小羌么？"苌尚不肯已，再遣右司马尹纬，迫坚禅位。坚见纬状貌魁梧，志气英挺，身长八尺，腰带十围，不由得惊问道："卿在朕朝，曾否得官？"纬答道："曾做过几年吏部令史。"坚叹息道："卿仪容不亚王景略，也是一宰相才，朕无耳目，独不知卿，怪不得今朝败亡哩？"纬乃援尧舜禅让故事，从容讽坚。坚变色道："禅让故事，唯圣贤可为，姚苌叛贼，怎得上拟古人！"汝也不配为圣贤。说着，复大骂姚苌背恩负义，唠叨不休。纬知不可说，返报姚苌，苌竟遣使逼坚自尽。坚临死时，顾语张夫人道："不可使羌奴辱我女儿。"遂拔出佩剑，先杀宝锦，然后投缳毕命，计年四十八岁。张夫人向尸再拜，大哭一场，就把坚佩剑拾起，向颈一横，碧血飞溅，红颜委逝。中山公诜，也取剑自刎，随那父母灵魂，同往鬼门关去了。难得有此烈妇孝子！

后秦将士，得知此变，也为哀悯。姚苌至此，亦不欲自播恶名，只言坚父子自尽，许为殡葬，追谥坚为壮烈天王。先是关中，尝有童谣云："河水清复清，苻坚死新城。"坚闻谣知戒，每出征伐，遇有地方名新，便即避去，但到头终缢死新平。又有童谣云："阿坚连牵三十年，后若欲败时，当在江淮间。"又云："鱼羊田升当灭秦。"前谣是应在淝水一役，后谣是应在鲜卑亡秦；鱼羊便是鲜字，田升乃是卑字，总计坚在位二十七年，为晋所败，后二年，燕入长安，走死五将，俱如谣言，这且不必细表。

且说秦太子宏，奔至下辨，为南秦州刺史杨璧所拒。璧妻本是坚女，叫作顺阳公主，为太子宏女兄，他却欲自保身家，不认郎舅，竟致拒绝。世态炎凉，可见一斑！宏乃转奔武都，顺阳公主也恨夫薄情，弃璧投宏。尚恐璧发兵来追，索性南下归晋。晋廷令处江州，寻给辅国将军职衔。唯秦长乐公苻丕，趋还邺城，尚有部众三万人，会王猛子幽州刺史王永，与平州刺史苻冲，屯兵壶关，遣使迎丕。丕恐燕军复来攻邺，不如先机出走，乃率男女六万余口，西往潞州。秦骠骑将军张蚝，并州刺史王腾，趋候途中，迓丕入晋阳。王永闻信，留苻冲守壶关，自率万骑见丕，述及长安失守，及故主凶终等情。乃就晋阳举哀，三军缟素，追谥坚为宣昭皇帝。

丕即日嗣位，为坚立庙，号称世祖，改建元二十一年为太安元年。命张蚝为侍中司空，王永为侍中，都督中外诸军事，兼车骑大将军尚书令，王腾为中军大将军，司隶校尉，苻冲为尚书左仆射，封西平王，余官亦进职有差。立妃杨氏为皇后，子宁为皇太子，颁告远近，大赦境内。适前尚书令魏昌公苻纂，自长安奔晋阳，丕拜纂太尉，封东海王。就是苻定苻绍苻谟苻亮等，亦皆闻风反正，自河北遣使谢罪。**四苻降燕见前回。**还有中山太守王兖，固守博陵，为秦拒燕，上表沥陈。丕授兖为平州刺史，兼平东将军，且拜苻定为冀州牧，苻绍为冀州都督，苻谟为幽州牧，苻亮为幽平二州都督，并进爵郡公。秦左将军窦冲，秦州刺史王统，河州刺史毛兴，益州刺史王广，俱奔集陇右，合图规复。领军将军杨定，亦从燕营脱走，趋至陇上，即如南秦州刺史杨璧，也居然为秦效节，一股脑儿奉表晋阳，请讨姚苌。**杨璧拒宏奉丕，可谓狡变。**丕大喜过望，封杨定等俱为州牧，即令王永传檄州郡，声讨慕容氏及姚苌。小子有诗叹道：

存亡继绝亦当然，一脉留贻得再延。
可惜苻丕非令主，晋阳兴替仅逾年。

欲知檄文中如何命词，请看下回便知。

苻氏衰微，兵端四起，正予东晋以规复之机会。谢安请命北征，正其时也。顾苻丕请援，即授意谢玄，遣将援邺。苻坚寇晋，仅越年余，淝水之战，侥幸一捷，此仇此恨，何可遽忘？声其罪而讨之，谁曰不宜？乃贪一邺城，反为寇援，已足见讥于外族。且刘牢之有勇鲜谋，冒险轻进，卒为慕容垂所算，弃师遁还。河洛以北，仍为左祚，是何莫非谢氏之失策耶？彼秦苻坚因骄致败，困守长安；假使招集三辅，背城借一，犹可图存，乃徒示口惠，复惑谶书，猝奔五将，受虏姚氏新平之幽，靳玺不予，亦何益哉？唯如张夫人之殉节，中山公诜之殉孝，虽曰戎狄，犹秉纲常，坚死有知，其尚足自豪乎？

第三回

用僧言吕光还兵
依逆谋段随弑主

却说符丕嗣位以后，令侍中王永，都督诸军，拟讨慕容氏及姚苌，因先传檄州郡，号召吏民，檄文有云：

大行皇帝弃背万国，四海无主。征东大将军长乐公，先帝元子，圣武自天，受命荆南，威振衡海，分陕东都，道被夷夏，仁泽光于宇宙，德声侔于下武。永与司空蚝等，谨顺天人之望，以季秋吉辰，奉公绍承大统，衔哀即事，栖谷总戎，枕戈待旦，志雪大耻。慕容垂为封豕于关东，泓冲继凶于京邑，致乘舆播越，宗社沦倾。羌贼姚苌，我之牧士，乘衅滔天，亲行大逆，有生之巨贼也。永累叶受恩，世荷将相，不与骊山之戎，荣泽之狄，共戴皇天，同履厚土。诸牧伯公侯，或宛沛宗臣，或四七勋旧，岂忍舍破国之丑竖，纵杀君之逆贼乎？主上飞龙九五，实协天心，灵祥休瑞，史不辍书，投戈效义之士，三十余万，少康光武之功，可旬朔而成。今以卫将军俱石子为前军师，司空张蚝为中军都督，武将猛士，风烈雷震，志殄元凶，义无他顾。永谨奉乘舆，恭行天罚，君臣始终之义在三，忘躯之诚，戮力同之，以建晋郑之美，因申羿羿之诛，宁非善乎？特具檄以闻。

这篇檄文，传递出去，却亦说得有条有理。无如苻氏已衰，不能复振，徒凭那纸上空谈，唤不起什么义举！还有秦将吕光，自略定西域后，得受封西安将军西域校尉，**光定西域，见六十六回中。**他闻关中大乱，拟留居龟兹，不愿东归。唯当时有西僧鸠摩罗什，为光所得，颇加信用，独劝光亟还陇右。光乃用橐驼二万余头，载运外国珍宝，及奇技异戏，殊禽怪兽千百余品，并骏马万余匹，启程而还。

小子叙到此处，记得那鸠摩罗什的履历，也与后赵时的佛图澄，同一怪异，说将起来，又有一番特别源流。鸠摩罗什世居天竺，祖宗尝为国相，父鸠摩罗炎，秉性聪懿，将嗣相位，独辞避出家，东度葱岭，行至龟兹，龟兹王闻他重名，出郊迎入，尊为国师。王有妹年已二十，才慧过人，邻国交来乞婚，俱不见许，唯见了鸠摩罗炎，却是芳心相契，愿订丝萝。**才女亦喜配和尚么？**炎不甚乐从，偏国王硬为要求，只好勉从王命，谐成一番欢喜缘。未几炎妻有孕，慧解逾恒，十月满足，产生罗什。过了七年，见罗什已有知识，乃挈与出家，命罗什从师受经。罗什过目成诵，日读千偈，无不记忆，且尽通晓。既而鸠摩罗炎，不知所适，罗什母亦挈子远游，行至沙勒，颇得国王优待，乃暂寓沙勒国中。罗什更博览五明密论，及阴阳星算，莫不阐幽尽妙，所以吉凶休咎，都能豫知。年至二十，声名大噪，国人多奉以为师。龟兹国王，遣使迎归，罗什广说诸经，四远学徒，无人能及。罗什母亦悟彻禅机，欲往天竺求佛，但留罗什传教东土，子身西去，后来得成正觉，进登第三果，坐化了事。唯罗什留居龟兹，专以大乘教课徒，远近景仰。秦王苻坚，亦有所闻，拟密迎罗什至国。可巧太史奏称西域分野，出现明星，当有大智入辅中国，坚憬然道："莫非就是鸠摩罗什么？"及将军吕光，受命西征，坚特与语道："若得罗什，即当驰驿送来，休得迟慢！"光唯唯而去。罗什闻光军将至，便语龟兹王白纯道："国运已衰，将有勍敌从中国来，宜尽礼迎纳，勿抗敌锋。"白纯不从，果被光陷入国都，将纯逐走，掳住纯家属多人。一面搜访罗什，竟得相见。光因罗什年齿尚少，未有妻室，当将龟兹王女，强使为妻。罗什坚辞不受，光笑道："道士贞操，岂过乃父，何必固辞？"罗什尚不肯依，光乃佯言罢议，但使罗什酣饮醇醪，待他沉醉，扶卧密室，又迫龟兹王女与他同寝。至罗什酒醒，始知中计，不得不将错便错，同效于飞。**可谓作述重光。**会光引军出巡，使罗什从行，道经山麓，下令安营，将士已皆休息，罗什白光道："将军在此，必致狼狈，宜徙军陇上。"光以为妄言，笑而不纳。到了夜半，天果大雨，洪潦暴起，水深数丈，溺死至数千人，光始服罗什先见。及光欲久居龟兹，罗什又进谏道："此处乃凶亡故土，不宜淹留，关陇自有福地可居，请即东还！"光因前次不从罗什，致遭水患，此番怎好再违忠告，自蹈凶机？乃决计引归。

行至玉门，为凉州梁熙所拒，责光擅命还师，特遣子胤与部将姚皓，别驾卫翰，引众五万，出击光军。一战即败，再战又败，胤率轻骑数百人东奔，被光将杜进追着，活擒而去。于是武威太守彭济，诱执梁熙，向光乞降。光杀熙父子，遂入姑臧，自领凉州刺史，护羌校尉，表杜进为抚国将军武威太守，封武始侯，自余封拜各有差。陇西郡县，陆续归附，唯酒泉太守宋皓，南郡太守索泮，不服光命。光发兵往攻，依次陷入，执住宋皓索泮，责他违令不臣，泮朗声道："将军受诏平西域，未闻受诏略凉州，梁公何罪，乃为将军所杀，泮不能为国报仇，深加惭恨，主灭臣死，何必多言！"却是个硬头子。光竟令斩泮，并及宋皓。

先是张天锡南奔，见六十七回。世子大豫，不及随从，走依长水校尉王穆家，穆与大豫同走河西。魏安人焦松齐肃张济等，纠众数千，迎大豫为主帅，占据一方。光入凉州，令部将杜进招讨，大豫麾众杀退杜进，追逼姑臧。王穆谏阻道："吕光粮多城固，甲兵精锐，未可轻攻，不如席卷岭西，厉兵秣粟，然后东向与争，不出期年，便可得志了。"大豫不从，遣穆至岭西乞师。建康太守李隰，祁连都尉严纯、阁袭等，统起兵相应。又有鲜卑旧部秃发思复鞬，即晋初叛酋树机能侄曾孙，避居河西，渐复旧业，树机能事见前文。此时也愿助大豫，遣子奚于等至姑臧。大豫屯兵城西，王穆与奚于屯兵城南，光猝发兵出南门，袭击奚于兵营，奚于不及防御，骤为所乘，竟至败殁。王穆亦被牵动，全军俱溃，就是大豫所率的兵士，也闻风骇退。于是大豫奔广武，王穆奔酒泉。广武人执住大豫，送至姑臧，被斩市曹。

会光得接长安音信，才知秦王坚为姚苌所害，乃令部曲丧服举哀，设祭城南，谥坚为文昭皇帝，大临三日。乃大赦境内，建元太安，自称中外大都督大将军，领护匈奴中郎将凉州牧酒泉公。

看官欲知吕光的身世，原来就是秦太尉吕婆楼的长儿，源出氐族，素居略阳。婆楼为秦王坚佐命功臣，故得享尊荣，垂及子嗣。相传光生时曾有光绕室，因名为光。年十岁，与村童嬉戏，喜为战阵，自作统领，部署精详，侪类莫不悦服。唯不乐读书，专好驰马，及成年后，身长八尺四寸，目有重瞳，左肘有肉印，沉毅凝重。王猛尝目为异人，白诸苻坚，举为美阳令，颇有政声。嗣迁鹰扬将军，调任步兵校尉，累著战绩。及往略西域，左臂肉印中现出赤文，有巨霸二字，夜间安营，尝有黑物护住营外，头角崭然，目光如电，诘旦即云雾四周，不得复见。光疑为黑龙，杜进谓即龙飞九五的预兆，光以此自喜，遂有大志。返据凉州，乘机自立，这便是后凉建国的权舆。**亦列入十六国中，故特从详叙。**

同时乞伏国仁，亦在勇士川筑城为都，**国仁见六十八回。**自称大都督大将军大单于，领秦河二州牧，改元建义。**何义之有？**设置将相，分属境为十二郡，是为西秦。彼分此裂，不相统属，可见得苻秦一败，逐鹿已多，单靠着晋阳苻丕，孤危一线，欲系千钧，谈何容易！唯故尚书令魏昌公苻纂，为丕宗亲，自关中奔至晋阳，与丕相见，丕拜纂为太尉，进封东海王，遇事必咨，共图恢复。兵尚未发，那邺城已早被燕将慕容和据去。且博陵守将王充，本是苻氏第一忠臣，偏被那燕王垂子慕容麟，引兵围住，害得粮尽援穷。功曹张猗，逾城出降，并为慕容麟招募丁壮，编成队伍，号为义兵。引至城下，呼充答话，劝令降燕，充登城叱责道："卿为秦人，我为卿主，卿乃纠众应贼，反称义旅，何名实不符，竟至如此？古人有言，求忠臣于孝子之门，卿有老母在城，甘心弃去，还说出什么忠义！我不料中州文物，偏出一卿，不孝不忠，试问卿有何面目长居人世呢？"说着，弯弓欲射。猗急忙驰退，才免箭伤。阅数日，城被陷没，充被擒不屈，便即遇害。还有秦固安侯苻鉴，也为麟所杀。**能为宗邦殉节，不论夷夏，俱属忠臣。**

麟向慕容垂报功，垂已至中山，见城郭缮固，宫室构新，所有府库仓廪，统皆充溢，便顾语诸将道："这是乐浪王的大功，就使汉代萧何，想亦不过如是了。"看官，你道乐浪王为谁？乃是前燕主慕容俊第四子温。垂起兵攻邺时，温亦引众往会，由垂命为征东将军，封乐浪王，使与慕容农等同定中山，即留温居守。温劝课农桑，怀远招携，外拒丁零，内抚郡县，吏民争馈粮糒，遂得富足，缮城筑室，措置裕如。垂既得此安乐乡，当然不愿他去，将佐复联笺劝进，乃以中山为国都，就南郊燔柴祭天，自称燕帝，改元建兴。署置公卿百官，缮修宗庙社稷，立世子宝为太子，余子农为辽西王，麟为赵王，隆为高阳王，范阳王德为尚书令，太原王楷为左仆射，乐浪王温为司隶校尉，领冀州刺史。追尊生母兰氏为文昭皇后，徙皝后段氏神主至别室，改奉兰氏配飨。博士刘详董谧，谓尧母位列第三，并未尝因尧为天子，上陵姜嫄，王道贵示大公，不宜自存私见。垂不肯依议，又废瑜后可足浑氏，说她倾覆社稷，不足祔庙。实是报复前怨，事见六十一回。尊俊昭仪为景德皇后，配飨龙陵。龙陵为慕容俊墓。追谥先妃段氏为成昭皇后，册立继室段氏为皇后。可记秦王见幸时否？太子宝为先段后所出，后来宝多失德，后段后劝垂易储，议不果行，反惹出许多祸乱，事见下文。

且说西燕主慕容冲，逐去秦王坚父子，遂入据长安，怡然自得，渐即淫荒，赏罚不均，号令不明。慕容柔与慕容盛，尚在冲麾下。柔与盛奔依慕容冲，见六十九回。盛年方十三，密语叔父柔道："从来为十人长，亦须才过九人，然后得安，今中山王指冲，见前文。智未迈众，才不逮人，功尚未成，先自骄侈。据盛看来，恐必不能持久哩！"这也所谓小时了了，大未必佳。冲遣尚书令高盖，率众五万，往伐后秦。行至新平南境，与姚苌兵马相遇，两下交战，盖兵大败，十亡七八，盖恐还军得罪，索性与残众数千人，降附姚苌，苌令为散骑常侍。这音耗传到长安，冲好似失一左臂，乃惟与左仆射慕容恒，右仆射慕容永，协图政事，但也不甚信用，遂致群怨交集，众叛亲离。将军韩延等，因众心未悦，即与前将军段随商议道："今主上骄侈日甚，臣民不安，如何而可？我与将军百战疆场，才得关中，怎堪令庸主败坏呢！"段随道："据君意见，应该如何处置？"韩延附耳说了两语，随只是摇头。延变色道："将军如不见信，恐难免灭族了！"随不觉失惊，延说道："韩信彭越，功高天下，尚且被诛，试问将军能如韩彭么？"随听此一语，也觉动心，因即依延计，乘夜行事。

到了黄昏，便密召兵士，攻入宫中。冲尚在酣饮，猛见乱兵入室，始起坐惊问，一语未完，刀锋及项，立即颈血模糊，倒毙地上，左右皆已骇散。延即率兵登殿，召集文武，高声宣令道："慕容冲饮酒淫荒，不堪为主，我等已为众除暴，另议立君，今段将军威德日闻，可为燕主，愿诸公同心辅戴，不得有违！"文武百官，皆错愕失容，不知所对。延竟顾视左右，令拥段随御座，且厉声道："如不服新主，便当处斩！"大众闻一"斩"字，一时不敢违慢，只好勉强谒贺，再作后图。段随居然受谒，改元昌平。草草毕礼，才命殡葬慕容冲。

当时冲将王嘉，曾劝冲东还邺城。冲见长安宫阙崇宏，后庭充牣，便乐得久居，无志东归。嘉作歌讽冲道："凤凰凤凰，何不高飞还故乡？何故在此取灭亡？"冲亦知凤皇二字，是自己的小字，六十八回中亦曾叙过。只因志在苟安，始终不从，遂遭此祸。

慕容永与慕容恒，与冲同族，怎肯坐观成败，竟令外人霸据成业，安然称王？

当下两人密谋，号召旧部，袭杀段随，并诛韩延等人，推立宜都王慕容恒子颙为主。恒系慕容俊弟，尝留镇辽东，燕亡时为秦将朱嶷所杀。长子便是慕容凤，曾劝丁零翟斌迎慕容垂，遂归垂麾下。见六十八回。垂为燕王，令凤承袭父爵。凤弟即慕容颙，随冲入关，永与恒乃奉为燕王，改元建明。且率鲜卑男女四十万，出关东行。才至临晋，不意恒弟慕容韬，阴怀异志，竟将颙刺死。永与武卫将军刁云攻韬，韬战败遁去。恒再立冲子瑶为主，改元建平，谥冲为威皇帝。大众不服恒所为，情愿依永，当即奉永攻恒，恒亦败走，瑶不及脱身，竟死乱军中，于是众情一致，戴永为主。永系慕容廆从孙，祖名运。自言序不当立，决计让去，另立慕容泓子忠。忠既嗣立，改元建武，即授永为丞相，封河东公。再东行至闻喜，始知慕容垂已称尊号，惮不敢进，即在闻喜县中筑造燕熙城，为自固计。偏刁云等又复杀忠，定要推永为主，永乃自称大将军大单于，领雍秦梁凉四州牧，录尚书事，兼河东王。置君如弈棋。总之晦气几个鲜卑小鬼。一面遣使至中山，向慕容垂处称藩，一面遣使至晋阳，向秦主苻丕处假道。看官试想！这秦主不与慕容永，具有不共戴天的大仇，难道就肯假道么？小子有诗叹道：

大仇未复慢投戈，假道何堪谬许和；
可惜苻秦王气尽，遗灰总莫障颓波！

欲知苻丕当日情形，容至下回续叙。

佛图澄与鸠摩罗什，先后相继，留传史乘，此皆由世道衰微，圣王不作，乱臣贼子盈天下，故羽客缁流，得挟异技以干宠耳。佛图澄之于石勒，鸠摩罗什之于吕光，当其佐命之初，几若一指南之圭臬，然卒之徒炫小智，无关大体，此其所以忽兴忽衰，难与言治也。慕容冲以龙阳之姿，一跃而称燕帝，自宋朝弥子瑕以来，从未闻有此奇遇者，彼狡童者，何能为国？观其僭号以后，仅逾年而即死人手，不亦宜乎？唯段随既为冲臣，甘从韩延之逆谋，躬与篡弑，罪不容诛，虽延为主动，随为被动，然据位称尊，随实尸之。晋赵穿之弑灵公，春秋犹书赵盾，况段随乎？故本回以段随为首恶，遵《春秋》之大义也。

第四回

谋刺未成秦后死节
失营被获毛氏捐躯

却说秦自博陵失守，燕兵四至，冀州牧苻定，镇东将军苻绍，幽州牧苻谟，镇北将军苻亮，自知不能御燕，复向燕请降，受封列侯，就是王统王广毛兴等，亦互相攻夺。广败奔秦州，为鲜卑人匹兰所执，解送后秦，兴亦为枹罕诸氐刺死，改推卫平为河州刺史。平年已老，不能驭众。坚有族孙苻登，素有勇略，得受封为南安王，拜殿中将军，迁长安令，寻坐事黜为狄道长。关中陷没，登走依毛兴，充河州长史，兴颇重登才，妻以爱女，擢为司马。至兴被戕时，登孤掌难鸣，只好含忍过去。后来枹罕诸氐，悔立卫平，再议废置，连日未决。会七夕大宴，氐将喰青，拔剑大言道："今天下大乱，豺狼塞路，我等义同休戚，不堪再事庸帅，前狄道长苻登，虽系王室疏属，志略却很是英强，今愿与诸君废昏立明，共图大事；如有不从，便申异议，休得一误再误呢！"说至此，仗剑离座，怒目四视，咄咄逼人。大众莫敢仰视，俱俯首应诺；乃拥登为抚军大将军，都督陇右诸军事，领雍河二州牧，称略阳公。与众东行，攻拔南安，因遣使至晋阳请命。登为九年秦主，故不得不详所由来。秦主丕不能不从，准如所请，且授登为征西大将军，仍封南安王，命他同讨姚苌。

是时，王永进为左丞相，已二次传檄，预戒师期。丕乃留将军王腾守晋阳，右仆射杨辅成壶关，自率众四万进屯平阳。适值慕容永驰使假道，自愿东归，丕当然不许，且下令云：

　　鲜卑慕容永，乃我之骑将，首乱京师，祸倾社稷，豕凶继逆，方请逃归，是而可忍，孰不可忍？其遣左丞相王永，及东海王纂，率禁卫虎旅，夹而攻之，即以卫大将军俱石子为前锋都督，誓歼乱贼，以复国仇，其各努力毋违！

　　令甲既申，诸军并出，总道是旗开得胜，马到成功，哪知天下不如意事，十常八九。丕在平阳静待数日，起初尚接得平安军报，只说是军至襄陵，与贼相遇，未决胜负，后来即得败报，前锋都督俱石子战死了，最后复得绝大凶信，乃是左丞相王永，亦至阵亡，全军俱败溃了。虚写战事，又另是一种笔墨。丕不禁大惊，忙问东海王纂下落，侦吏报称纂亦败走，唯兵士死伤，尚属不多。这语说出，急得不失声大呼，连说不佳。看官道是何因？原来纂从长安奔晋阳，麾下壮士，本有三千余人，丕恐纂为乱，胁令解散，此次又惧纂报复，所以越觉惊惶。匆匆不及细想，便率骑士数千，狼狈南奔，径赴东垣。探得洛阳兵备空虚，意欲率众掩袭。洛阳时已归晋，当由晋西中郎将桓石民，探知消息，即遣扬威将军冯该，自陕城邀击符丕。丕不意中道遇敌，仓猝接仗，部骑惊溃，丕跃马返奔，马蹶坠地，可巧冯该追至，顺手一槊，了结性命。不度德，不量力，怎能不死？总计丕僭称帝号，不过二年。尚有秦太子宁，长乐王寿，及左仆射王孚，吏部尚书苟操等，俱被晋军擒住，连丕首共送建康。还算蒙晋廷厚恩，命将丕首埋葬，所有太子宁以下，一体赦免，饬往江州，归符坚子宏管束。宏降晋见七十回。

　　东海王纂，与弟尚书永平侯师奴，招集余众数万，奔据杏城。此外后妃公卿，多被慕容永军掳去。永遂入长子，由将佐劝称帝号，便即被服衮冕，居然御殿受朝，改元中兴。他见丕后杨氏，华色未衰，即召入后庭，迫令侍寝。杨氏貌若芙蕖，心同松柏，怎肯失节事仇，含羞受辱？当下拒绝不从。永复与语道："汝若从我，当令汝为上夫人；否则徒死无益！"杨氏听了"徒死无益"四字，不由得被他提醒，便佯为进言道："妾曾为秦后，不宜复事大王，但既蒙大王见怜，妾亦何惜一身，上报恩遇！但必须受了册封，方得入侍巾栉，免致他人轻视呢。"永闻言狞笑道："这亦不妨依卿，俟明日授册，与卿欢叙便了。"说罢，即使杨氏出宿别宫。翌日，下令册封杨氏为上夫人，令内官赍册入奉，杨氏接得册宝，勉为装束，专待夜间下手。夜餐已过，永即至杨氏寝室，来与调情。杨氏起身相迎，假意拜谢，永见杨氏浓妆如画，秀色可餐，比昨日更鲜艳三分，禁不住欲火上炎，便欲与她共上阳台，同谐好梦。偏杨氏从容进言道："今夕得侍奉大王，须待妾敬奉三觞，聊表敬意。"永不忍推辞，乃令侍女取出酒肴，自己坐在上面，由杨氏侧坐相陪。杨氏先斟奉一觞，永一吸而尽，第二觞亦照样的喝干了。到了第三觞上奉，杨氏左手执觞，递至永口，右手却从怀中拔出短刀，向永猛刺。也是永命不该绝，先已瞧着，急将身子一闪，避过刀锋。杨氏扑了一个空，又因用力过猛，将刀戳入座椅，一时反不能拔出，更被永左手一挥，把杨氏推开数步，跌倒尘埃。杨氏自知无成，才竖起黛眉，振起娇喉，向永诟詈道："汝系我国逆贼，夺我都，逐我主，反思凌辱我身，我岂受汝凌辱么？我死罢了！恨不能戡汝逆贼！"说着，已被永抽刀一掷，正中杨氏柔颈，血花飞溅，玉碎香消。完名全节，一死千秋！永怒尚未息，喝令左右入室，拖出尸身，自向别室寻乐去了。

慕容盛叔侄，随永至长子，见永所为不合，恐自己不免遭殃，因密白叔父柔道："闻我祖父已中兴幽冀，东西未壹，我等寄身此地，自居嫌疑地位，好似燕在幕上，非常危险，何不乘此机会，便即高飞，一举万里，免得坐待罗网哩！"柔也以为然，遂与盛等悄悄出奔，从间道趋往中山。途次遇着群盗，拦住去路，盛慨然与语道："我是六尺男儿，入水不溺，在火不焦，还问汝敢当我锋否？汝若不信，试离我百步，高举汝手中箭镞，我若射中，汝可小心仔细，防着丧命，倘射不能中，便当束手待毙，由汝处置罢！"盗见他年少语夸，必有奇技，乃退至百步以外，举箭待着。脚才立定，已听得飕的一声，有箭射到，不偏不倚，插入箭镞。盗不禁咋舌，掷箭拱手道，"郎君乃贵人子，具有家传绝技，我等但欲相试，岂敢相侵！"说罢，反从囊中取出白锃，作为贶仪，让路送行。盛也不多辞，受赠作别，径往中山去了。

永闻盛等私奔中山，勃然大愤，竟收捕慕容俊子孙，无论男女少长，骈戮无遗。如此淫虐，能活几时？这且待后再表。

且说后秦主姚苌，探得慕容永等出关，料知长安空虚，遂自新平西进，驰入长安，御殿称帝，改元建初，国号大秦，改名长安为常安。立妻蛇氏为皇后，子兴为太子，分置百官，服色尚赤。追谥父弋仲为景元皇帝，兄襄为魏武王。命弟绪为征虏将军，领司隶校尉，留守长安，自率众往安定，击破平凉胡金熙，及鲜卑支酋没柔干，乘势转趋秦州。秦州刺史王统尚为苻氏旧将，出兵相拒，连战失利，不得已举城降苌。苌授弟硕德为征西将军秦州刺史，都督陇右诸军事，领护东羌校尉，镇守上邽。适秦南安王苻登，招集夷夏三万余户，兵马寖盛，进攻秦州。姚苌正自上邽启行，欲还长安，途中闻秦州被攻，亟引兵返援，与硕德同出胡奴阪，截击苻登。不料苻登部下，勇健善斗，个个是冲锋上选，苌众无一敢当，竟被他蹂躏一场，伤亡至二万余人。苌连忙返奔，背上已着了一箭，为登将啖青所射，深入骨髓，犹幸未中要害，还得忍痛逃归。硕德亦走还上邽，婴城拒守。

时岁旱众饥，饿莩载道，登每战杀敌，即取尸肉蒸啖，号为熟食，且语军士道："汝等旦日出战，暮即得饱食人肉，还愁什么饥馁呢？"*以人食人，真是禽兽世界。*军士闻令，争取死人为粮，每食必饱，故壮健如飞。姚苌察悉情形，急召硕德同归，并传语道："汝若不来，恐麾下兵士，定将苻登食尽了！"硕德遂弃去秦州，亦东奔长安。

登既得胜仗，再图进取，适值丕尚书寇遗，奉丕子渤海王懿，济北王昶，自杏城奔至登军，述及丕败死等情，于是登为丕发丧，三军缟素。拟即立懿为嗣主，部众都趋进道："渤海王虽先帝嗣子，但年尚幼冲，未堪继立。国家多难，须立长君，这是《春秋》遗义。今三虏跨僭，寇贼盛强，豺狼枭獍，举目皆是，大王挺剑一起，便败姚苌，可谓威振华夷，光极天地，宜即正大位，龙骧武奋，光复旧京，再安社稷宗庙，怎可徒顾曹臧吴札小节，自失中兴盛业呢！"这一席话，恐是由苻登嘱使出来。*曹臧吴札并见《春秋》。*登乃命在陇东设坛，嗣为秦帝，改太安二年为太初元年，仿置文武官属。且就军中设立苻坚神主，仍依苻丕旧谥，称坚为世祖宣昭皇帝，见七十回。载以辒辌，卫以龙贲，凡所欲为，必启主后行。当下集众五万，将讨后秦，便在坚神主前，拜祷读祝道：

维曾孙皇帝臣登，以太皇帝之灵，恭践宝位。昔五将之难，贼羌肆害于圣躬，实登之罪也。今收合义旅，众逾五万，精甲劲兵，足以立功，年谷富穰，足以资赡。即日星驰电迈，直造贼庭，奋不顾命，陨越为期，庶上报皇帝酷怨，下雪人民大耻。维帝之灵，降监厥诚！

读祝既毕，唏嘘泣下。将士莫不悲恸，志在必死，各刻鍪铠中，为死休字样，每战辄用长槊钩刃，列为方圆大阵，遇有厚薄，从中分配，所以人自为战，所向无前。前中垒将军徐嵩，屯骑校尉胡空，各聚众五千，结垒自固。既而受姚苌官爵，借避兵锋。及苻坚遇害，嵩等请领坚尸，以王礼营葬。苻登称帝，嵩与空复率众请降。登拜嵩为镇军将军，领雍州刺史，空为辅国将军，兼京兆尹，改葬坚柩，用天子礼。

越年正月，登立妃毛氏为后，渤海王懿为皇太弟，遣使拜东海王纂为太师，领大司马，都督中外诸军事，进封鲁王，纂弟师奴为抚军大将军，领并州牧，封朔方公。纂不欲受命，怒叱来使道："渤海王系世祖孙，为先帝遗体，南安王何不拥立，乃妄自称尊呢？"来使以国难未平，须立长君为词，纂意终未释。独长史王旅进谏道："南安已立，理难中改，今国雠未平，不宜先仇宗室，自相鱼肉，容俟二雠平定，再作后图。"*说得有理。*纂乃对使受职，遣令归报。登复调梁州牧窦冲为南秦州牧，雍州牧杨定为益州牧，南秦州刺史杨璧为梁州牧，并授乞伏国仁为大将军大单于，封苑川王。

杨定与东海王纂，会攻后秦，进至泾阳，正值姚硕德奉行兄令，率众来战。被定纂两路夹攻，顿致大败。姚苌自督兵往救，纂乃退守敷陆，檄令他镇济师。窦冲进拔后秦汧雍二城，苌移兵击冲，冲战败退还。秦冯翊太守兰犊，引众二万，自频阳入和宁，贻书苻纂，共图长安。纂正喜得一帮手，偏乃弟师奴，谓不如背了苻登，自进尊号，纂不肯从，竟为师奴所杀。师奴遂自称秦公，欲袭长安，途次遇着苌军，逆战大败，奔亡鲜卑。*杀兄贼怎能济事！*兰犊闻报，亦即退去，苌更遣将军梁方成引兵攻秦雍州刺史徐嵩军垒，嵩兵单力弱，不能支持，竟被陷入，且为所擒。方成责嵩反复不忠，徒自取死。嵩怒骂道："汝姚苌已坐死罪，乃蒙先帝恩赦，授任内外，备极荣宠，今乃负恩忘义，身为大逆，连犬马尚且不如。汝附逆为虐，不知责己，反来责我，我不幸被执，情愿速死，早见先帝，收汝逆苌生魂，治罪地下。"说至此，怒眦尽裂，喷血横喷，惹得方成大愤，拔剑杀嵩，连砍三剑，嵩始陨命，遗众数千，俱被方成坑死。*嵩虽曾降苌，仍为苻秦殉节，不失为忠。*姚苌亦引兵来会，发掘秦王坚墓，劈棺鞭尸，剥去殓服，裹以荆棘，埋入坎中。*伍胥鞭尸，且贻讥后世，何况姚苌！*

苻登闻姚苌猖獗，出屯胡空堡，招集戎夏兵民十余万众，循陇西下，径入朝那。

符懿得病而死，予谥献哀。登乃立子崇为太子，弁为南安王，尚为北海王。姚苌亦移据武都，与登相持，大小经数十战，苌多败少胜，退营安定。登粮亦垂尽，令大军就食胡空堡，自率精骑万余，进围苌营。四面大哭，哀声动人，苌亦命三军皆哭，与外相应，登乃引还。苌见登军中，载着符坚神主，遂疑是坚有神验，故登战辄胜。当下想入非非，亦在军中立坚神主，作文致祝。文词似涉诙谐，颇堪一噱，由小子录述如下：

往年新平之祸，非苌之罪。臣兄襄从陕北渡，假路求西，狐死首丘，欲暂见乡里，陛下与符眉要路距击，不遂而殁。襄教臣行杀，非臣之罪。符登陛下末族，尚欲复仇，臣为兄报耻，于情理何负？昔陛下假臣龙骧之号，尝谓臣曰："朕以龙骧建业，卿其勉之！"明诏昭然，言犹在耳，陛下虽没世为神，岂假手于符登而图臣，竟忘前征时言耶？今为陛下立神像，可归休于此，勿记臣过，鉴臣至诚，永言保之！杀其身，鞭其尸，还欲向之求庇，苌之愚暴，一何可笑。

既而符登复进兵攻苌，望见苌军亦立坚神主，便登车楼语苌道："从古到今，难道有身为弑逆，反立神像求福，还想得益么？"苌闻言不答，登又大呼道："弑君贼姚苌出来，我与汝决一死战，看汝果能胜我否？"苌仍然不应。登乃下楼，督军攻苌。苌遣将出战，败回营中，再战又败，军中每夕数惊。苌乃伐鼓斩像，将像首掷入登营，自引兵退入安定城内，潜遣中军将军姚崇，袭大界营。大界营是符登安顿辎重的地方，所有登后毛氏，及登子弁尚等，俱在营中居住，留作后应。崇从间道绕至大界，偏为登所闻知，还军邀击，大破崇军，俘斩至二万五千人，崇狼狈遁还。

登因此次得胜，总道苌不敢再来掩袭，便进拔平凉，留尚书符愿居守，再进拔苟头原，逼攻安定。哪知姚苌复自率铁骑三万，夜袭大界营，营中不及预防，竟被攻入。登后毛氏，顾瞠多力，且善骑射，仓猝上马，带领壮士力战，左手张弓，右手发箭，弦声所至，无不倒地，苌众被射死七百余人。待至箭已放尽，寇仍未退，反一重一重的围裹拢来，毛氏弃弓用刀，尚拚死格斗，终因寡不敌众，马蹶被擒。就是登子弁尚，亦俱被拘去。

苌军将毛氏推至苌前，苌见她皎皎芳容，亭亭玉立，刚健婀娜，宜武宜文，**另有**

一番态度。不觉惹动情魔，便令军士替她释缚，且涎脸与语道："卿能依我，仍不失为国母。"毛氏当面唾骂道："呸！我为天子后，怎肯为贼羌所辱！"苌老羞成怒道："汝不怕死么？"毛氏又道："羌奴！羌贼！可速杀我。"苌尚未忍加刑，毛氏仰天大哭道："姚苌！汝既弑天子，又欲辱皇后，皇天后土，岂肯容汝长活么？"苌听她越说越凶，遂命左右推出斩首，一道贞魂，上升天国去了。与杨氏并传不朽。登子弁尚，亦相继受戮。小子有诗赞毛氏道：

> 贞心亮节凛冰霜，一死留为青史光；
> 写到苻秦三烈妇，笔头也觉绕余香。

苌既杀毛氏母子，诸将请往击登军。究竟苌是否允议，且看下回便知。

本回叙述二苻兴亡，实为杨毛二后作传。苻丕嗣坚称帝，不二年而即亡，其材之庸劣可知。苻登虽稍胜苻丕，然徒知黩武，害及妻孥，是亦未足与语中兴耳。唯坚之时有张夫人，后又有杨氏毛氏二后，义不受辱，并皆殉节。苻氏之家法不足传，独此三妇得并传不朽，名播千秋，是亦苻氏之光也。《晋书·列女传》但载坚妾张氏，登妻毛氏，而于丕妻杨氏独略之，殊为不解。《十六国春秋》中，虽经备述，但徒厕入秦后妃中，亦未足表扬贞节。得此书以阐发之，而幽光乃毕显云。

第五回

拓跋珪创兴后魏
慕容垂讨灭丁零

却说姚苌既破大界营，诸将欲乘胜击登，苌摇首道："登众尚盛，未可轻视，不如回军为是。"乃驱掠男女五万余口，仍归安定。登闻大界营失陷，妻子覆没，悲悔得了不得，经将佐从旁劝慰，乃退回胡空堡，收合余众，暂图休养，两秦始罢战半年。是时，中华大陆除江东司马氏外，列国分峙，大小不一。秦分为三：若秦，若后秦，若西秦。燕别为二：若燕，若西燕。尚有凉州的吕光，史称后凉，共计六国。此外又有一国突起，乃是死灰复燃，勃然兴隆，渐渐地扫清河朔，雄长北方，传世凡九历年至百有五十，好算是当时最盛的强胡。这人为谁？就是前文六十五回中所叙的拓跋珪。特笔。

珪为代王什翼犍孙，与母贺氏同依刘库仁，库仁待遇甚优，母子乃得安居。已而，库仁为燕将慕舆文等所杀，库仁弟头眷代统部众。头眷破贺藻，败柔然，兵势颇盛，偏库仁子显，刺杀头眷，自立为主，并欲杀拓跋珪。显弟亢埿妻，为珪姑母，得知显意，走告珪母贺氏。又有显谋主梁六眷，系代王什翼犍甥，亦使人告珪。珪年已十有六，生得聪颖过人，亟与母贺氏商定秘谋，安排出走。贺氏夜备筵宴，召显入饮，装出一番殷勤状态，再三劝酒，显不好推辞，又因贺氏虽然半老，丰韵犹存，免不得目眩神迷，尽情一喝，接连饮了数巨觥，醉得朦胧欲睡，方才归寝。珪已与旧臣长孙犍元他等，轻骑遁去。到了翌晨，贺氏又潜至厩中，鞭挞群马，马当然长嘶，显从睡梦中惊醒，急至厩中探视，但见贺氏作搜寻状，当下问为何因？贺氏竟向显大哭道："我子适在此处，今忽不见，莫非被汝等杀死么？"显忙答道："哪有此事！"贺氏佯不肯信，仍然号啕不休。显极力劝慰，但言珪必不远出，定可放心，贺氏方返入后帐。显也不加疑，总道珪未识已谋，不致他去，所以劝出贺氏，仍未尝遣人追寻。

珪已奔入贺兰部，依舅贺讷，诉明详情，讷惊喜道："贤甥智识不凡，必能再兴家国，他日光复故物，毋忘老臣！"珪答道："果如舅言，定不相忘！"已而贺氏从弟贺悦，为刘显部下外朝大人，亦率部亡去，潜往事珪。显待珪不归，正在怀疑，及闻贺悦复遁，料知阴谋已泄，由贺氏居中设法，纵使他去，遂持刀往杀贺氏，贺氏走匿神车中，接连三日，幸得亢塈夫妇，向显力请，始得幸免。嗣南部大人长孙嵩，亦率所部七百余家，叛显归珪。显追嵩不及，怅怅而还。哪知中部大人庚和辰，乘显他去，竟入迎贺氏，投奔贺兰部。及显回帐，贺氏早已远扬，气得显须眉直竖，徒呼恨恨罢了。

珪居贺兰部数月，远近趋附，深得众心，偏为贺讷弟染干所忌，使党人侯引七，觇隙刺珪。代人尉古真，又向珪告知染干诡谋，珪严加防备。侯引七无隙可乘，只好复报染干。染干疑古真泄计，将他执讯，用两车轴夹古真头，伤及一目，古真始终不认，才命释去。唯引众围住珪帐，珪母贺氏出语道："染干！汝为我弟，我与汝何仇？乃欲杀死我子呢？"染干亦惭不能答，麾众引退。又阅数旬，珪从曾祖纥罗兄弟，及诸部大人，共请诸贺讷，愿推珪为主，贺讷自然赞成，遂于次年正月，奉珪至牛川，大会诸部，即代王位，纪元登国。即晋孝武帝太元十一年。使长孙嵩为南部大人，叔孙普洛为北部大人，分统部众。命张衮为左长史，许谦为右司马，王建和跋叔孙建庚岳等为外朝大人，奚牧为治民长，皆掌宿卫。嵩弟长孙道生等，侍从左右，出纳教命，于是十余年灭亡的故代，又得重兴。珪嫌牛川地僻，不足有为，因徙居盛乐，作为都城，务农息民，众情大悦。北人谓土为拓，后为跋，因以拓跋为姓，且改代为魏，自称魏王。

先是前秦灭代，徙代王什翼犍少子窟咄至长安，从慕容永东徙，永令窟咄为新兴太守。刘显为逼珪计，特使弟亢塈引兵数千，往迎窟咄，使压魏境，并代为传告诸部，说是窟咄当为代王，诸部因此骚动。魏王珪左右于桓等，与部人同谋执珪。往应窟咄，幢将代人莫题等，亦潜与窟咄勾通。幸桓舅穆崇，与珪莫逆，预向珪处报明。崇亦知大义灭亲耶？珪捕诛于桓等五人，莫题等赦免不问。为了这番乱衅，珪不免日夕戒严，尚恐内难未绝，暗算难防，不得已再逾阴山，往依贺兰部。更遣外朝大人安同，向燕求救。燕主慕容垂，因遣赵王麟援珪。麟尚未至魏，窟咄又与贺染干联结，侵魏北部。北部大人叔孙普洛，未战先遁，亡奔刘卫辰，魏都大震。麟在途中闻报，急遣安同归报魏人。魏人知援军将至，众心少安。窟咄进屯高柳，珪与燕军同攻窟咄，杀得窟咄大败亏输，奔投刘卫辰。卫辰把他杀死，余众四散，由珪招令投诚，不问前罪，散卒当然归魏。乃改令代人库狄干为北部大人，犒赏燕军，送令归国。燕主垂封珪为西单于，兼上谷王，珪不愿受封，但托言年少材庸，不堪为王，即将燕诏却还。已见大志。

刘卫辰久居河西，招军买马，日见强盛。后秦主姚苌，封卫辰为河西王，领幽州牧，西燕主慕容永，亦令卫辰为朔州牧。卫辰因遣使诣燕，贡献名马，行至中途，被刘显部兵夺去，使人逃往燕都，只剩了一双空手，不得不向燕泣诉。燕主垂勃然大愤，便拟兴兵讨显。可巧魏主珪虑显进逼，再遣安同至燕乞师，燕主垂一举两得，立遣赵王麟与太原王楷，率兵击显。显地广兵强，寖成骄狠，士众无论亲疏，均有贰心，至是倾寨出拒，略略交锋，便即溃散。显知不可敌，奔往马邑西山。魏王寖复引兵会同燕军，再往击显，大破显众。显走入西燕，所有辎重牛马，都为燕魏两军所得。彼此分肥，欢然别归。

自是魏势日盛，连破库莫奚高车叱突邻诸部落，雄长朔方，甚且密谋图燕，特遣太原公仪，以聘问为名，至燕都窥探虚实。夷狄无信，即此可见。燕主垂诘问道："魏王何不自来？"仪答道："先王与燕尝并事晋室，约为兄弟，臣今奉使来聘，未为失礼。"垂作色道："朕今威加四海，怎得比拟前日！"仪从容道："燕若不修德礼，但知夸耀兵威，这乃将帅所司，非使臣所得与闻呢。"语有锋芒，但如垂所言，亦有令人可讥处。垂见他语言顶撞，虽然怒气填胸，却也无词可驳。留仪数日，遣令北还。仪返魏告珪道："燕主衰老，太子暗弱。范阳自负材气，非少主臣，若燕主一殁，内难必作，乃可抵隙蹈瑕，掩他不备，今尚未可速图呢！"珪点首称善，因与燕仍然往来，不伤和气。

彼此敷衍了一两年，珪复与慕容麟会集意辛山，同攻贺兰附近纥突邻纥奚诸部，所过披靡，相率请降。会刘卫辰收合余烬，又来出头，令子直力鞮攻贺兰部，贺讷忙向魏乞援。魏王珪引兵援讷，直力鞮望风退走。珪乃徙讷部众，居魏东境。既而讷弟染干，与讷相攻，构兵不已。珪欲并吞贺兰部，想出一条借刀杀人的计策，使吏告燕，请讨贺讷兄弟，情愿自为向导。报舅之道，如是如是！燕主垂即遣麟督兵，出击贺讷，讷本没有什么能力，更兼兄弟阋墙，闹得一塌糊涂，怎能再敌燕军？至燕军已经逼寨，向魏请救，杳无复音，没奈何硬着头皮，自出抵敌，打了一仗，兵败力竭，被麟军擒了过去。贺染干不敢进战，便诣燕营乞降。麟驰书告捷，燕主垂还算有恩，命麟归讷部落，但徙染干入燕都，且召麟班师。麟还都告垂道："臣看拓跋珪举动，必为我患，不如征令来朝，使该弟监国，较可无虞。"垂未以为然，经麟一再请求，方遣使至魏，征使朝贡。珪令弟觚，至燕修好，慕容麟等劝垂留觚，更求良马。珪不肯照给，使张衮至西燕求和，燕遂不肯释觚。觚伺隙潜逃，又被燕太子宝追还，燕与魏就从此失好了。**为燕魏交战张本。**

且说西燕主慕容永，称帝逾年，屡出兵侵晋河南，旋复率众寇晋洛阳。时晋太保谢安，曾在广陵遇疾，卸职还都，竟至病逝。晋廷赠官太傅，追谥文靖。**不略谢安之殁，意在重才。**另命琅琊王道子领扬州刺史，录尚书事，都督中外诸军，加前锋都督谢玄，统辖徐兖青司冀幽并七州军事，寻又录淝水战功，赠谢安为庐陵公，封谢石为南康公，谢玄为康乐公，安子琰为望蔡公。会泰山太守张愿叛晋，北方不靖，谢玄上疏请罪，自乞罢职。孝武帝不从所请，只令玄还镇淮阴，调豫州刺史朱序代镇彭城。玄又称病谢职，有诏令为会稽内史。未几，玄殁，年止四十六，比乃叔谢安寿数，短少二十年。**特叙此笔，补出谢安年纪。**晋廷追赠车骑将军，予谥献武。乃命朱序都督司雍诸州军事，移戍洛阳，谯王恬无忌子。都督兖冀诸州军事，就镇淮阴。会值慕容永侵洛，序即带领兵马，从河阴渡河，击走永军。永走还上党，序追至白水，尚未收军。忽由洛阳守吏，递到急报，乃是丁零翟辽，谋袭洛阳，序始引军亟归。中道与翟辽相遇，一阵猛击，辽众俱仓皇遁去。

看官阅过前文，应知辽奔就黎阳，丁零遗众，奉翟成为主帅，驻守行唐，**见六十九回。**后来成为燕灭。唯辽尚存，晋黎阳太守滕恬之，为辽所欺，非常爱信，辽竟起歹心，乘恬之出外时，闭城峻拒，恬之无路可归，东奔鄄城，又被辽引众追及，擒还恬之，据住黎阳。朱序曾遣将军秦膺等讨辽，辽且先发制人，遣子钊南寇陈颍，

谢文靖公

正与秦膺等相值，被膺击退。嗣高平人翟畅，执住太守徐含远，举郡降辽。高平已为燕属，燕主垂怎肯干休，即亲自出讨，命太原王楷为前锋都督，杀往黎阳。辽众皆燕赵遗旅，俱云太原王子，犹我父母，不可不降，遂相率投诚。辽闻风惊惧，亦输款燕营，垂乃授辽为徐州牧，封河南公，受降而还。不到数月，辽又叛燕，出掠燕境，寻又遣司马眭琼，诣燕谢罪。燕主垂恨他反复，斩琼绝辽。辽竟自称魏天王，也居然建设百僚，改元建光，引众徙屯滑台，南图晋，北窥燕，阴使人赴冀州，诈降燕刺史乐浪王慕容温。见七十一回。温留置帐下，竟被刺死。燕辽西王慕容农，往捕刺客，得诛数人。辽自幸得计，又欲袭晋洛阳，幸为朱序击败，方才退还。序留将军朱党守石门，自引兵还镇。辽却雄心未死，又命子钊寇晋鄄城。晋将刘牢之领兵邀击，钊始败去。前泰山太守张愿叛晋，为燕所破，复投翟辽，辽令愿来敌牢之。愿知辽不可恃，致书牢之，自陈悔过，牢之乃许愿归降，并进逼滑台，再破辽众。辽入城固守，牢之猛攻不下，自恐饷运难继，才撤兵退回。

已而辽竟病死，由钊继立，改元定鼎。复欲承父遗志，攻燕邺城，失利而还。再遣部将翟都，侵燕馆陶，屯苏康垒。好兵不戢，必致自焚。于是燕主垂不能再忍，下令亲征，自率步骑十万，径压苏康垒前。翟都弃垒夜走，奔还滑台。翟钊闻燕兵大至，也不禁惶急起来，连忙缮就哀书，借兵西燕。西燕主慕容永，召集群臣商议行止，尚书郎鲍遵道："两寇相争，势必俱敝，我随后出兵，乘敝制寇，便是卞庄刺虎的遗策了。"中书侍郎张腾道："强弱异势，何至遽敝，不如率兵往救，使成鼎足，方可牵制强燕，一面分兵直趋中山。昼设疑兵，夜设火炬，使彼自相疑惧，引兵自退，然后我冲彼前，钊蹑彼后，必可蹙燕，这乃天授机会，万不可失呢！"永不肯依腾，却回翟使，使人返报翟钊。钊只好调集部众，出拒黎阳。燕主垂至黎阳北岸，临河欲济，钊列兵河南堵截。燕军见钊众气盛，颇有惧色，俱劝垂留兵缓渡。垂掀髯笑道："竖子有何能为？卿等可随朕杀贼哩！"诸将始不敢多言，但静待军令，严装候着。到了次日，垂忽下令拔营，迁往西津，去黎阳西四十里，具备牛皮船百余艘，载着兵仗，将溯流东上，进逼黎阳。钊见垂引兵西向，不得不随向西趋，防垂渡河。哪知垂是诱他过去，到了夜半，却暗遣中垒将军桂阳王镇，率骁骑将军国等，仍到黎阳津偷渡。平风息浪，竟达河南，当即乘夜筑栅，及旦告成。钊得知燕军东渡，急忙麾众赶回，来夺燕寨。偏燕军依栅自固，坚壁勿动，钊一再挑战，统被燕军射退。待至午后，钊士卒往来饥渴，只好引还，不意燕营内一声鼓角，驱兵杀出，竟来追钊。钊亟回军抵敌，两下里正在酣战，突有一彪人马到来，为首大将，乃是燕辽西王慕容农。他因钊众东回，得从西津渡河，前来助镇，左右夹攻钊众。钊如何抵挡得住，慌忙引众返走，已被燕军杀得七零八落，只带得残骑数百，奔归滑台。燕军陷入黎阳，再乘胜进逼，钊力不能支，没奈何挈着妻子，率数百骑北走，渡河登白鹿山，凭险自守。

燕军追至山下，望见山路险仄，林箐朦胧，急切不敢进去，便在山下安营。一住数日，并无一人出山，慕容农语将士道："钊仓猝入山，粮必不多，断不能久居山中，惟我军常围山下，彼且惮死不出，不如佯为退兵，诱他下山，方可一鼓歼灭了。"父子兵略，俱属可观。将士当然赞成，便即引退，钊果下山西走，行未数里，燕军已两面突至，掩杀钊众。亏得钊乘着骏马，飞奔而去，所有妻子部曲，悉数被擒。钊所统七郡将吏，均向燕请降。垂从子章武王宙为兖豫二州刺史，居守滑台，徙徐州七千余户至黎阳，亦留从子彭城王脱居守，领徐州刺史，自引军还中山，命辽西王农都督兖豫荆徐雍五州军事，屯兵邺城。独翟钊单骑奔入西燕，西燕主慕容永好意延纳，授钊车骑大将军，领兖州牧，封东郡王，偏钊住了年余，又生异志，复思叛永。永察出阴谋，方将钊杀死了事，翟氏乃绝。小子有诗叹道：

> 居心反复太无诚，不信如何得幸生！
> 试看丁零衰且尽，益知作伪总难成。

欲知后事如何，且看下回分解。

拓跋珪母子，屡濒死地，而卒得不死，是得毋天将兴魏，王者不死耶！然观诸珪之心术，实无足取，彼赖舅贺讷而得存，乃未几而导燕灭贺矣；彼恃慕容氏之援而得兴，乃未几而遣仪窥燕矣，无信无义，何以立国？顾竟得雄长朔方，历祚至百五十年，天道茫茫，殊不可问！岂其时方丁闰运，固凭力不凭理软？丁零翟氏，燕之所借以规复者也，翟斌忽迎垂，忽又欲叛垂，事泄被诛，咎由自取。然翟真、翟成、翟辽、翟钊等，辗转构难，虽相继败死，卒归于尽，而慕容氏之兵力，盖亦已半散矣。夷狄无亲，难与共事，慕容垂固尝负秦，亦曷怪翟氏之反复哉？

第六回

智姚苌旋师惊噩梦
勇翟瑶斩将扫屏宗

却说秦主苻登，自退屯胡空堡后，按兵不出。接应前回。后秦主姚苌，使弟硕德镇守安定，分置秦州守宰，派从弟常戍陇城，邢奴戍冀城，姚详戍略阳。秦益州牧杨定，出攻陇冀，阵斩姚常，并擒邢奴。姚详大惧，即将略阳城弃去，奔往阴密。定遂自称秦州牧，晋爵陇西王。秦主登方借定拒苌，不便斥责，只好许称王号，且加定为左丞相上大将军，都督中外诸军事，领秦梁二州牧。一面进窦冲为大司马，兼骠骑大将军，都督陇东诸军事，领雍州牧，杨璧为大将军，领南秦益二州牧，约与共攻后秦。三人才略心术，俱难重任，登所用非人，宜其致败。又敕并州刺史杨政，冀州刺史杨楷，各率部曲相会，再图大举。

姚苌遣将军王破虏，略地秦州，为杨定所破，狼狈奔还。秦主登出攻鸯泉堡，由姚苌亲自驰救，登亦引退。苌嘱使东门将军任瓮等，致书与登，诈为内应，登得书后，即欲轻骑践约。征东将军雷恶地，在外将兵，得知此事，即驰入白登道："姚苌多诈，怎可轻信？请三思后行！"登乃中止。嗣探得任瓮诈降，悬门以待，乃惊语左右道："雷征东料敌如神，若非彼言，我几为竖子所欺了。"恶地因谏苌有功，亦未免语带矜夸，偏登又阴怀猜忌，只恐他另生恶念，逐渐见疏。莫非因他以恶为名故致生忌，但好猜如此，何由御人？恶地果然疑惧，竟往降后秦，姚苌命恶地为镇军将军。

36

　　既而秦镇东将军魏褐飞，自称冲天王，号召氐胡部落，围攻杏城。杏城为后秦安北将军姚当成所守，便驰使报告姚苌，请速济师。苌自引精兵千六百人，往援杏城，哪知降将恶地，又与褐飞相应，反攻李润。<small>镇名在冯翊西。</small>两人会合拢来，众至数万，氐胡又相继奔赴，络绎不绝。苌固垒不战，佯示怯弱，褐飞见苌兵弱少，意存轻藐，毫不加防，不意后面有苌兵掩入，立致惊溃。苌既分兵绕击褐飞，自己在营中眺着，望见褐飞后营，尘头扰乱，料知褐飞中计，便即驱兵杀出，直击褐飞前营。褐飞前后受敌，吓得手足无措，只好没路的乱撞。偏偏冤家路狭，正与姚苌相值，再欲回头返奔，已是不及，那好头颅即被人取去了。褐飞有众三万人，死了一万，降了一万，逃去一万，霎时间成为平地。杏城守将姚当成，出迎姚苌，苌命就营址间，每一栅孔，改植一树，作为战胜纪念。当成嫌营地太小，苌笑道：“我自结发以来，与人交战，从没有这般奇捷。试想我军不过千余，能骤破三万贼众，可见营地以小为奇，如贼大营，有什么用处哩！”说着，复命移兵往击恶地。兵方启行，恶地已前来谢罪，俯伏投诚。苌传命宥免，令他随归长安，待遇如初。<small>恶地首鼠两端，实可杀却。</small>

　　过了一年，冯翊人郭质，忽起兵应秦，移檄三辅，数苌过恶。三辅多赍书归附，独郑县人苟曜不从，聚众数千，与质为敌。秦授质为冯翊太守，后秦授曜为豫州刺史。曜与质互相战争，质屡次失利，败奔洛阳，后来苟曜为秦所诱，密约秦主登出兵，愿为内应。<small>胡人真多反复。</small>登督兵赴约，竟至马头原，姚苌引众逆战，为登所败，右将军吴忠阵亡。姚硕德等拚命拦截，才得勉强收军，不致大挫。苌令军士饱食干粮，再行进战，硕德旁问道：“陛下每战不胜，即有奇谋，今战既失利，又欲进攻，果有何策？”苌答道：“登用兵迟缓，不识虚实，今轻兵直进，竟据我东首，这定是苟曜竖子，与他通谋，所以冒险前来；若再不与战，日久势增，祸更难测，故不如更与交锋，使苟曜未得连合，登尚疑信参半，当可转败为胜，解散贼谋哩。”说毕，上马督兵，进攻登营。登不防姚苌再至，仓皇接仗，士无斗志，纷纷溃退，苌驱众追杀一阵，斩获无算，直至登奔往郿城，始命凯旋。诸将益佩服苌谋。

　　嗣闻登复移攻安定，苌命太子兴居守长安，自往拒登。临行时嘱兴道：“苟曜好为奸变，他闻我北行，必来见汝，汝宜将他捕戮，免贻后患。”兴唯唯受教。果然苌就道后，曜即入关见兴，当被兴喝令拿下，推出枭首，然后报达姚苌。苌闻苟曜已死，安心前行。至安定城东，见登引众来前，立即麾众与斗，把登击退。苌入城犒军，宴集将佐，诸将进言道："今日魏武王尚存，苌谥兄襄为魏武王见七十二回。必不令此贼久盛，陛下但务拒守，不愿进击，所以养寇到今，尚未荡平呢。"苌微哂道："我原是不及亡兄，约算起来，共有四种。我兄身长八尺五寸，臂垂过膝，人一望见，便觉生畏，这是我第一种不及处；我兄与天下争衡，虽遇十万雄师，毫不畏缩，当先直进，横厉无前，这是我第二种不及处；我兄谈古知今，讲论道艺，善遇英雄，广罗俊异，这是我第三种不及处；我兄董率大众，履险如夷，上下咸服，人人愿尽死力，这是我第四种不及处。我事事不及亡兄，尚得建立功业，策任群贤，无非靠了一些智略，稍得过人一筹。符登穷寇，将来总要覆亡，何必急速求功，反致败事哩！"于是群下咸称万岁。越日苌复下书，令诸镇各置学官，不得偶废，考试优劣，量才擢叙。会秦骠骑将军没奕于，率户六千，来降姚苌，苌授没奕于为车骑将军，封高平公。

既而苌遇重疾，因遣弟硕德镇李润，仆射尹纬守长安，亟召太子兴驰诣行营。那秦主符登，方立昭仪李氏为继后，连日庆宴，闻得姚苌有病，不禁大喜，便欲乘机往攻，厉兵秣马，特向苻坚神主前祷告道：

曾孙登自受任执戈，几将一纪，未尝不上天锡佑，皇鉴垂矜，所在必克，贼旅冰摧。今由太皇帝之灵，降灾疾于逆羌，以形类推之，丑虏必将不振。登当因其陨毙，顺行天诛，拯复梓宫，谢罪清庙。神祖有灵，实式凭之！

祷毕，复大赦境内，加百僚位秩各二等，遂督兵出行，进逼安定。去城只九十余里，忽由侦骑入报道："姚苌已引兵出城，想是前来迎战了。"登惊诧道："敢是苌已病愈了么？"随即带领轻骑，自往觇苌。行至中途，又有探马来报道："姚苌已遣将姚熙隆，从间道绕出，攻我大营去了。"登又恐大营有失，勒马回营，望见距营数里，果有敌军扎住，因天色已晚，不欲往攻，但命部众戒严，枕戈夜宿，好容易过了一宵，差幸夜间无事，黎明即起，正在营中早餐，忽有逻骑入告道："贼营都空空洞洞，不知所向了！"登大惊道："这是何人？去令我不知，来令我不觉，人人说他将死，他偏又来出现，我与此羌同时，真是不幸极了！"遂引兵徐退，途次亦严勒部伍，井井不紊，才得安然还雍。究竟姚苌用何计策，得退登军。原来登出兵时，苌病小愈，他不欲与登剧战，所以想出了一条疑兵计，诡去诡来，使登无从测摸。等到登退兵还雍，他本已绕出登前，伏兵待着。及见登行列整齐，料不可犯，也乐得让他过去，自还安定罢了。**确是狡猾。**

秦雍州牧窦冲，已进任右丞相，冲徙屯华阴，被晋河南太守杨佺期击走，他尚矜才使气，上书登前，自请加封天水王。**是由杨定为王引使出来。**登偏不许，冲竟僭称秦王，改年元光。登闻报大怒，即引兵攻冲。**厚杨定而薄窦冲，登实不公。**冲情急生变，遂向后秦乞降，请发援师。姚苌欲力疾赴救，尹纬进言道："太子纯厚有声，唯将略未曾著闻，可遣令代征，使示威武，也是固本的要着哩。"苌乃召兴入嘱道："闻冲兵现屯野人堡，汝若趋救，必有一场恶战，胜负未可逆料，不若径攻胡空堡，使符登撤围还援，那时冲围自解，汝亦可全军引还了。"兴受计而去，行抵胡空堡，登果还救，兴遵着父命，不与交战，便即退归。

苌因久病未瘥，命兴先还长安，自引从臣继发。到了新支堡，夜宿驿中，朦胧中见一金甲皇帝，领着数多将士毁门进来，仔细一瞧，那皇帝不是别人，正是秦王符坚。当下骇惧欲奔，回头急望，恍惚见有宫门开着，便踉跄跑入。可巧有宫人出来，便向他们呼救，宫人手中，各有长矛持着，应声拒敌，争把手中矛掷去，不意敌兵未曾击倒，自己的肾囊上，反被掷中一矛，顿致痛彻肺腑。更可恨的是敌兵哗笑，拍掌欢语道："正中死处，正中死处！"那时又痛又愤，咬着牙根，将矛拔去。矛才拔出，血即狂流，越觉痛不可耐，一声号呼，竟致惊悟，才知是一魇梦。**心虚易致鬼揶揄。**挑灯审视，既没有什么皇帝，又没有什么将士，不过肾囊上却是有些暴痛，卸裳俯视，略略红肿，也不知是何病症。挨至天明，肿势又添了一半，便召医官入视，医官就病论病，无非说是疝气等类，外敷内治，全不见效，只觉得囊胀难忍，令医用针刺治。医官不得已如言施针，竟致血出不止，仿佛似梦，苌痛极致晕，不省人事。好容易灌救得活，仍是神志不清，狂言谵语，或云臣苌该死；或云杀死陛下，实为兄襄，并非臣罪，幸勿枉臣！**半真半假，死且欺人。**从官见苌病亟，不便逗留，只得将苌舁置车中，使他卧着，匆匆还入长安。苌偶觉清醒，便召太尉姚旻，尚书左仆射尹纬，右仆射姚晃，尚书狄伯支等，受遗辅政，且嘱太子兴道："受遗诸公，统是我患难至交，如有人无端诬毁，慎勿轻信！汝能抚骨肉以仁，接大臣以礼，待物以信，字民以恩，四德具备，自可永年，我虽死无忧！"言毕即逝，时年六十有四，在位八年。

兴恐内外有变，秘不发丧，急调叔父绪镇安定，硕德镇阴密，召弟崇还镇长安。硕德部下诸将佐，各进白硕德道："公威名素振，部曲最强，今闻故主已终，新君甫继，恐不免与公相猜，公不若径赴秦州，观望时势，自作良图，免贻后戚。"硕德怫然道："太子志度宽明，必无疑阻。今符登未灭，即自寻干戈，是蹈三国时二袁覆辙，袁谭、袁尚。徒取灭亡，我宁死不愿出此呢！"随即启行至长安，与兴相见，兴优待如常，遣令赴镇。一面自称大将军，授尹纬为长史，狄伯支为司马，部署将士，严备符登。

登屡使侦骑觇视，探得姚苌死耗，当即还报，登欣然道："姚兴小儿，怎能敌我，但折杖以笞，便足使他屈服了。"夜郎自大。遂驱众尽出，但留弟安成王广守南安，太子崇守胡空堡，自督兵径向关中。复遣使拜金城王乞伏乾归为河南王，领秦梁益凉沙五州牧，并加九锡。这乞伏乾归，就是乞伏国仁弟。国仁尝受符登封爵，称苑川王，见七十二回。逾年即殁，子公府尚在幼年，部众谓宜立长君，因推乾归为大将军大单于，改元太初，徙居金城。且向秦报闻，秦遣使册封乾归为金城王。乾归雄武英杰，不亚乃兄，征服附近部落，威振边陲。立妻边氏为王后，用出连乞都为丞相，悌眷为御史大夫，也是一个小朝廷制度。符登欲规取长安，所以加封乾归，联为声援，自引兵急进，从六陌趋废桥。后秦始平太守姚详，据住马嵬堡，堵截登军。姚兴恐详不能御，特遣长史尹纬，率兵助详。纬径至废桥拒登，登争水不得，兵多渴死，遂麾众攻纬。纬正欲与战，忽见狄伯支驰至，传达兴命，教他持重，不可轻战。纬勃然道："先帝升遐，人情震惧，今不思奋力歼寇，乃使逆竖压境，日久变生，大事去了！纬情愿死争，不敢闻命！"说罢，便麾众出战，一当十，十当百，竟将登众杀败，追奔数里，斩馘甚多。

是夜，登竟溃归，纬乃旋师奏功。兴始为父发丧，举哀成服，命在槐里筑坛，嗣即帝位，大赦境内，改元皇初。寻由长安至安定，调集人马，再击符登。登败回南安，不料弟广与子崇，都因闻败心惊，弃戍远窜，转令登穷无所归，没奈何奔至平凉，收集溃卒，走入马毛山。蓦闻姚兴又率众来攻，自思众心携散，不能再战，乃亟遣子崇驰诣金城，向乞伏乾归处求援，并进封乾归为梁王，愿将妹东平长公主嫁与乾归。乾归乃遣前将军乞伏益州，冠军翟瑶，分领骑兵二万，往救符登。登闻援兵将至，出山探望，遥见山南有大兵驰到，正道是援兵前来，便即踊跃欢迎。待至两下遇着，才觉叫苦不迭，原来不是援兵，乃是姚兴进袭的潜师。那时退避不遑，只好与他交战，不到半时，部众一半伤毙，一半逃去，单剩登一人一马，返身乱跑，被兴兵快马追及，你矛我槊，戳死马下。总计登在位九年，大限五十二岁。

登子崇奔至湟中，得悉乃父死耗，还想据位称尊，草草登极，改元延初，再遣人至乾归处乞师。时乞伏益州等不及援登，中道折回，报明符登战死情状，乾归即变易初心，遂回崇使。崇孤立无助，自知艰危，乃走依陇西王杨定。定闻乾归不肯发兵，投袂而起，召集步骑二万人，与崇共攻乾归。乾归得报，顾语诸将道：“杨定勇虐聚众，穷兵逞欲，我看他此次前来，乃是恶贯已盈，徒自取死。天方授我，此机正不可错过呢！”乃遣凉州牧乞伏轲殚、秦州牧乞伏益州、立义将军诘归等，出拒杨定。

益州为乾归弟，素称骁勇，先驱急进，驰至平川，正值杨定麾兵进来。益州兵少，杨定兵多，毕竟双拳不敌四手，被定杀败，夺路奔回。轲殚诘归，亦引众退还，独冠军翟瑶，趋入轲殚营中，仗剑进言道：“我王具神武英姿，开基陇右，东征西讨，无不席卷，所以威振秦梁，声光巴汉，将军身膺重寄，位重维城，理应宣力致命，保安家国，秦州虽败，二军犹全，奈何不思赴救，便即返奔，将军自思，尚有什么面目，敢见我王呢？瑶虽不才，愿为国效死！”*可谓壮士。* 轲殚听了，不禁怀惭，便向瑶谢过道：“我所以未赴秦州，正恐众心摇动，未肯向前，今如将军所言，已知众愤，且败不相救，当坐军罚，我难道敢自偷生，徒取罪戾么！”说着，即命瑶为先锋，自率骑兵继进；且遣人分报益州诘归。益州诘归，也勒众再进，夹攻杨定。定恃胜无备，陡遇三路杀来，竟至无法抵挡。主将慌忙，众愈骇散，那翟瑶舞着大刀，左斩右劈，如入无人之境。定尚思拦阻，不防瑶已至马前，砉的一声，头竟落地。就是秦嗣主崇，亦不及奔逃，致为敌军所杀。秦自符健僭号，传至符崇，合计六主，共四十四年而亡。小子有诗叹道：

> 善败不亡善战亡，符秦一代费评章。
> 寿春六陌重寻辙，祸始佳兵终不祥。

符氏已亡，乾归并有陇西巴蜀诸地，遂增置官属，张示声威，欲知他一切详情，待至下回再叙。

五胡十六国中，符秦最盛，而衰败亦最速。符坚以淝水之败，便至不振，卒死姚秦之手。符登以废桥之败，即无所归，仍为姚氏所杀，而符崇更不足道焉。即是以观，可见姚苌之梦见符坚，并非坚之真能为祟，不过苌私心负疚，恐遭冥谴，迨至病危神散，乃有此梦魂之可怖耳。不然，坚能祸苌，宁独不能自保子孙耶？唯坚之得国，由于篡弑，故其后卒不得令终；苌虽叛坚，而为兄复仇，犹有可说，其得保首领以殁，盖于侥幸之中，有理数存焉。谁谓乱世之必无天理哉！

第七回

失都城西燕被灭
压山寨北魏争雄

却说乞伏乾归，增置官属，令长子炽磐领尚书令左长史，边芮为尚书左仆射右长史，秘宜为右仆射，翟瑥为吏部尚书，翟勍为主客尚书，杜宜为兵部尚书，王松寿为民部尚书，樊谦为三公尚书，方弘、麹景为侍中。此外拜授，一如魏武晋文故事，犹自称大将军大单于。惟杨定死后，天水人姜乳，袭据上邽，因遣乞伏益州往讨。边芮王松寿入谏乾归道："益州贵为介弟，屡立战功，因胜致骄，常有德色，古人谓骄兵必败，若令他专阃，恐非所宜。"乾归道："益州骁勇，非诸将所能及，我但恐他刚愎自用，或致偾事，今当另简重佐，便可无忧！"说着，遂派韦乾为行军长史，务和为司马，令与益州偕行。至大寒岭，益州果不加部勒，反纵军士解甲游畋，日夕酣饮；且下令道："敢言军事者斩！"韦乾看不过去，只好邀同务和，违令进谏道："将军为王室懿亲，受命专征，期殄凶丑，今贼已逼近，奈何解甲自宽，宴安鸩毒，古有明戒，望将军三思！"益州大言道："乳众乌合，闻我到来，理应远窜，若欲与我决战，便是自来送死，我自有擒贼方法，卿等勿忧！"全是骄态，唯不杀韦乾，还算气宽。韦乾等只好退出，自加戒备。果然姜乳引众劫营，益州未曾预防，竟被陷入，仓皇惊溃。还亏韦乾等救护益州，且战且行，才得逃脱性命。乾归闻益州败还，也仿秦穆公悔过语云："孤违蹇叔，致有此败，将士何罪，罪实在孤呢！"乃概令复职，悉置勿问。并令兵士休养，暂息干戈。

　　杨定无子，从弟盛先守仇池，特为定发丧，追谥武王，自称秦州刺史仇池公。仇池前为秦灭，曾由杨安镇守，*见六十二回。*后来杨安他徙，辗转为杨定所据，定死盛继，仍算未绝，并遣使称藩东晋，晋廷但务羁縻，封盛为仇池公。盛与定原属氐族，因分氐羌为二十部护军，各自镇戍，不设郡县。乞伏乾归也不愿过问，仇池始得少安。

　　事且慢表，且说燕主慕容垂，扫灭丁零，还至中山，闻翟钊奔入西燕，乃议兴兵西略，往攻慕容永。诸将俱说道："永未有大衅，不宜轻伐，且近来连岁战争，士卒久劳，居民亦不暇耕织，疮痍满目，哭泣盈途，宜乘此安抚兵民，待时而动，区区长子，无庸深忧呢！"独司徒范阳王德驳议道："昔三祖积德，遗训在耳，所以陛下龙兴，人皆思燕，不谋而合。永与陛下系出同宗，乃独僭称尊号，煽动华夷，惑民视听，致令群竖纵横，逐鹿不息，今若不先加除灭，恐民心不壹，后患方长，怎得谓不足深忧！就使士卒疲劳，此举亦不能再缓了！"垂掀须语诸将道："司徒所议，与我同意，古称：'二人同心，其利断金。'我计决了！且我年虽老，扣囊底智，尚足歼除此贼，不宜再留遗患，累我子孙呢！"*除去慕容永，亦未必子孙久长。*乃发步骑七万人，遣镇西将军丹阳王瓒，及龙骧将军张崇，往攻晋阳，征东将军平视，往攻沙亭，自率大军赴邺。晋阳守将，为西燕主永弟武乡公友，沙亭守将，为西燕镇东将军段平。西燕主永，尚恐两处有失，因再遣尚书令刁云，与车骑将军慕容钟，率众五万，出屯潞川，使为援应。垂复使太原王楷出滏口，辽西王农出壶关，自出沙亭击永。

　　永急令从子征东将军小逸豆归，镇东将军王次多，右将军勒马驹等，率兵万余，往戍台璧。又派遣诸将，分道拒守。偏燕军沿途逗留，月余不进。永莫名其妙，但恐垂声东击西，佯从邺城进兵，暗中却分兵潜入太行，*山名。*绕击背后，所以预防一着，特调诸军还扼太行，严守轵关，唯留台璧军不遣。垂正要他调开各军，好使部众前进，既闻慕容永中计，立即趋就慕容楷，同进滏口，入天水关，直抵台璧。小逸豆归飞报慕容永，永遣太尉大逸豆归，至台璧助战，适垂将平视引兵驰至，垂即使与大逸豆归交锋，一阵痛击，大逸豆归败去。小逸豆归不得已与王次多勒马驹等，开壁出战。平视再与奋斗，正杀得难解难分的时候，忽由慕容楷慕容农杀到，两支统是生力军，纵横驰骤，锐不可当。小逸豆归自知不敌，急忙收兵入壁，偏敌军两面围裹，一时不能杀出，等到死命冲突，才得一条血路，奔入垒中。部兵万余名，伤亡了六七千。就是王次多勒马驹，也相继战死，连骸骨都无从夺回。更可怕的是台璧外面，统是敌军，围得铁桶相似，除非插翅腾空，不敢出去。小逸豆归坐守孤城，只眼巴巴地向西望着，专待援军到来。

时大逸豆归已奔还报永，永乃自率精兵五万，驰救台璧，屯兵河曲，贻垂战书。垂批回战期，列阵台璧南面，分农楷二军为左右翼，又使慕容国率兵千人，伏深涧下。越日交兵，由垂亲往挑战，两下里不及答话，便将对将，兵对兵，角斗起来。才及片时，垂竟拍马返奔，将士亦佯作败状，曳械遁走。永不管好歹，挥兵急追，人驰马骤，争向深涧中跃过，似乎有灭此朝食的气象。不料驰至半途，那慕容楷、慕容农两军，出来截住，夹攻永军，垂又翻身转来，迎头痛击，永三面受敌，如何支持？只得回马奔还。追兵变做逃兵，逃兵反变做追兵，胜负变幻，真不可测。永驰还涧旁，不防慕容国又复杀出，截住去路。垂与农楷等在后紧追，累得永进退两难，顿致全军大乱，或被杀，或被溺，死了无数士卒。永还须迟死数月，所以幸得逃脱，奔还长子。*永已用兵数年，连诱敌计都未预防，实是个没用家伙。*

晋阳沙亭潞川各守将，统闻风逃散，慕容钟且奔降垂营。永闻钟叛去，竟将钟妻子拘住，悉数骈戮。*死在目前，还要如此暴虐。*又恐长子受围，拟留太子亮居守，自奔后秦。侍中兰英道：“昔石虎攻我龙城，我太祖坚守不去，终得创业垂基，造成大燕。今垂七十老翁，厌苦兵革，难道能连年不返，长此围攻么？为今日计，但当缮修守备，坚壁勿战，待他师老粮尽，自然退去了。”永乃依议，撄城拒守。那燕兵即陆续趋至，环集城下，四面筑栅，把一座长子城，团团围住。一攻一守，约莫有四五十日，城中虽未被陷，却已孤危得很。乃遣子常山公泓，赍取玉玺一方，缒城夜出，向晋雍州刺史郗恢处求救，恢即请命晋廷。晋虽有诏许援，但征发需时，一时如何应急？永恐晋兵不至，又遣太子亮诣魏乞师。亮出城时，被燕将平视探知，引兵追及，把亮擒回。只有随骑逃脱，得至盛乐，见魏王拓跋珪，涕泣求援。珪本与西燕通好，见七十三回。乃命陈留公虔，将军庾岳，率骑五万，出屯秀谷，相机进行。怎奈长子城日危一日，晋魏兵又皆未至，急得守城将士，朝不保暮。大逸豆归与部将窦韬等，起了歹心，竟潜通外兵，开城延敌。慕容永惊悉内变，忙挈着眷属，奔往北门。冤冤相凑，兜头碰着燕军前队，一声呐喊，把永围住。永无从逃脱，只好束手受擒，所领家属，无一幸免，统被缚至慕容垂前。垂责他僭据位号，滥杀宗族，罪无可恕，叱出斩首，妻子等当亦受戮。慕容俊子孙前时被永所杀，至此始得瞑目。又执住刁云等四十余人，一体加诛。大逸豆归昂首进谒，还道是开城有功，得邀重赏，偏被垂叱他不忠，赏他一刀两段。该死！总计西燕自慕容泓改元，至永亡国，已易六主，合计只十有一年。

垂既灭西燕，得永所统八郡七万余户。令宜都王慕容凤为雍州刺史，镇守长子，丹阳王慕容缵为平州刺史，镇守晋阳，自率军驰还邺城，复东巡阳平平原，因闻晋有救永意，特使慕容农渡河，与镇南将军尹国，攻晋廪丘阳城，先后陷入，晋平东太守韦简，引兵截击，败死平陆。晋高平太守徐含远，遣使至刘牢之处乞援，牢之不能赴援，遂致高平泰山琅琊诸郡，陆续奔溃。慕容农进兵临海，分置守宰，方才引还。垂北往龙城，告捷太庙。

会接得北方军报，谓魏王珪已出师秀谷，侵逼附塞诸郡。垂本拟亲出伐魏，因年已衰迈，疲病难行，乃遣太子宝为统帅，使与辽西王农赵王麟等，率步骑八万人，自五原伐魏。是时慕容柔慕容楷诸人，相继病殁，唯慕容德、慕容绍掌兵如故。垂令绍统步骑一万八千，为宝后应，散骑常侍高湖，上书谏垂道："魏与燕世为姻婚，结好已久，今因求马不得，拘留彼弟，彼直我曲，不宜用兵。且拓跋珪沉鸷善谋，幼历艰难，饱尝世故，兵精士盛，更难轻敌。太子年少气壮，必且藐视珪众，诸多玩忽，万一挫失，大损国威，愿陛下慎重将事"云云。语皆合理。垂非但不从，反褫湖官爵，竟令宝等北进。老昏颠倒。

魏王拓跋珪，方讨平刘卫辰，斩获卫辰父子，并诛他宗党五千余人。只卫辰少子勃勃，逃往薛干部，不及追获。当下掠得战马三十余万匹，牛羊四百余万头，载归盛乐，充做国用。嗣又向薛干部索交勃勃，薛干部酋太悉伏，拒绝魏使，竟将勃勃一人，送往后秦高平公没奕于。魏王珪又恨他抗命，袭破薛干部帐，逐去太悉伏，入帐屠掠，尽把财物取归，因此国帑充足，士饱马腾。补叙数行文字，上结刘卫辰，下引赫连勃勃。此次燕军入境，长史张衮语珪道："燕灭丁零，杀慕容永，一入滑台，再陷长子，今复倾众前来，总道我亦无能为，一战可取，我不如暂避凶锋，佯示羸弱，使他骄怠无备，然后发兵邀击，定可得胜！这就是兵志所谓'居如处女，出如狡兔'呢。"珪喜从衮议，遂徙部落畜产，西行渡河，直至千余里外，方才休息。

燕军进至五原，收降魏别部三万余家，割取穄田百余万斛，穄读祭，形似麦而性不粘，为朔方特产。移置黑城。复进军临河，采木造船，作为济具，约历旬余，才得制成千余艘。魏王珪闻燕兵将济，始发兵出拒，并遣右司马许谦，至后秦借兵，遥乞声援。燕太子宝，正备齐船只，督兵下船，忽河中刮起一阵狂风，吹动船只，有数十艘牵勒不住，竟顺风漂往对岸。适魏兵前队，濒河游弋，即将燕舟缆住，搜获甲士三百余人，魏王珪与语道："燕主已死，燕太子何不早归，反要渡河前来呢？"说毕，即令一一释缚，纵使归营。燕兵得命，即将珪言还报，太子宝不免惊疑。原来宝引兵至五原，与中山使命往来，屡不见答，还道垂果有不测情事。其实中山非无复使，统被魏暗地遣兵，绕出燕营后面，把他截住，牵缚了去，所以出兵多日，不得闻垂起居。魏王珪既将燕兵纵归，使他传言，复令所执燕使人，隔河传语燕营，伪证燕主死状，益令宝等惊惶，士卒骇动，因此不敢径渡。珪遂使陈留公虔率五万骑屯河东，东平公仪，率十万骑屯河北，略阳公遵，率七万骑绕出河南，堵截燕军归路。再加后秦亦遣将杨佛嵩，引兵救魏，魏势益盛。

先是燕太子宝，行至幽州，所乘车轴，无故自断，术士勒安极言不祥，劝宝还军，宝不肯从。至是安复白宝道："天时不利，咎征已集，急速还军，尚可幸免！"宝仍然不听。安退出告人道："我辈并将委尸草野，不得生还了！"赵王麟部将慕舆嵩，疑垂真死。密谋作乱，将就军中奉麟为主，事泄被诛。宝因此忌麟，自思顿兵非计，遂焚船夜遁。时值初冬，天不甚寒，河冰未结，宝料魏兵必不能渡，未设斥堠。偏偏隔了一宵，河上朔风暴吼，天气骤冷，河冰四合。魏王珪竟引兵渡河，挑选锐骑二万余名，亟追燕军。

燕军还屯参合陂，突有大风裹着黑气，状若堤防，或高或下，从后过来，覆压军上。沙门支昙猛，知为凶象，急向宝进言道："风气暴迅，魏兵将至，请遣兵抵御为要！"宝以为去敌已远，尽可无虑，但从鼻中嗤了一声，余不复言。昙猛固请不已，慕容麟在旁发怒道："如殿下神武过人，拥兵甚众，自足威行沙漠，索虏怎敢远来？今昙猛无端絮聒，摇惑众心，按律当斩！"昙猛泣语道："秦王苻坚驱动百万雄师，南下侵晋，一败涂地，正由恃众轻敌，不信天道所致。今天象已经告警，还斥昙猛多言，昙猛死亦何恨，只可惜许多将士哩！"宝虽不欲杀昙猛，但总未肯尽信。还是范阳王德谓："宁可预防，毋贻后悔。"宝乃遣麟率众三万，作为殿军，借防不测。既从德言，何不即使德断后，乃仍委麟充任，总之，麟宝各有忮心。麟之誉宝实欲败宝，宝之遣麟即欲害麟，营私如此，怎得不败！麟虽依令断后，总道魏兵不至来追，但纵骑游猎，不肯设备。

俄而黄雾四塞，日月无光，宝遣侦骑还诇魏兵，侦骑只行了十余里，即解鞍卧着，魏兵昼夜兼行，到了参合陂西偏，燕军尚未察觉。靳安又白宝道："今日西北风甚劲，定是追兵将至的应兆，宜饬兵士倍道速归；否则定难免祸了！"宝尚以诘旦为期，是夜还安宿营中。至次日天明，晨曦已上，方拟饬军启行，哪知山上已鼓角乱鸣，震动天地。开营仰望，见魏兵正从山腰下来，好似泰山压卵一般。这一惊非同小可，吓得燕军个个股栗，各思逃生。再加宝平日在营，不善抚循，毫无纪律，仓猝遇敌，哪个肯为宝效死，一声哗噪，都弃营飞奔。魏兵从上临下，正如风扫残叶，所过皆靡。燕军急不择路，统向涧中乱走。涧中虽有坚冰，到了人马腾踔的时候，或被滑倒，或致踏碎，不是压死，就是溺死，迟一步的，即被魏兵杀死。及逾涧后，死伤已达万人；再经魏拓跋遵率兵冲出，截住去路，燕军四五万人，都恨宝不用良言，致陷绝地，索性投戈抛甲，敛手就擒。只有数千将佐，保住太子宝等，杀开一条血路，踉跄走脱。陈留王慕容绍被杀，鲁阳王倭奴，桂阴王道成，济阴公尹国等，及文武将吏数百人被擒，还有太子宝宠妻，及东宫侍女，*出兵打仗，何必挈此妻小？宝之淫昏，可见一斑！*以及兵甲辎重，军粮资财，一股脑儿被魏掠去。

魏王珪但欲拣留数人，余皆赦还。偏有一人出阻道："不可，不可！"珪看将过去，乃是中部大人王建。便问他有何评议，建抵掌高谈，强说出一番大道理来，遂令被擒的燕军，都做了异域的鬼奴。小子有诗叹道：

> 大德由来是好生，如何入帐敢相争；
> 片言断送多人命，惨比长平赵卒坑。

欲知王建如何说法，待至下回声明。

本回叙后燕战事，一胜一负，恍若有特别之报应，寓乎其间。慕容垂之顿兵不进，拓跋珪之避敌远徙也。慕容垂之分道攻永，拓跋珪之分军蹙宝也。慕容垂善于诱敌，而拓跋珪适似之。垂能灭人国，覆人师，方自诩为囊底智术，运用无穷，而不意其子之不能肖父，竟为拓跋珪所赚，参合之败，全军覆没，父若虎而子若豚犬，何相反之若是其甚也！意者由父不修德，但务骋智，天道恶盈，乃有此极端之报复欤？靳安支昙猛辈，虽极口苦谏，宁能挽天道于无形哉？

第八回

子逼母燕太后自尽
弟陵兄晋道子专权

却说王建入帐，请魏王珪尽杀燕军，略谓燕恃强盛，来侵我国，今幸得大捷，俘获甚众，理应悉数诛戮，免留后患，奈何反纵使还国，仍增寇焰云云。珪尚以为疑，顾语诸将道："我若果从建言，恐南人从此仇视，不愿向化，我方欲吊民伐罪，怎可行得？" **吊民伐罪一语，不免过夸，但珪之本心，却还可取。** 偏诸将赞同建议，共请行诛。建又向珪固争，珪乃命将数万俘虏，尽数坑死，才引还盛乐去了。燕太子宝，弃师遁还，不满人口，宝亦自觉怀惭，请再调兵击魏。范阳王德，亦向垂进言道："参合一败，有损国威，索虏凶狡，免不得轻视太子，宜及陛下圣略，亲往征讨，摧彼锐气，方可免虑，否则后患恐不浅了！" **即能摧魏，亦未必果无后患！** 垂乃命清河公会领幽州刺史，代高阳王隆镇守龙城，又使阳城王兰汗为北中郎将，代长乐公盛镇守蓟郡。会为太子宝第二儿，与盛为异母兄弟，盛妻兰氏，即兰汗女，且与垂生母兰太后，系出同宗，所以亦得封王。垂使两人代镇，是要调还隆盛部曲，同攻北魏，定期来春大举。太史令入谏道："太白星夕没西方，数日后复见东方，不利主帅，且此举乃是躁兵。躁兵必败！" 垂以为天道幽远，不宜过信，仍然部署兵马，准备出师。唯自参合陵败后，精锐多半伤亡，急切招募，未尽合用。尚幸高阳王隆，带得龙城部曲，驰入中山，军容很是精整，士气方为一振。垂复遣征东将军平视，发兵冀州，不料平视居然叛垂。视弟海阳令平翰，又起兵应视，镇东将军余嵩，奉令击视，反至败死。垂不得已亲出讨逆，视始怯遁。翰自辽西取龙城，亦由清河公会，遣将击走，奔往山南。于是垂留范阳王德守中山，自率大众密发，逾青岭，登天门，凿山开道，出指云中。魏陈留公拓跋虔，正率部落三万余家，居守平城。垂至猎岭，用辽西王农，高阳王隆，为前锋驱兵袭虔。虔自恃初胜，未曾设防，待至农隆两军掩至城下，方才知悉。他尚轻视燕军，即冒冒失失的率兵出战。龙城兵甚是勇锐，呐一声喊，争向虔军队内杀入。虔拦阻不住，方识燕军厉害，急欲收兵回城，那慕容隆已抄出背后，堵住门口。待虔跃马奔回，当头一槊，正中虔胸，倒毙马下。内外魏兵，见虔被杀，统吓得目瞪口呆，无路奔逃，只好弃械乞降。隆等引众入城，收降魏兵三万余人，当即向垂报捷。垂进至参合陂，见去年太子宝战处，积尸如山，不禁悲叹，因命设席祭奠。军士感念存亡，统皆哀号，声震山谷。垂由悲生惭，由惭生愤，霎时间胸前暴痛，竟致呕血数升，几乎晕倒。左右忙将垂舁登马车，拟即退还，垂尚不许，仍命驱军前行，进屯平城西北三十里。太子宝等本已赴云中，接得垂呕血消息，便即引归。魏王珪闻燕军深入，却也惊心，意欲北走诸部，嗣又有人传报，讹言垂已病死阵中，复放大了胆，率众南追。途次得平城败耗，更退屯阴山。垂驻营中十日，病且益剧，乃逾山结营，筑燕昌城，为防魏计，既而还至上谷，竟至殁世。遗命谓祸难方启，丧礼务从简易，朝终与殡，三日释服，唯强寇在迩，应加戒备，途中须秘不发丧，待至中山，方可举哀治葬等语。太子宝一律遵行，密载垂尸，亟还中山，然后发丧。垂在位十三年，殁年已七十有一。由太子宝嗣即帝位，谥垂为神武皇帝，庙号世祖。尊母段氏为太后，改建兴十一年为永康元年。**垂称王二年，虽易秦为燕，未定年号，至称帝以后，方改年建兴。事见前文。**命范阳王德，都督冀兖青徐荆豫六州军事，领冀州牧，镇守邺城，辽西王农，都督并雍益梁秦凉六州军事，领并州牧，镇守晋阳，赵王麟为尚书左仆射，高阳王隆为右仆射，长乐公盛为司隶校尉，宜都王凤为冀州刺史。余如异姓官吏，亦晋秩有差。宝为慕容垂第四子，少时轻狡，也无志操，弱冠后冀为太子，乃砥砺自修，崇尚儒学，工谈论，善属文，曲事乃父左右，购得美名。垂因立为储贰，格外宠爱。其实宝是假名窃位，既得逞志，复露故态，中外因此失望。垂继后段氏，尝乘间语垂道："太子姿质雍容，轻柔寡断，若遇承平时候，尚足为守成令主；今国步艰难，恐非济世英雄，陛下乃托以大业，妾实未敢赞成！辽西高阳二王，本为陛下贤子，何不择一为嗣，使保国祚！赵王麟奸诈强愎，他日必为国患，这乃陛下家事，还乞陛下图谋，毋贻后悔！"垂不禁瞋目道："尔欲使我为晋献公么？"段氏见话不投机，只好暗暗下泪，默然退出。原来宝为先段后所出。麟农隆柔熙，出自诸姬，均与继后段氏，不属毛里。段氏生子朗鉴，俱尚幼弱，所以垂疑段后怀妒，从中进谗，不得不将她叱退。段氏既怏怏退出，适胞妹季妃入见，季妃为慕容德妻，见六十四回。因即流涕与语道："太子不才，内外共知，唯主上尚为所蒙，我为社稷至计，密白主上，主上乃比我为骊姬，真是冤苦！我料主上百年以后，太子必丧社稷！赵王又必生乱，宗室中多半庸碌，惟范阳王器度非常，天若存燕，舍王无第二人呢！"段元妃未尝无识，唯为此杀身亦是失计。季妃亦不便多言，但唯唯受教罢了。古人说得好，属垣防有耳，窗外岂无人？段后告垂及妹，虽亦秘密相商，但已被人窃听，传出外面，为太子宝及赵王麟所闻。两人当然怀恨，徐图报复。到了宝已嗣位，故旧大臣，总援着旧例，尊皇后为皇太后，宝说不出从前嫌隙，只好暂时依议。过了半月，即使麟入胁段太后道："太后前日，尝谓嗣主不能继承大业，今果能否？请亟自裁，还可保全段宗！"段太后听了，且怒且泣道："汝兄弟不思尽孝，胆敢逼杀母后，如此悖逆，还想保守先业么？我岂怕死，但恐国家将亡，先祖先宗，无从血食呢！"说毕，便饮鸩自杀。虽不做凡人妻，但结果亦属欠佳。麟出宫语宝，宝与麟又复倡议，谓段氏曾谋嫡储，未合母道，不宜成丧。群臣也不敢进谏。唯中书令眭邃抗议道："子无废母的道理，汉时阎后亲废顺帝，尚得配享太庙，况先后语出传闻，虚实且未可知，怎得不认为母？今宜依阎后故事，遵礼发丧。"宝乃为太后成服祔葬，追谥为成哀皇后。这且慢表。

且说晋孝武帝亲政以后，权由己出，颇知尽心国事，委任贤臣。淝水一战，击退强秦，收复青兖河南诸郡，晋威少振。事俱散见前文。太元九年，崇德太后褚氏崩，朝议以帝与太后，系是从嫂，服制上不易规定。褚氏为康帝后，康帝为元帝孙，而孝武为元帝少子，简文帝三男，故对于褚后实为从嫂。独太学博士徐藻，援《礼经》夫属父道、妻皆母道的成训，推衍出来，说是夫属君道，妻即后道，主上曾事康帝为君，应事褚后为后，服后应用齐衰，不得减轻云云。孝武帝遂服齐衰期年，中外称为公允。惟孝武后王氏，嗜酒骄妒，有失阃仪，孝武帝特召后父王蕴，入见东堂，具说后过，令加训导。蕴免冠称谢，入宫白后，后稍知改过，不逾大节。过了五年，未产一男，竟至病逝。褚太后与王皇后，并见六十四回中。当时后宫有一陈氏女，本出教坊，独长色艺，能歌能弹，应选入宫。孝武帝方值华年，哪有不好色的道理，花朝拥，月夜偎，尝尽温柔滋味，竟得产下二男，长名德宗，次名德文。本拟立为继后，因她出身微贱，未便册为正宫，不得已封为淑媛，但将中宫虚位，隐然以皇后相待。偏偏红颜不寿，翠袖生寒，到了太元十五年，又致一病告终。孝武帝悲悼异常。幸复得一张氏娇娃，聪明伶俐，不亚陈淑媛，面庞儿闭月羞花，更与陈淑媛不相上下，桃僵李代，一枯一荣，孝武帝册为贵人，得续欢情，才把陈淑媛的形影，渐渐忘怀，又复易悲为喜了。为下文被弑伏线。

唯自张贵人得宠，日伴天颜，竟把孝武帝迷住深宫，连日不亲政务。所有军国大事，尽委琅琊王道子办理。道子系孝武帝同母弟，俱为李昆仑所生。见六十三回。孝武即位，曾尊李氏为淑妃，嗣又进为皇太妃，仪服得与太后相同。道子既受封琅琊王，进位骠骑将军，权势日隆，太保谢安在位时，已因道子恃宠弄权，与他不和。见六十九回。安婿王国宝，系故左卫将军王坦之子，素性奸谀，为安所嫉，不肯荐引。国宝阴怀怨望，会国宝从妹，入选为道子妃，遂与道子相昵，常毁妇翁，道子亦入宫行谗。孝武帝素来重安，安又避居外镇，故幸得考终。但自安殁后，道子即首握大权，录尚书事，都督中外诸军，领扬州刺史。道子嗜酒渔色，日夕酣歌，有时入宫侍宴，亦与孝武为长夜饮，纵乐寻欢。又崇尚浮屠，僧尼日集门庭，一班贪官污吏，往往托僧尼为先容，无求不应。也是结欢喜缘。甚至年轻乳母，貌俊家僮，俱得道子宠幸，表里为奸。道子又擢王国宝为侍中，事辄与商，国宝亦得肆行无忌，妄作威福，政刑浊乱，贿赂公行。

尚书令陆讷，望宫阙叹道："这座好家居，难道被纤儿撞坏不成？"会稽处士戴逵，志操高洁，屡征不起。郡县逼迫不已，他见朝政日非，越加谢绝，逃往吴郡。吴国内史王珣，在武邱山筑有别馆，逵潜踪往就，与珣游处兼旬，托珣向朝廷善辞，免得再召。珣与他设法成全，逵乃复返入会稽，隐居剡溪。不略逸士。会稽人许荣，适任右卫领营将军，上疏指陈时弊，略云：

今台府局吏，直卫武官，及仆隶婢儿，取母之姓者，本臧获之徒，无乡邑品第，皆得命议，用为郡守县守，并带职在内，委事于小吏手中。僧尼乳母，竟进亲党，又

戴逵

受货赂，辄临官领众，无卫霍之才，而妄比古人，为患一也。佛者清虚之神，以五诫为教，绝酒不淫，而今之奉者，秽慢阿尼，酒色是耽，其违二矣。夫致人于死，未必手刃害之，若政教不均，暴滥无罪，必夭天命，其违三矣。盗者未必躬窃人财，讥察不严，罪由牧守，今禁令不明，劫盗公行，其违四矣。在上化下，必信为本，昔年下书，敕使尽规，而众议毕集，无所采用，其违五矣。僧尼成群，依傍法服，五诫粗法，尚不能遵，况精妙乎？而流惑之徒，竞加敬事，又侵逼百姓，取财为害，亦未合布施之道也。

　　疏入不报。会孝武帝册立储贰，命子德宗为皇太子。德宗愚蠢异常，口吃不能言语，甚至寒暑饥饱，均不能辨，饮食卧起，随在需人，所以名为储嗣，未尝出临东宫。似此蠢儿，怎堪立为储君！许荣又疏言太子既立，应就东宫毓德，不宜留养后宫，孝武帝亦置诸不理。

　　唯道子势倾内外，门庭如市，远近奔集，孝武帝颇有所闻，不免怀疑。王国宝谄事道子，隐讽百官。奏推道子为丞相，领扬州牧，假黄钺，加殊礼。护军将军车胤道："这是成王尊崇周公的礼仪，今主上当阳，非成王比，相王在位，难道可上拟周公么？"乃托词有疾，不肯署疏，及奏牍上陈，果触主怒，竟把原奏批驳下来，且因奏疏中无车胤名，嘉他有守。

　　中书侍郎范宁徐邈，守正不阿，指斥奸党，不稍宽假。范宁尤抗直敢言，无论亲贵，遇有坏法乱纪，必抨击无遗。尝谓王弼何晏二人，浮词惑众，罪过桀纣，所以待遇同僚，必以礼法相绳。王国宝为宁外甥，宁恨他卑鄙，屡戒不悛，乃表请黜逐国宝。国宝仗道子为护符，反构陷谮宁。不顾妇翁，宁顾母舅！宁且恨且惧，遂乞请外调，愿为豫章太守。豫章一缺，向称不利，他人就任，辄不永年，朝臣视为畏途。孝武帝览表亦惊疑道："豫章太守不可为，宁奈何以身试死哩！"宁一再固请，方邀允准。宁临行时尚申陈一疏，大略说是：

　　臣闻道尚虚简，政贵平静，坦公亮于幽显，流子爱于百姓，子读若慈，见《礼记》。然后可以轻夷险而不忧，乘休否而常夷，否上声，读如痞。先王所以致太平，如此而已。今四境晏如，烽燧不举，而仓庾虚耗，帑藏空匮。古者使民，岁不过三日，今之劳扰，殆无三日休息，至有残形剪发，要求复除，生儿不复举养，鳏寡不敢妻娶，岂不怨结人鬼，感伤和气！臣恐社稷之忧，积薪不足以为喻。臣久欲粗启所怀，日延一日，今当永离左右，不欲令心有余恨，请出臣启事，付外详择，不胜幸甚！

　　孝武帝得了宁疏，却也颁诏中外，令公卿牧守，各陈时政得失。无如道子国宝，蟠踞宫廷，虽有良言，统被他两人抹煞，不得施行。就是范宁赴任后，也有一篇兴利除害的表章，大要在省刑减徭，戒奢惩佚数事，结果是石沉海底，毫无音响。唯王国宝前被纠弹，尝使陈郡人袁悦之，因尼妙音，致书后宫，具言国宝忠谨，宜见亲信。这书为孝武帝所见，怒不可遏，即饬有司加罪悦之，处以斩罪。国宝越加惶惧，仍托道子入白李太妃，代为调停，方得无恙。

　　道子贪恣日甚，卖官鬻爵，无所不为。嬖人赵牙出自倡家，贡金献妓，得官魏郡太守。钱塘捕贼小吏茹千秋，纳贿巨万，亦得任为谘议参军。牙且为道子监筑东第，迭山穿沼，植树栽花，工费以亿万计。道子且就河沼旁开设酒肆，使宫人居肆沽酒。自与亲昵乘船往饮，谑浪笑敖，备极丑态。孝武帝闻他筑宅，特亲往游览，道子不敢拒驾，只好导帝入游。帝眺览一周，使语道子道："府内有山，足供游眺，未始不佳；但修饰太过，恐伤俭德，不足以示天下！"道子无词可答，只好随口应命。及帝既还宫，道子召语赵牙道："皇上若知山由版筑，汝必坐罪致死了！"赵牙笑道："王在，牙何敢死！"倡家子也读过《鲁论》么？道子也一笑相答。牙退后并不少戒，营造益奢。茹千秋倚势敛财，骤致巨富，子寿龄得为乐安令，赃私狼藉，得罪不诛，安然回家。博平令闻人奭据实弹劾，孝武帝虽怀怒意，终因道子袒护，不复查究。道子又为李太妃所爱，出入宫禁，如家人礼，或且使酒谩骂，全无礼仪。

　　孝武帝愈觉不平，意欲选用名流，任为藩镇，使得潜制道子。当时中书令王恭，黄门郎殷仲堪，世代簪缨，颇负时望，孝武帝因召入太子左卫率王雅，屏人密问道："我欲外用王恭殷仲堪，卿意以为何如？"雅答道："恭风神简贵，志气方严，仲堪谨修细行，博学能文，但皆器量褊窄，无干济才。若委以方面，天下无事，尚足称职，一或变起，必为乱阶。愿陛下另简贤良，勿轻用此二人！"雅颇知人。孝武帝不以为然，竟命恭为平北将军，都督青兖幽并冀五州军事，领青兖二州刺史，出镇京口，仲堪为振威将军，都督荆益宁三州军事，领荆州刺史，出镇江陵。又进尚书右仆射王珣为左仆射，王雅为太子少傅，内外分置心膂，无非欲监制道子。哪知内患未去，反惹出一场外患来了。小子因有诗叹道：

恶习都由骄纵成，家无贤弟咎由兄。
尊亲尚且难施法，假手群臣乱益生！

欲知晋廷致乱情形，且至下回再表。

家无贤子弟，家必败，国无贤子弟，国必亡。慕容垂才略过人，卒能恢复燕祚，不可谓非一世雄，其独择子不明，失之于太子宝，反以段后所言为营私。垂死而段后遇弑，子敢弑母，尚有人道乎？即无北魏之侵扰，其必至亡国，可无疑也。所惜者，段元妃自诩智妇，乃竟不免于祸耳。彼晋孝武帝之纵容道子，弊亦相同。道子固同母弟也，然爱弟则可，纵弟则不可。道子不法，皆孝武帝酿成之，委以大权，与之酣饮，迨至道子贪婪骄恣，宠昵群小，乃始欲分置大臣以监制之，何其谬耶！而王国宝辈更不值评论也。

第九回

殷仲堪倒柄授桓玄
张贵人逞凶弑孝武

却说孝武帝防备道子，特分任王恭殷仲堪王珣王雅等，使居内外要津，分道子权。道子也窥透孝武帝心思，用王国宝为心腹，并引国宝从弟琅琊内史王绪，作为爪牙，彼此各分党派，视同仇雠。就是孝武帝待遇道子，也与从前大不相同，还亏李太妃居间和解，才算神离貌合，勉强维持。道子又想推尊母妃，阴竖内援，便据母以子贵的古例，启闻孝武帝，请尊李太妃为太后。孝武帝不好驳议，即准如所请，即改太妃名号，尊为太后，奉居崇训宫。道子虽为琅琊王，曾领会稽封国，为会稽太妃继嗣。会稽太妃，就是简文帝生母郑氏，见六十三回。郑氏为元帝妾媵，未列为后。故归道子承祀，至是亦追尊为简文太后，上谥曰宣。群臣希承意旨，谓宣太后应配飨元帝，独徐邈谓太后生前，未曾伉俪先帝，子孙怎得为祖考立配？唯尊崇尽礼，乃臣子所可为，所建陵庙，宜从别设。有诏依议，乃在太庙西偏，另立宣太后庙，特称宣太后墓为嘉平陵。

又徙封道子为会稽王，循名责实，改立皇子德文为琅琊王。德文比太子聪慧，孝武帝常使陪侍太子，凡太子言动，悉由德文主持，因此青宫里面，尚没有什么笑话，传播人间。**何不直截了当立德文为储嗣！**唯道子内恃太后，外恃近臣，骄纵贪婪，终不少改。

太子洗马南郡公桓玄，就是前大司马桓温少子，见六十四回。五龄袭爵，及长颇通文艺，意气自豪，朝廷因父疑子，不给官阶，到了二十三岁，始得充太子洗马。玄以为材大官小，很是怏怏，乃往谒道子，为夤缘计。凑巧道子置酒高会，盛宴宾朋，玄得投刺入见，称名下拜。道子已饮得酣醉，任他拜伏，并不使起，且张目四顾道："桓温晚年，想做反贼，尔等曾闻知否？"玄听到此言，不觉汗流浃背，匍伏地上，未敢起来。还是长史谢重，在旁起答道："故宣武公温谥宣武，亦见六十四回中。黜昏登圣，功超伊霍，外间浮议纷纭，未免混淆黑白，还乞钧裁！"道子方点首作吴语道："侬知！侬知！"因令玄起身，使他下座列饮。玄拜谢而起，饮了一杯，便即辞出。自是仇恨道子，日夕不安。未几得出补义兴太守，仍郁郁不得志，尝登高望震泽湖，即鄱阳湖。唏嘘太息道："父做九州伯，儿做五湖长，岂不可耻！"因即弃官归国，上书自讼道：

臣闻周公大圣而四国流言，乐毅王佐而被谤骑劫，巷伯有豺虎之慨，苏公兴飘风之刺，恶直丑正，何代无之！先臣蒙国殊遇，姻娅皇极，常欲以身报德，投袂乘机，西平巴蜀，北清伊洛，使窃号之寇，系颈北阙，园陵修复，大耻载雪，饮马灞浐，悬旌赵魏，勤王之师，功非一捷。太和之末，太和系帝奕年号，见前文。皇基有潜移之惧，遂乃奉顺天人，翼登圣朝，明离既朗，四凶兼澄，向使此功不建，此事不成，宗庙之事，岂堪设想！昔太甲虽迷，商祚无忧，昌邑虽昏，弊无三孽。因兹而言，晋室之机，危于殷汉，先臣之功，高于伊霍矣。而负重既往，蒙谤清时，圣帝明王黜陟之道，不闻废忽显明之功，探射冥冥之心，启嫌谤之途，开邪枉之路者也。先臣勤王艰难之劳，匡平克复之勋，朝廷若其遣之，臣亦不复计也。至于先帝龙飞九五，陛下之所以继明南面，请问谈者，谁之由耶？谁之德耶？岂惟晋室永安，祖宗血食，于陛下一门，实奇功也。自顷权门日盛，丑政实繁，咸称述时旨，互相煽附，以臣之兄弟，皆晋之罪人，臣等复何理可以苟存身世，何颜可以尸飨封禄？若陛下忘先臣大造之功，信贝锦萋菲之说，臣等自当奉还三封，受戮市朝，然后下从先臣，归先帝于玄宫耳。若陛下述遵先旨，追录旧勋，窃望少垂恺悌覆盖之恩，臣虽不肖，亦知图报。犬马微诚，伏维亮鉴！

看官阅读此疏，应知玄满怀郁勃，已露言中，后来潜谋不轨，逞势行凶，便可概见。那孝武帝怎能预料，唯将来疏置诸不理，便算是包荒大度。就是道子瞧着，也因玄无权无势，不值一顾，但视为少年妄言罢了。及殷仲堪出镇江陵，玄在南郡，与江陵相近，免不得随时往来。桓氏世临荆州，为士民所畏服，仲堪欲牢笼物望，不能不与玄联结，并因玄风神秀朗，词辩雄豪，便推为后起隽杰，格外优待，渐渐地大权旁落，反为玄所把持。*孝武方倚为屏藩，乃不能制一桓玄，无能可知。*玄尝在仲堪厅前，戏马舞槊，仲堪从旁站立，玄竟举槊向仲堪，作欲刺状。中兵参军刘迈，在仲堪侧，忍不住说出二语，谓玄马槊有余，精理不足。玄听到迈言，并不知过，反怒目视迈，仲堪也不禁失容。及玄既趋出，仲堪语迈道："卿系狂人，乃出狂言，试想桓玄久居南郡，手下岂无党羽？若潜遣刺客，乘夜杀卿，我岂尚能相救么？况见他悻悻出去，必思报复，卿不如赶紧出避，尚可自全。"*倘玄欲刺汝，汝将奈何？*迈乃微服出奔，果然玄使人追赶，幸迈早走一时，不为所及，才得幸免。征虏参军胡藩，行过江陵，进谒仲堪，乘便进言道："桓玄志趣不常，每怀怨望，节下崇待太过，恐非久计。"仲堪默不一言，藩乃辞出。时藩内弟罗企生，为仲堪功曹，藩即与语道："殷侯倒戈授人，必难免祸，君不早去，恐将累及，后悔不可追了！"企生亦似信非信，不欲遽辞，藩嗟叹而去。*良言不听，宜乎扼腕。*

看官听说，殷仲堪不能驾驭桓玄，哪里能监制道子？道子权威如故，孝武帝越不自安。中书侍郎徐邈，从容入讽道："昔汉文明主，尚悔淮南，*指厉王长事，见《汉史》*。世祖聪达，负悔齐王，*见前文*。兄弟至亲，相处宜慎，会稽王虽稍有失德，总宜曲加宽贷，借释群疑，外顾大局，内慰太后，庶不致有他变呢！"孝武帝经此一言，气乃少平，委任道子，仍然如初。*爱弟之道，岂必定要委任！*

唯王国宝有兄弟数人，皆登显籍。长兄恺尝袭父爵，入官侍中，领右卫将军，多所献替，颇能尽职，次兄愉为骠骑司马，进辅国将军，名逊乃兄，弟忱少即著名，历官内外，文酒风流，睥睨一切。王恭王珣，才望且出忱下。恭出镇江陵以前，荆州刺史一职，系忱所为，别人总道他少不更事，不能胜任，谁知他一经莅镇，风裁肃然，就是待遇桓玄，亦尝谈笑自如，令玄屈服。只是素性嗜酒，一醉至数日不醒，因此酿成酒膈，因病去官，未几即殁。国宝欲奔丧回里，表请解职，有诏止给假期。偏国宝又生悔意，徘徊不行，事为中丞褚粲所劾。国宝惧罪，只得再求道子挽回，都下不敢露迹，竟扮作女装，坐入舆中伪称为王家女婢，混入道子第中，跪请缓颊。道子且笑且怜，即替他设法进言，终得免议。*权相有灵，国宝当自恨不作女身为他作妾。*

已而假满复官，更加骄蹇，不遵法度，后房姬妾，不下百数，天下珍玩，充满室中。孝武帝闻他僭侈，召入加责，经国宝泣陈数语，转使孝武帝一腔怒气，自然消融。他素来是个逢迎妙手，探得孝武帝隐憎道子，遂竭力迎合，隐有闲言，并厚赂后宫张贵人，代为吹嘘，竟至相府爪牙，一跃为皇宫心腹。*媚骨却是有用！* 道子察出情形，很觉不平，尝在内省遇见国宝，斥他背恩负义，拔剑相加，吓得国宝魂胆飞扬，连忙奔避。道子举剑掷击，又复不中，被他逃脱。嗣经僚吏百方解说，才将道子劝回。孝武帝得悉争端，益信国宝不附道子，视作忠臣，常令国宝侍宴。酒酣兴至，与国宝谈及儿女事情，国宝自陈有女秀慧。孝武帝愿与结婚，许纳国宝女为琅琊王妃，国宝喜出望外，叩头拜谢。至宴毕出宫后，待了旬余，未见有旨，转浼张贵人代请，才得复音，乃是缓日结婚四字，国宝只好静心候着，少安毋躁罢了。*恐阎王要来催你性命奈何？* 当时有人戏作云中诗，讥讽时事云：

相王沉醉，轻出教命，捕贼千秋，干预朝政。王恺守常，国宝驰竞，荆州大度，散诞难名。盛德之流，法护王宁，仲堪仙民，特有言咏。东山安道，执操高抗，何不征之，以为朝匠？

诗中所云千秋王恺国宝，实叙本名，想看官阅过上文，当然了解。荆州系指王忱，不指殷仲堪，法护系王珣小字，宁即王恭，仙民即徐邈字，安道即戴逵字。这诗句传入都中，王珣欲孚民望，表请征戴逵为国子祭酒，加散骑常侍，逵仍不至。太元二十年，皇太子德宗，始出东宫。会稽王道子兼任太子太傅，王珣兼任太子詹事，与太子少傅王雅，又上疏道：

会稽处士戴逵，执操贞厉，含味独游，年在耆老，清风弥劭。东宫虚德，式延正士，宜加旌命，以参僚侍。逵既重幽居之操，必以难进为美，宜下诏所在有司，备礼发遣，进弼元良，毋任翘企！

61

　　孝武帝依议，复下诏征逖，逖仍称疾不起，已而果殁。那孝武帝溺情酒色，日益荒耽，镇日里留恋宫中，徒为了一句戏言，酿出内弑的骇闻，竟令春秋鼎盛的江东天子，忽尔丧躯，岂不是可悲可愤么！当孝武帝在位时，太白星昼现，连年不已，中外几视为常事，没甚惊异。太元二十年七月，有长星出现南方，自须女星至哭星，光芒数丈。孝武帝夜宴华林园，望见长星光焰，不免惊惶，因取手中酒卮，向空祝语道："长星劝汝一杯酒，从古以来，没有万年天子，何劳汝长星出现呢？"*真是酒后呓语。*既而水旱相继，更兼地震，孝武帝仍不知警，依然酒色昏迷。仆射王珣，系故相王导孙，虽然风流典雅，为帝所昵，但不过是个旅进旅退的人员，从未闻抗颜谏诤，敢言人所未言。*颇有祖风。*太子少傅王雅，门第非不清贵。祖隆父景，也尝通籍，究竟不及王珣位望。珣且未敢抗辩，雅更乐得圆融，所以识见颇高，语言从慎。时人见他态度模棱，或且目为佞臣，雅为保全身家起见，只好随俗浮沉，不暇顾及讥议了。孝武帝恃二王为耳目，二王都做了好好先生，还有何人振聋发聩？再经张贵人终日旁侍，蛊惑主聪，酒不醉人人自醉，色不迷人人自迷，越害得这位孝武帝，俾昼作夜，颠倒糊涂。

　　太元二十一年秋月，新凉初至，余暑未消，孝武帝尚在清暑殿中，与张贵人饮酒作乐，彻夜流连，不但外人罕得进见，就是六宫嫔御，也好似咫尺天涯，无从望幸。不过请安故例，总须照行，有时孝武帝醉卧不起，连日在床，后宫妾媵，不免生疑，还道孝武帝有什么疾病，格外要去问省，献示殷勤。张贵人恃宠生骄，因骄成妒，看那同列娇娃，简直是眼中钉一般，恨不得一一驱逐，单剩自己一人，陪着君王，终身享福。*描摹得透。*有几个伶牙俐齿的妃嫔，窥透醋意，免不得冷嘲热讽，语语可憎。张贵人愤无可泄，已是满怀不平。

　　时光易过，转瞬秋残，清暑殿内，銮驾尚留，一夕与张贵人共饮，张贵人心中不快，勉强伺候，虚与绸缪。孝武帝饮了数大觥，睁着一双醉眼，注视花容，似觉与前少异，默忖多时，猜不出她何故惹恼，问及安否，她又说是无恙。孝武帝所爱唯酒，以为酒入欢肠，百感俱消，因此顾令侍女，使与张贵人接连斟酒，劝她多饮数杯。张贵人酒量平常，更因怀恨在心，越不愿饮，第一二杯还是耐着性子，勉强告干，到了第三四杯，实是饮不下了。孝武帝还要苦劝。张贵人只说从缓。孝武帝恐她不饮，先自狂喝，接连数大觥下咽，又使斟了一大觥，举酒示张贵人道："卿应陪我一杯！"

说着，又是一口吸尽。死在眼前，乐得痛快。张贵人拗他不过，只得饮了少许。孝武帝不禁生忿，迫令尽饮，再嘱侍女与她斟满，说她故意违命，须罚饮三杯。本想替她解愁，谁知适令增恨！张贵人到此，竟忍耐不住，先将侍女出气，责她斟得太满，继且顾语孝武帝道："陛下亦应节饮，若常醉不醒，又要令妾加罪了！"孝武帝听了加罪二字，误会微意，便瞋目道："朕不罪卿，谁敢罪卿，唯卿今日违令不饮，朕却要将卿议罪！"张贵人蓦然起座道："妾偏不饮，看陛下如何罪妾？"孝武帝亦起身冷笑道："汝不必多嘴，计汝年已将三十，亦当废黜了！朕目中尽多佳丽，比汝年轻貌美，难道定靠汝一人么？"说到末句，那头目忽然眩晕，喉间容不住酒肴，竟对张贵人喷将过去，把张贵人玉貌云裳，吐得满身肮脏。侍女等看不过去，急走至御前，将孝武帝扶入御榻，服侍睡下。孝武帝头一倚枕，便昏昏地睡着了。

唯张贵人得宠以来，从没有经过这般责罚，此次忽遭斥辱，哪里禁受得起，凤目中坠了无数泪珠儿。转念一想，柳眉双竖，索性将泪珠收起，杀心动了。使侍女撤去残肴，自己洗过了脸，换过了衣，收拾得干干净净。又踌躇了半晌，竟打定主意，召入心腹侍婢，附耳密嘱数语。侍婢却有难色，张贵人大怒道："汝若不肯依我，便叫你一刀两段！"侍婢无奈，只好依着闺令，趋就御榻，用被蒙住孝武帝面目，更将重物移压孝武帝身上，使他不得动弹。可怜孝武帝无从吐气，活活闷死！过了一时，揭被启视，已是目瞪舌伸，毫无气了。看官记着！这孝武帝笑责张贵人，明明是酒后一句戏言，张贵人伴驾有年，难道不知孝武帝心性？不过因华色将衰，正虑被人夺宠，听了孝武帝戏语，不由得触动心骨，竟与孝武帝势不两立，遂恶狠狠地下了毒手，结果了孝武帝的性命。总计孝武帝在位二十四年，改元两次，享年只三十有五。小子有诗叹道：

> 恩深忽尔变仇深，放胆行凶不自禁；
> 莫怪古今留俚语，世间最毒妇人心！

张贵人弑了孝武帝，更想出一法，瞒骗别人。究竟如何用谋，待看下回分晓。

桓玄一粗鄙小人耳，智识远不逮莽懿，即乃父桓温，犹未克肖，微才如王忱，且能以谈笑折服之，固不待谢安石也。殷仲堪懦弱无能，纵之出枡，至玄执柮相向，益复畏之如虎，莫展一筹。孝武帝欲借之以制道子，庸讵知其更纵一患耶？王雅谓其必为乱阶，何见之明而词之悚也。但孝武不能测一张贵人，安能知一殷仲堪，床闼之间，危机伏焉，环珮之侧，死象寓焉。经作者演写出来，尤觉得酒食之祸，甚于戈矛。褒妲之亡殷周，犹为间接，而张贵人竟直接弑君，甚矣！女色之不可近也！

第十回

迫诛奸称戈犯北阙
僭称尊遣将伐西秦

  却说张贵人弑主以后，自知身犯大罪，不能不设法弥缝，遂取出金帛，重赂左右，且令出报宫廷，只说孝武帝因魇暴崩。太子德宗，比西晋的惠帝衷，还要暗弱，怎能摘伏发奸？会稽王道子，向与孝武帝有嫌，巴不得他早日归天，接了凶讣，暗暗喜欢，怎肯再来推究？外如太后李氏，以及琅琊王德文，总道张贵人不敢弑主，也便模糊过去。王珣王雅等，统是仗马寒蝉，来管什么隐情，遂致一种弥天大案，千古沉冤。*后来《晋书》中未曾提及张贵人，不知她如何结局，应待详考。*

  王国宝得知讣音，上马急驰，乘夜往叩禁门，欲入殿代草遗诏，好令自己辅政。偏侍中王爽，当门立着，厉声呵叱道："大行皇帝晏驾，太子未至，无论何人，不得擅入，违禁立斩！"国宝不得进去，只好怅然回来。越日，太子德宗即位，循例大赦，是谓安帝。有司奏请会稽王道子，谊兼勋戚，应进位太傅，领扬州牧，假黄钺，备殊礼，*无非讨好道子。*有诏依议，道子但受太傅职衔，余皆表辞。诏又褒美让德，仍令他在朝摄政，无论大小政事，一律咨询，方得施行。道子权位益尊，声威益盛，所有内外官僚，大半趋炎附热，奔走权门。最可怪的是王国宝，本已与道子失欢，不知他用何手段，又得接交道子，仍使道子不念前嫌，复照前例优待，引为心腹，且擢任领军将军。*无非喜谀。*从弟王绪，随兄进退，不消多说。*阿兄既转风使舵，阿弟自然随*

风敲锣。

平北将军王恭，入都临丧，顺便送葬。见了道子辄正色直言，道子当然加忌。唯甫经摄政，也想辑和内外，所以耐心忍气，勉与周旋。偏恭不肯通融，语及时政，几若无一惬意，尽情批驳，声色俱厉。退朝时且语人道："榱栋虽新，恐不久便慨黍离了！"过刚必折。道子知恭意难回，更加衔恨。王绪谄附道子，因与兄国宝密商，谓不如乘恭入朝，劝相王伏兵杀恭。国宝以恭系时望，未便下手，所以不从绪言。恭亦深恨国宝。有人为恭画策，请召入外兵，除去国宝，恭因冀州刺史庾楷，与国宝同党，士马强盛，颇以为忧，乃与王珣密谈，商决可否。珣答说道："国宝虽终为祸乱，但目前逆迹未彰，猝然加讨，必启群疑。况公拥兵入京，迹同专擅，先应坐罪，彼得借口，公受恶名，岂非失算？不如宽假时日，待国宝恶贯满盈，然后为众除逆，名正言顺，何患不成！"恭点首称善。已而复与珣相见，握手与语道："君近来颇似胡广。"汉人以拘谨闻！珣应声道："王陵廷争，陈平慎默，但看结果如何，不得徒论目前呢。"两人一笑而散。

过了一月，奉葬先帝于隆平陵，尊谥为孝武皇帝。返袝以后，恭乃辞行还镇，与道子等告别。即面语道子道："主上方在谅暗，冢宰重任，伊周犹且难为，愿相王亲万机，纳直言，远郑声，放佞人，保邦致治，才不愧为良相呢！"说着，睁眼注视道子。旁顾国宝在侧，更生愠色，把眼珠楞了数楞。国宝不禁俯首，道子亦愤愤不平，但不好骤然发作，只得敷衍数语，送恭出朝罢了。

到了次年元旦，安帝加元服，改元隆安。太傅会稽王道子稽首归政，特进左仆射王珣为尚书令，领军将军王国宝为左仆射，兼后将军丹阳尹。尊太后李氏为太皇太后，立妃王氏为皇后。后系故右军将军王羲之女孙，父名献之，亦以书法著名，累官至中书令，曾尚简文帝女新安公主，有女无子。及女得立后，献之已殁，至是始追赠光禄大夫，与乃父羲之殁时，赠官相同。史称羲之有七子，唯徽之献之，以旷达称，两人亦最和睦。献之病逝，徽之奔丧不哭，但直上灵床，取献之琴，抚弹许久，终不成调，乃悲叹道："呜呼子敬，人琴俱亡！"说毕，竟致晕倒，经家人舁至床上，良久方苏。他平时素有背疾，坐此溃裂，才阅月余，也即去世。叙此以见兄弟之友爱。徽之字子猷，献之字子敬，还有徽之兄凝之，亦工草隶，性情迂僻，尝为才妇谢道韫所嫌。事见后文。

且说王国宝进官仆射，得握政权。会稽王道子，复使东宫兵甲，归他统领，气焰益盛。从弟绪亦得为建威将军，与国宝朋比为奸，朝野侧目。国宝所忌，第一个就是王恭，次为殷仲堪，尝向道子密请，黜夺二人兵权。道子虽未照行，谣传已遍布内外，恭镇戍京口，距都甚近，都中情事，当然早闻，因即致书仲堪，谋讨国宝。仲堪在镇，尝与桓玄谈论国事，玄正思利用仲堪，摇动朝廷，便乘隙进言道："国宝专权怙势，唯虑君等控驭上流，与他反抗，若一旦传诏出来，征君入朝，试问君将如何对付哩？"仲堪皱眉道："我亦常防此着，敢问何计可以免忧？"玄答道："王孝伯即王恭表字。嫉恶如仇，正好与他密约，兴晋阳甲，入清君侧，援引《春秋》晋赵鞅故事。东西并举，事无不成！玄虽不肖，愿率荆楚豪杰，荷戈先驱，这也是桓文义举呢。"仲堪听着，投袂而起，深服玄言。遂外招雍州刺史郗恢，内与从兄南蛮校尉殷顗，南郡相江绩，商议起兵。顗不肯从，当面拒绝道："人臣当各守职分，朝廷是非，与藩臣无涉，我不敢与闻！"绩亦与顗同意，极言不可，惹得仲堪动怒，勃然作色。顗恐绩及祸，从旁和解。绩抗声道："大丈夫各行己志，何至以死相迫呢？况江仲元绩自称表字。年垂六十，但恨未得死所，死亦何妨！"说着，竟大踏步趋出。仲堪怒尚未平，将绩免职，令司马杨佺期代任，顗亦托疾辞职。仲堪亲往探视，见顗卧着，似甚困顿。乃顾问道："兄病至此，实属可忧。"顗张目道："我病不过身死，汝病恐将灭门。宜求自爱，勿劳念我！"仲堪怀闷而出。嗣得郗恢复书，亦不见允，因复踌躇起来。适值王恭书至，乃想出一条圆滑的法儿，令恭即日先驱，自为后应。恭得了复书，喜如所愿，便即遣使抗表道：

后将军国宝，得以姻戚频登显列，道子妃为国宝妹，故称姻戚，事见七十六回。不能感恩效力，以报时施，而专宠肆威，以危社稷。先帝登遐，夜乃犯阙叩扉，欲矫遗诏，赖皇太后明聪，相王神武，故逆谋不果。又夺东宫现兵，以为己用，谗嫉二昆，甚于仇敌。与其从弟绪同党凶狡，共相煽连，此不忠不义之明证也。以臣忠诚，必亡身殉国，是以谮臣非一，赖先帝明鉴，浸润不行。昔赵鞅兴甲，诛君侧之恶，臣虽驽劣，敢忘斯义！已与荆州督臣殷仲堪，约同大举，不辞专擅，入除逆党，然后释甲归罪，谨受斧头钺之诛，死且不朽！先此表闻。

　　为了王恭这篇表文，遂令晋廷大臣，个个心惊。当下传宣诏命，内外戒严，道子日夕不安，即召王珣入商大计。珣本为孝武帝所信任，孝武暴崩，珣不得预受顾命，名虽加秩，实是失权。及应召进见，道子便问道："二藩作逆，卿可知否？"珣随口答辩道："朝政得失，珣勿敢预；王殷发难，何从得知？"道子无词可驳，只好转语王国宝，且有怨言。国宝实是无能，急得不知所措。**此时用不着媚骨了。**没奈何派遣数百人，往戍竹里，夜遇风雨，竟致散归。国宝越加惶惧，王绪进语国宝道："王珣阴通二藩，首当除灭，车胤现为吏部尚书，实与珣同党。为今日计，急矫托相王命，诱诛二人，拔去内患，然后挟持君相，出讨二藩，人心一致，怕什么逆焰呢？"**计颇凶狡。**国宝迟疑不答，被绪厉声催逼，方遣人召入珣胤。至珣胤到来，国宝又不敢加害，反向珣商量方法。珣说道："王殷与君，本没有什么深怨，不过为权利起见，因生异图。"国宝不待说毕，便愕然道："莫非视我作曹爽不成！"**曹爽事见《三国志》。**珣微哂道："这也说得过甚，君无爽罪，王孝伯亦怎得比宣帝呢？"**宣帝即司马懿。**国宝又转顾车胤道："车公以为何如？"胤答道："昔桓公围攻寿春，日久方克。**即桓温攻袁真事，见六十二回。**今朝廷发兵讨恭，恭必撄城固守，若京口未拔，荆州军又复到来，君将如何对待呢？"国宝闻言失声道："奈何奈何？看来只好辞职罢！"珣与胤窃笑而去。胤字武子，系南平人，少时好学，家贫不常得油，夏月取萤贮囊，代火照书，**囊萤照读故事，便是车胤古典。一长可录，总不轻略。**成人后得膺仕籍，累迁至护军将军。前时王国宝讽示百官，拟推道子为丞相，胤不肯署名，独与国宝反对，所以绪将他牵入，欲加毒手。至计不得遂，因长叹道："今日死了！"国宝置诸不睬，即上疏解职，诣阙待罪。嗣闻朝廷不加慰谕，又起悔心，乃矫诏自复本官。不料道子与他翻脸，竟因他诈传诏命，立遣谯王尚之，收捕国宝及绪，付诸廷尉，越宿赐国宝死，命牵绪至市曹枭首。一面贻书王恭，自陈过失，且言国宝兄弟，已经伏诛，请即罢兵。恭乃引兵还屯京口。殷仲堪闻国宝已死，才遣杨佺期出屯巴陵，接应王恭。旋亦接到道子来书，并知恭已退归，因亦召还佺期，一番风潮，总算暂平。

　　国宝兄侍中王恺，骠骑司马王愉，与国宝本是异母，又素来不相和协，故得免坐，悉置不问。唯会稽世子元显，年方十六，才敏过人，居然得官侍中，他却禀白乃父，谓王殷二人，终必为患，不可不防。道子乃即奏拜元显为征房将军，所有卫府及徐州文武，悉归部下，使防王殷。于是除了两个佞臣，又出一个宠子来了。道子门下，无非厉阶。这且待后再表。

且说凉州牧吕光，背秦独立，据有河西。回应七十一回。武威太守杜进，是吕光麾下第一个功臣，权重一时，出入羽仪，与光相亚。适光甥石聪自关中来，光问聪道："中州人曾闻我政化否？"聪答道："止知杜进，不知有舅。"光不禁愕然，遂将杜进诱入，把他杀死。好良心。既而光宴会群僚，谈及政事，参军段业进言道："明公乘势崛起，大有可为，但刑法过峻，尚属非宜。"光笑道："商鞅立法至峻，终强秦室，吴起用术无亲，反霸荆蛮，这是何故？卿可道来。"业答道："公受天眷命，方当君临四海，效法尧舜，奈何欲将商鞅吴起的敝法，压制神州？难道本州士女，归附明公，反自来求死么？"光乃改容谢过，下令自责，改革烦苛，力崇宽简。会酒泉被王穆袭入，也自称大将军凉州牧，见七十一回。诱结吕光部将徐炅，及张掖太守彭晃。光遣兵讨炅，炅奔往张掖，光亟自引步骑三万，倍道兼行，直抵张掖城下。晃不意光军骤至，仓猝守城，并向王穆处乞援。穆军尚未赴急，城中已经内溃，晃将寇颛，开城纳光。晃不及脱身，被光众擒斩。光复移兵掩入酒泉，王穆正出援张掖，途中闻酒泉失守，慌忙驰还，偏部将相率骇散，单剩穆一人一骑，窜至骊马。骊马令郭文，顺手杀穆，函首献光。光乃从酒泉还军，适金泽县令报称麒麟出现，百兽相随，恐未必是真麒麟。光目为符瑞，遂自称三河王，改年麟嘉。立妻石氏为王妃，子绍为世子，追尊三代为王，设置官属。中书侍郎杨颖上书，请依三代故事，追尊吕望为始祖，立庙禘祀，世世不迁。吕望并非氏族，如何自认为祖？光欣如所请，因自命为吕望后人。

会张掖督邮傅曜，考核属县，为丘池令尹兴所杀，投尸入井，急图灭迹。偏是冤魂未泯，竟向吕光托梦，自陈履历，且言尹兴赃私狼藉，惧为所发，是以将臣杀害，弃尸南亭枯井中，臣衣服形状，请即视明，乞为伸冤云云。光闻言惊寤，揭帐启视，灯光下犹有鬼形，良久乃灭。次日即遣使案视，果得尸首，因即诛兴抵罪。时段业已任著作郎，犹谓光平日用人，未能扬清激浊，以致贤奸混淆，乃托词疗疾，径至天梯山中，拨冗著作，得表志诗九首，叹七条，讽十六篇，携归呈光。光却也褒美，但究竟未能听从，不过空言嘉许罢了。业在此时也想做个直臣，奈何始终不符？

南羌部酋彭奚念，入攻白土。守将孙峙，退保兴城，一面飞使报光。光遣武贲中郎将庶长子纂，与强弩将军窦苟，带领步骑五千，往讨奚念，大败而还。奚念进据枹罕，光乃大发诸军，亲自往击。奚念才觉惊慌，命在白土津旁，迭石为堤，环水自固，并遣精兵万名，守住河津。光遣将军王宝，潜趋河水上游，绕越石堤，夜压奚念营垒，光从石堤直进，隔岸夹攻，守兵俱溃，遂并力攻奚念营，奚念亦遁。光驱众急追，乘势突入枹罕，逼得奚念无巢可归，没奈何逃往甘松，光留将士戍枹罕城，振旅班师。

先是光徙西海郡民，散居诸郡。侨民系念土著，不乐迁居，乃编成歌谣道："朔马心何悲，念旧中心劳；燕雀何徘徊，意欲还故巢！"光恐他互相煽乱，因复徙还。并因西海外接胡虏，不可不防，乃复使子复为镇西将军，都督玉门以西诸军事，兼西域大都护，镇守高昌。

光又自号天王，称大凉国，改年龙飞。立世子绍为太子，诸子弟多封公侯。进中书令王详为尚书左仆射，著作郎段业等五人为尚书，此外各官，不胜殚述。时为晋孝武帝太元二十一年。史家称他为后凉。西秦王乞伏乾归，见七十四回。尝向吕光称藩，未几即与光绝好。光曾遣弟吕宝等，出攻乾归，交战失利，宝竟败死。光屡思报怨，只因彭奚念入扰，不暇顾及乾归，坐此迁延。奚念本依附乾归，曾受封为北河州刺史。至奚念败窜后，光还称尊号，更欲仗着天王威势，凌压西秦。可巧乾归从弟乞伏轲殚，与乞伏益州有隙，奔投吕光，光不禁大悦，即日下令道：

乞伏乾归，狼子野心，前后反复，朕方东清秦赵，勒铭会稽，岂令竖子鸱峙洮南，且其兄弟内相离间，可乘之机，勿过今也。其敕中外戒严，朕当亲征！

这令下后，即引兵出次长最，使扬威将军杨轨，强弩将军窦苟，偕子纂同攻金城，作为中路。又遣部将梁恭金石生等，出阳武下峡，会同秦州刺史没奕于，从东路进兵。再命天水公吕延，征发枹罕守卒，出攻临洮武始河关，向西杀入。延为光弟，最号骁悍，接了光命，首先发兵，奋勇前驱，所向无敌。

当有警报传达乾归，乾归已徙都西城，便召集将佐，商议拒敌。众谓光军大至，不易抵敌，且东往成纪，权避寇锋。乾归怫然道："昔曹孟德击败袁本初，陆伯言摧毁刘玄德，皆三国时事。统是谋定后战，以少胜多。今光兵虽众，俱无远略，光弟延有勇无谋，何足深虑！我能用谋制延，延一败走，各路皆退，乘胜追奔，当可尽歼了！"颇有小智。

正议论间，帐外驰入金城来使，报称万急。乾归只好亟援金城，自率部兵二万，行至中途，又接着急报。乃是金城陷没，太守卫鞬被擒。接连复得数处警耗，临洮失守了，武始失守了，河关又失守了，乾归至此，也不觉大惊。小子有诗咏道：

> 扰扰群雄战未休，雄师三路发凉州。
> 须知兵众仍难恃，用力何如用智谋！

欲知乾归如何拒敌，待至下回表明。

会稽王道子，贪利嗜酒，实是一个糊涂虫。假使朝右有人，自足制驭道子，遑论王国宝。乃王珣、王雅辈，徒事模棱，毫无建白，而又奉一寒暑不辨之司马德宗，以为之主，安得不乱！王恭之兴师京口，以讨王国宝兄弟为名，旧史已称之曰反。吾谓此时之王恭，志在诛佞，犹可说也。不然，国宝兄弟，窃位擅权，靡所纪极，将待何时伏诛耶！后凉主吕光，无甚才略，不过乘乱窃地，独据一方，观其所为，俱不足取。至倾师而出，往攻西秦，竭三路之兵力，不足以制乾归，毋怪为乾归所评笑也。

第十一回

吕氏肆虐凉土分崩
燕祚寝衰魏兵深入

　　却说乞伏乾归连接警耗，不禁惶急起来。沉思多时，乃泣语将士道："今事势穷蹙，无从逃命，死中求生，正在今日。凉军虽四面到来，究竟相去尚远，不能立集，我果能败他一军，不怕凉军不退。"将士听了，统踊跃应声道："如大王命，愿效死力！"乾归道："我意总在杀退吕延。延甚骁勇，不可力敌，我当用计取他便了。"遂分派将士，散伏要隘，人卷甲，马衔枚，静候不动。一面令敢死士数人，佯探延兵，故意被擒，伪说本军退走。果然延拘讯死士，信为真言，即释令不诛，使为前导。此引彼随，直入陷阱，那死士不知去向。但听得数声胡哨，伏兵四面杀出，把延兵冲成数段。延情急失措，正要寻路返奔，又被万弩竞射，就使力大无穷，也禁不住许多硬箭，眼见是一命呜呼了。**无谋者终不可行军。** 延有司马耿稚，本戒延轻进，延不用忠言，因致败死。稚尚在后队，急与将军姜显，结阵自固，收集逃卒，徐徐引退，才得还屯枹罕。光闻延败殁，神色沮丧，遂命各军退回，自己匆匆返入姑臧。乾归复进据枹罕，使定州刺史翟瑥居守，召入彭奚念为镇卫将军，命镇西将军屋弘破光为河州牧，因即还师。

　　唯吕光遭此一挫，声威顿减，遂令部将离心，又生出南北二凉来了。南凉为秃发乌孤所建，乌孤就是思复鞬次子。思复鞬尝使长子奚于，助张大豫拒光，为光所杀，

72

事见前文。见七十一回。未几，思复鞬亦死，乌孤嗣立，欲报兄仇，因与大将纷陁，谋取凉州。纷陁道："凉州方盛，未可急取，请先务农讲武，招俊杰，修政刑，巩固根本，然后观衅而动，可报前仇。"乌孤依议施行，才越数年，已易旧观，振作一新。吕光欲羁縻乌孤，特遣使封乌孤为冠军大将军，领河西鲜卑大都统。乌孤问诸将道："吕氏远来授官，可接受否？"诸将多应语道："吕氏与我有仇，怎可与和？况近来士强兵盛，难道还受人制么？"乌孤道："我意亦是如此。"独有一人抗声道："欲拒吕光，今尚未可。"乌孤瞧着，乃是卫弁石真若留。便诘问道："卿怕吕光么？"石真若留道："今根本未固，邻近未服，还宜随时遵养，未可轻动。况吕光势尚未衰，地大兵众，若向我致死，恐不可敌，不如暂时受屈，使他不防，彼骄我奋，一举成功了。"胡人亦多智士。乌孤道："卿言亦是，我且依卿。"乃对使受封。及凉使去后，乌孤即整顿兵马，出破乙弗折掘二部落，又遣将石亦干筑廉川堡，作为都城。乌孤遂徙居廉川。

已而登廉川大山，但泣不言。石亦干在旁进言道："臣闻主忧臣辱，主辱臣死，大王今日不乐，想是为了吕光一人。光年已老，师徒屡败。今我得保据大川，养足锐气，将来一可当百，岂尚怕吕光不成！"乌孤道："吕光衰老，我非不知，但我祖宗德威及远，异俗倾心。今我承祖业，未能制服诸部，近且未怀，怎思及远！悲从中来，不能不泣呢。"旁又闪出大将符浑道："大王何不振旅誓众，讨服邻近部落？"乌孤道："卿等肯同心协力，我便当出师。"符浑等齐声应命。可见乌孤一泣，实是一激将法。随即出兵四略，迭破诸部。吕光闻乌孤日盛，进封乌孤为广武郡公。广武人赵振，少好奇略，弃家依乌孤。乌孤素慕振才，立即引见，与言国政，无不称意。遂大喜道："我得赵生，大事成了！"适凉州又有使人到来，进乌孤征南大将军益州牧左贤王，并给鼓吹羽仪等物。乌孤语来使道："吕王擅命专征，得有此州，今不能怀柔远人，惠安黎庶，诸子贪淫，群甥肆暴，郡县土崩，远近愁怨，我岂尚可违反人心，助桀为虐么？帝王崛起，本无常种，有德即兴，无道即亡，我将应天顺人，为天下主，不愿再事吕王了！"遂将鼓吹羽仪，一并留住，但拒绝封册，仍交原使赍回。于是自称大都督大将军大单于西平王，纪元太初，是年为晋安帝隆安元年。治兵广武，攻凉金城。凉王吕光，遣将军窦苟往援，到了街亭，被乌孤率兵邀击，苟兵大败，狼狈奔还。金城遂被乌孤夺去。复取凉乐都湟河浇河三郡，收纳岭南羌胡数万家，就是凉将杨轨王乞基，亦率户数千降乌孤。乌孤复改称武威王。史家因他占据各地，在凉州南面，所以号为南凉，免与前后凉相混，这也是史笔的界划呢。

南凉既兴，北凉又起，首先发难的，叫作沮渠蒙逊。蒙逊系张掖郡卢水胡人，先世尝为匈奴左沮渠王，因以沮渠为氏。蒙逊有伯父二人，一名罗仇，一名麴粥，均在吕光麾下，从光往伐西秦。吕延败死，光众退还，麴粥语兄罗仇道："主上荒耄，骄纵诸子，朋党相倾，谗人侧目。今兵败将亡，必多猜忌，我兄弟素为所惮，必不见容，倘或徒死无名，何若勒兵径向西平，道出苕藋，奋臂一呼，凉州可立下了。"罗仇道："汝言亦自有理，但我家世代忠良，为西土所归仰，宁人负我，我却不忍负人哩。"既而光果听信谗言，竟将败军的罪名，诿诸罗仇麴粥身上，将他骈戮。*死若有知，麴粥亦不免与兄相阋了。*蒙逊素有谋略，博涉经史，并晓天文，突遭此变，当然悲愤交并，不得已殓葬二尸。诸部多为沮渠氏姻戚，多来送葬，数达万人，蒙逊向众哭语道："吕王昏耄，滥杀无辜，我先世尝统辖河西，保安诸部，今乃受人戮辱，岂不可耻！我欲与诸公并力，为我二伯父复仇雪恨，不使他埋怨泉下，未知诸公肯助我否？"大众听了，都齐称万岁。当下结盟起兵，攻凉临松郡，阵斩凉护军马邃。临松令井祥，屯据金山。凉主吕光，遣子纂率兵往攻，蒙逊抵敌不住，逃入山中。

适蒙逊从兄男成，由晋昌纠众数千，起应蒙逊。酒泉太守垒澄，引兵出击，临阵败死，男成遂进攻建康。*此与东晋之都城异地同名。*建康太守段业，正为仆射王详所排，出就外任，男成遣人说业道："吕氏政衰，权臣擅命，刑杀无常，人皆生贰，百姓嗷然，无所依附，近已瓦解，将必土崩，府君奈何以盖世英才，效忠危地！男成等今倡大义，欲屈府君抚临�州，造福百姓，尽使来苏，岂不甚善！"业不肯从，登陴拒守，且向姑臧乞师，相持至二旬余，援兵不至，郡人高逵史惠等，劝业不如俯从男成，业恐王详等居中反对，阻住援军，乃决与男成联络，开城纳入。男成即推业为大都督龙骧大将军，领凉州牧，号建康公，改吕氏龙飞二年为神玺元年。男成派人往召蒙逊，蒙逊遂出山投业。业授男成为辅国将军，委任国事，蒙逊为镇西将军，兼张掖太守。

蒙逊请速攻西郡，将佐互有异言。蒙逊道："西郡为岭南要隘，不可不取。"业乃令蒙逊为将，引兵往攻。蒙逊到了城下，相视地势，见城西有河相通，遂佯为攻扑，暗堵河流。西郡太守吕纯，为吕光从子，专在城上守着，不防河水灌入城中，汹涌澎湃，势如奔潮，兵民相率惊徙，不暇拒战。蒙逊得乘际杀入，城即被陷，吕纯无从奔避，被蒙逊督众擒归。于是晋昌太守王德，敦煌太守孟敏，俱举郡降业。业封蒙逊为临池侯，命德为酒泉太守，敏为沙州刺史，再使男成及王德，进攻张掖。张掖为光次子常山公弘所守，未战即溃，弃城东走。男成等得入城中，向业告捷。业即驰至张掖，誓众追弘。蒙逊谏阻道："归师勿遏，穷寇勿追，这乃兵法要言，不可不戒。"业不以为然，竟率众往追。适值纂奉了父命，领兵迎弘，望见业众追来，便分部兵为二队，使弘率右翼，自率左翼，夹道以待。至业已驱至，一声号令，两队夹击，杀得业左支右绌，慌忙返奔。吕纂等哪里肯舍，当然追赶。业落荒急走，手下不过百余人，幸得蒙逊前来救应，方得保业退还。吕纂见有援兵，也收兵自去。段业叹道："孤不能用子房言，致有此败！"以张子房视蒙逊，可惜汝不似沛公！懊怅了好几日，又命兵役往筑西安城，用部将臧莫孩为太守，蒙逊又谏道："莫孩有勇无谋，知进忘退，今乃令彼往守，是无异与彼筑坟，怎得称为筑城呢？"业复不从。奈何又不信子房。俄而吕纂兵至，莫孩战死，西安城果然失守，枉费了许多财力，蒙逊自此轻业。为后文弑业伏笔。业尚侈然自大，自号凉王，又复改元天玺，进蒙逊为尚书左丞，梁中庸为右丞，即以张掖为国都。张掖在凉州北面，所以史家号为北凉，南北相对，都从后凉分出，后凉吕氏，就此寖衰了。十六国中有五凉，上文叙过共计四凉。

话分两头。且说后燕主慕容宝，嗣位以后，即弑太后段氏，已失众心。回应七十六回。嗣又违背父命，溺爱少子，立储非人，益致内乱。宝有数子，最长为长乐公盛，次为清河公会，又次为濮阳公策，皆非嫡出。唯策母本出将门，最得宝宠；盛母较贱，会母尤贱。盛与会颇有智略，会更为祖垂所爱，每遣宝北伐，必令会代摄东宫诸事，已寓微意。嗣又以龙城旧都，宗庙所在，特使会往镇幽州，委以东北重任，国官府佐，俱采选一时名俊，使崇威望。及垂临死嘱宝，须立会为宝嗣，宝虽承遗嘱，心下却爱怜少子，未肯立会。会生年本与盛同，不过因月日较先，号为长男。盛因自己不得立储，也不愿会得嗣立，索性让与季弟，因向宝陈词，请立弟策。宝正合意旨，尚恐族议未同，特与赵王麟等商及，麟极口赞成。乃即立策为太子，并立策母段氏为皇后。策年才十二，外若秀美，内实蠢愚。盛为排会起见，劝宝立策。麟更怀着私意，利立愚稚，将来容易摔去，好行僭逆。宝怎知两人隐衷，无非是溺爱不明，背父遗言，暂图快意。还有会怏怏失望，很觉不平。暗中伏着如许祸祟，试想这后燕还能平静么？语足儆世。宝虽进封盛会为王，终难释怨。再加那北方新盛的后魏，常来惊扰，因此内乱外患，相继迭乘。

魏王拓跋珪，养兵蓄马，日见盛强。群臣劝称尊号，珪始建天子旌旗，出警入跸，改登国十一年为皇始元年。魏王珪纪元登国，见七十三回。魏人所惮，唯一慕容垂，垂既去世，拓跋珪以下，无不心喜。参军张恂，遂劝珪进取中原，珪乃大举攻燕，率步骑四十余万，南出马邑，逾句注山，旌旗达二千余里，鼓行前进，直逼晋阳，又分兵东袭幽州，燕并州牧慕容农，与骠骑将军李晨，督兵出战，挡不住魏兵锐气，并因寡不敌众，竟至大败，奔还晋阳。不料司马慕舆嵩在城居守，忽起歹心，竟将慕容农妻子，驱出城外，把城门紧紧关住。不杀慕容农妻子，还算好人。

农跑至城下，遇着妻孥诉苦，气得不可名状，但退无所归，进不能战，只好挈了妻子，向东急走。偏部众统皆惊骇，沿途四散，单剩数十骑随农。到了潞川，后面尘头大起，乃是魏将长孙肥，引兵追来。农逃命要紧，连妻子都不及顾了，挥鞭疾驰。距敌少远，背上尚着了一箭，忍痛逃脱，还至中山，随从只有三骑，那爱妻娇儿，久不见归，想总被魏兵拘去，悲亦无益，只好入见燕主。燕主宝不好斥责，略略慰谕数语，令他归第休息。越日，即得警报，晋阳降魏，并州陷没了。

又过了两三天，复有急报传到，乃是魏将奚牧，攻入汾州，擒去丹阳王买德，及离石护军高秀和。燕主宝也觉着忙，亟召群臣会集东堂，咨问拒敌方法。中山尹苻谟道：“今魏兵强盛，转战千里，乘胜前来，勇气百倍，若纵入平原，更不可敌，亟宜遣兵扼险，遏住寇锋，方可无虑。”中书令眭邃道：“据臣意见，不如令郡县人民，聚众为堡，坚壁清野，但守勿战。彼寇骑往来剽锐，马上赍粮，不过旬日可以支持；若进无所掠，粮何从出，数日食尽，自然退去了。”尚书封懿道：“眭中书所言，亦属未善；今魏兵数十万，蜂拥前来，百姓虽欲营聚，势难自固，且屯粮积食，转为寇资，计不如阻关拒战，还不失为上策哩。”宝听了众议，无从解决。胸无主宰，总难济事。因旁顾及赵王麟，麟答道：“魏兵大至，锐不可当，宜完守设备，与他相持。待他粮尽力敝，然后出击，当无虑不胜了。”主意与封懿略同。于是修城积粟，为持久计，且命辽西王农，出屯安喜，作为外援。所有军事调度，悉归赵王麟主持。

魏主拓跋珪，已使部将于栗磾公孙兰等，带领步骑二万，从晋阳出井陉路，拔木通道，俾便往来，复自率大军驰出井陉，进拔常山，擒住太守苟延。常山以东诸守宰，统皆惶惧，或望风输款，或弃城逃生。只有邺与信都二城，尚固守不下。魏主珪即命征东大将军东平公拓跋仪，率五万骑攻邺，冠军将军王建，左将军李栗等攻信都，自进兵直攻中山，掩至城下。城中已有预备，当然不致陷入。珪督兵围攻数日，毫不见效，乃顾语诸将道："我料宝不能出战，定当凭城固守，急攻必伤我士卒，缓攻又费我粮糈，不如先平邺与信都，然后还取中山，我众彼寡，自然易克了。"诸将齐声称善。珪尚为示威计，再麾众猛扑一场，南城墙不甚固，几为魏兵所毁。燕高阳王慕容隆，镇守南郭，一面派兵修缮，一面率锐力战。自旦至暮，杀伤至数千人，魏兵乃退，乘夜南行。

先是燕章武王慕容宙，奉垂及段后灵车，往葬龙城，并由燕主宝命，叫他毕葬回来，顺便将前镇军慕容隆家属部曲，带还中山。清河王会，方代镇龙城，见七十六回。阴蓄异志，把他部曲，多半截留，不肯遣遣。宙拗他不过，只得挈隆家眷，及隆参佐等，趋还中山。途次闻有魏寇，驰入蓟州，与镇北将军慕容兰登城守御。兰系慕容垂从弟。魏将石河头，往攻不克，退屯渔阳。应上文东袭幽州句。魏主珪南抵鲁口，博陵太守申永，弃城奔河南，又有高阳太守崔宏，也出奔海渚。珪素闻宏名，遣骑追及，把宏擒归。急命释缚，用为黄门侍郎，使与给事黄门侍郎张衮，并掌机要，创立礼制。博陵令屈遵降魏，也即命为中书令，出纳号令，兼总文诰。后来拓跋氏各种制度，及所有谕旨，多出二人手裁。小子有诗咏道：

> 楚材入晋再弹冠，用夏变夷易旧观。
> 只是华人甘事虏，史家终作贰臣看！

欲知魏兵南下情形，且至下回再表。

秃发乌孤之背吕光，乘光之衰也，沮渠蒙逊之叛吕光，因光之暴也。乌孤与光，本有杀兄之宿嫌，不得已敛尾戢翼，受光之封。至毛羽已丰，不飞何待？蒙逊本为光臣，与光无怨，待诸父罗仇麹粥无辜被杀，挟愤而起。一则蓄之于平素，一则迫之于崇朝，要之皆有词可援，非无因而至也。然使吕光能修明政刑无急厥治，则乌孤不能崛兴，蒙逊何至猝变？分崩之祸，不戢自消，乃知瓦解土崩之患，莫非自召耳。后燕主慕容宝，背父弑母，舍长立幼，揆诸天理，必亡无疑，魏之大举深入，尚不足以亡燕，故当时之主战主守，不足深评，必至内乱纷起，然后外侮一乘，而国即亡矣。要之立国之道，唯仁与义，夷狄举仁义而尽废之，其速亡也宜哉！

第十二回

拓跋珪转败为胜
慕容宝因怯出奔

却说邺中镇守的燕将，乃是范阳王慕容德。见七十六回。他闻魏将拓跋虔来攻，便使安南王慕容青，系慕容皝曾孙。率领将士，乘夜出城，袭击魏营。拓跋虔未及防备，竟被捣破，伤了许多兵马，踉跄返奔，退入新城，青回城报功。到了次日，还要引兵追击，别驾韩谅劝阻道："古人先谋后战，昨夜掩他无备，才得胜仗，今不可轻击魏军，共有四端：悬军远客，利在野战，一不可击；深入近畿，向我致死，二不可击；前锋既败，后阵必固，三不可击；彼众我寡，四不可击。并且官军不宜轻动，亦有三要，本地争战，胜且扰民，一不宜动；倘或不胜，众心难固，二不宜动；城隍未修，敌来无备，三不宜动。为今日计，不如深沟高垒，持重勿战，彼师远来，无粮可因，难道能久留不去么？"慕容德依了谅言，止青勿出。

魏辽西公贺赖卢为魏主珪母舅，奉了珪命，来会拓跋仪攻邺。适魏别部大人没根，为珪所忌，投奔中山，燕主宝命为镇东大将军，封雁门公。没根素有胆勇，请还袭魏营，宝尚未深信，只给百余骑随去。行近魏主珪大营，适当日暮，没根走入僻处，令群骑吃了干粮，悄悄伏着，待到夜半，方趱至魏营门外，仿着魏兵口号，叩营径入。魏兵还道他是巡卒，并未拦阻，至没根直入中帐，始被珪卫兵截住，两下里动起手来，喊声震动。魏主珪才从帐中惊醒，跣足趋入后帐，急命将士拒战。没根等东

79

斫西劈，已得了首级百余，及见魏兵陆续趋集，方大喝一声，夺路走脱。魏兵因月黑天昏，不敢追赶，一听没根驰回。这次魏营被劫，虽然不致大损，但魏主珪常有戒心，倒也有三分胆怯了。**无人不怕死。**只拓跋虔围邺逾年，终未退去。燕范阳王德，也守得力倦神疲，不得已遣使入关，至后秦姚兴处乞救。后秦太后蛇氏，正患寝疾，兴颇有孝思，日夕侍奉，不愿出兵。**兴尊母蛇氏为太后，见七十四回。**邺使只好返报，守兵闻秦援不至，颇加怮惧。忽城外有书射入，经守兵拾呈慕容德，德展览后，颇有喜色。原来魏辽西公贺赖卢，自恃国戚，不愿受拓跋仪节制，互相猜疑。仪司马丁建阴与德通，因射书入城，报明魏营情形，令德放怀。德知魏军必有变动，当然易忧为喜。又越数日，大风暴起，白日如昏，赖卢营中爇炬代光，丁建伪报拓跋仪道："贺营已纵火烧营了，必乱无疑。"仪不禁着忙，急引兵趋退。贺赖卢莫名其妙，但见仪众退去，也只好撤还。丁建竟入邺降德，且言仪师老可击，德乃遣慕容青等带着精骑七千，追击魏兵；果然大得胜仗，夺了许多军械，搬回邺城。燕主宝得邺城捷报，也使左卫将军慕舆腾，收复博陵高阳，杀魏所置守令诸官，堵塞魏军粮道。

魏主珪因邺城难下，信都又复未克，乃亲督军赴信都，往助冠军将军王建。**建攻信都与仪攻邺，俱见前回。**燕冀州刺史宜都王慕容凤，已守了七十余日，粮食将尽，又闻魏主珪亲来围攻，自知不支，竟逾城夜走，奔归中山。信都失了主帅，所有将军张骧徐超等，不能再拒，便即开城出降。

燕失去信都，却得拔杨城，杀毙守兵三百余人。慕容宝拟大举击魏，尽取出府库金帛，购募壮士，不论良莠，悉数录用，甚至金帛不足，把宫中闲散侍女，也作为赏赐。**还是活口赏人，可省口粮，似为得计，一笑。**于是盗贼无赖，统皆应募，数日间得数万人。**乌合之徒，宁足成事！**会没根兄子丑提，为并州监军，闻叔降燕，恐连坐被诛，因即还国作乱。魏主珪防国都有失，意欲北归，乃遣国相涉延，诣燕求和。燕主宝不肯照允，使冗从仆射兰真，责珪负恩，悉发部众出拒，统计步卒十二万，骑兵三万六千，行至钜鹿郡内的柏肆坞，临滹沱河沿岸为营。**可休勿休，岂靠着一班无赖，便足徼功么？**魏主珪不得所请，当然怒起，叱还燕仆射兰真，即引兵至滹沱河南，与燕军夹岸列寨。

燕主宝见魏兵势盛，又有惧容，还是高阳王隆，想出一计，自请潜师夜渡，往劫魏营。宝依了隆计，自在营中戒严，作为后援。隆从募兵中挑出勇士万人，各执火具，待到夜静更深，悄然渡河。一经登岸，便乘风纵火，且烧且进，突向魏营杀入。魏营中虽有夜巡，未及入报，魏兵从睡梦中惊醒，顿致大乱，自相践踏。魏主珪仓猝起视，见外面尽是火光，也不由惊心动魄，连衣冠都不及穿戴，匆匆逃脱。燕将乞特真，捣入魏主寝帐，那魏主已经走远，只剩得衣靴等件，劫取而回。魏主珪前曾被劫，至此又复弃营，也算善循覆辙。此外粮械，由燕兵悉数搬运，你抢我夺，竟至互相争论，私斗起来。可见兵宜训练，临时召慕之徒，虽胜亦不中用。魏主珪惊走数里，觉后面并无追兵，乃敢少息。溃兵亦次第趋集，仍然择地安营。复登高遥望，见燕军抢夺各物，自相斫射，不禁欣喜道："今夜尚可转败为胜哩！"随即回营伐鼓，号召散卒，在营外遍布火炬，然后纵骑冲击燕兵。

燕兵方才罢斗，由慕容隆弹压平静，捆载各物，正要渡河还营，不防魏兵来打还复阵，好似怒虎咆哮，逢人便噬。燕军已无行列，又无斗志，逃的逃，死的死。将军高长，略略对敌，便被魏兵攒绕拢来，把他打翻，捆绑了去。慕容隆到此，也只好自管性命，奔回宝营。宝忙出兵援应，才得救回一二千人，此外不是被杀，就是被擒。越宿，魏兵又整队临河，对营相持，军容很是严肃，燕人大惧，上下夺气。慕容麟与慕容农，劝宝还师，宝乃拔营急归。魏兵越河追蹑，屡败燕军，并因春寒未解，风雪交乘，士多冻死，枕藉道旁。宝驱马急驰，不遑顾及全军，只带旧兵二万骑，匆匆北走，尚恐被魏兵追及，令士卒抛仗弃甲，赶紧行路，所有兵器数十万，一齐丧失，寸刃无遗。

燕尚书闵亮，秘书监崔逞，太常孙沂，殿中侍御史孟辅等，不及奔还，但为魏兵所虏，悉数降魏。崔逞素有才名，魏张衮常为称扬，至是魏主珪得逞甚喜，即授官尚书，使录三十六曹，委以政事。一面麾众再进，竟抵中山城外，屯芳林园。

燕主宝奔入中山，喘息未休，尚书郎慕舆皓，竟阴谋杀宝，推立赵王麟。幸有人预先开发，宝即派兵严查，皓自知谋泄，斩关奔魏。宝本欲罪麟，又闻魏兵进逼，不敢遽发，只好飞使往达龙城，召清河王会入援。会犹怀私怨，未肯遽赴。事见前回。但使征南将军库傉官伟，建威将军余崇，率兵五千，先驱进行。伟等到了卢龙，静待后应，约莫至三阅月，未见会至，所带粮饷，早已食尽，甚至宰牛杀马，烹食充饥，亦且无余。时中山已被困多日，燕主宝累诏催会，会尚托词练兵，迁延不发，目无君父。伟在卢龙，也觉焦急，意欲使轻骑先进，侦敌强弱，且为中山遥接声援，诸将皆互相推诿，不敢奉令，独余崇奋然道："今巨寇滔天，都城危迫，匹夫尚思致命，往救君父，诸君受国重任，乃如此贪生怕死么？若社稷倾覆，臣节不立，死有余辜。诸君尽管居此，崇愿自往一行，虽死无恨！"可惜会不闻此言！伟极口褒许，便选给精骑数百人，随崇出发。行至渔阳，遇魏游骑千余人，众皆彷徨，且前且却，崇又励众道："彼众我寡，不战必死，与战或尚可求生。"遂当先进击，众亦随上，格杀数十人，活捉十余人，魏骑骇退，崇亦引还。当下讯明俘虏，得知魏主亦有归志，乃驰使报会，会方引兵就道，沿途还是逗留，好几日才至蓟城。

燕都被围日久，将士统欲出战，高阳王隆，向宝献议道："魏主虽得小利，但顿兵经年，锐气已挫，士马亦大半死伤，人心思归，诸部离散，正是可击的机会，且城中将士，已尽思奋，彼衰我盛，战无不克，若持重不决，将士气丧，日益困逼，事久变生，恐无能为力了。"宝颇以为然，令隆整兵出战，偏赵王麟多方阻挠，竟致隆孤掌难鸣，欲出又止。

宝急得没法，因使人至魏营请和，愿送还魏主弟觚，并割让常山西境，即以常山为燕魏分界。魏主珪因母后贺氏，念觚致疾，竟至谢世，未免怀着余哀。回应前文，并了结贺氏。此次由燕许归觚，并得常山西境，乐得乘机罢兵，便不复多求，愿如所约。燕使请即撤围，然后照约履行，珪亦许诺，遣还燕使，自引兵退屯卢奴。谁知宝又复翻悔，不肯照行和约，自食前言。好似儿戏。魏主珪待了数日，杳无音信，复督诸将进攻中山，燕将士数千人，俱入殿自请道："今坐守孤城，终致困敝，臣等早愿出战，陛下一再禁止，难道待死不成？且受围多日，无他奇策，徒欲延时积日，待寇自退。臣等见内外形势，强弱悬殊，彼必不肯无故舍去，请从众决战，背城借一，彼见我尚能奋力，自然知难即退了！"宝当面允许，又命隆率众出击。隆被甲上马，勒兵诣门，将要出城，偏慕容麟驰马急至，不准开门。隆亦未便与争，涕泣还第，大众从此灰心，各悻悻散去。

到了夜间，麟竟带领部众，迫左卫将军慕容精，入宫弑宝，精抗议不从，惹动麟怒，拔刀杀精，自率妻子出城，奔往西山，于是人情骇震。

燕主宝闻报大惊，只恐麟出夺会军，拟遣将迎会追麟，可巧麟麾下属吏段平子，背麟奔还，报称麟赴西山，招集丁零余众，谋袭会军，东据龙城。宝顿足道："果不出我所料，奈何？奈何？"说着，即召农隆二王入议，欲弃去中山，走保龙城。

呆极。隆应声道:"先帝栉风沐雨,成此基业,今崩未逾年,大局遽坏,岂非孤负先帝,但外寇方盛,内乱又起,骨肉乖离,百姓疑惧,原是不足拒敌,北迁旧都,未始非权宜计策。但龙城地狭民贫,若移众至彼,要想足食足兵,断非旦夕可成。陛下诚能节用爱民,务农训士,待至公私充实,可守可战,将来赵魏遗民,厌苦寇暴,追怀燕德,当不难返旆南来,克复故业。否则不如凭险自固,静镇不动,或尚足优游养锐哩。"语意亦太模棱。宝答道:"卿言确有至理,朕当一从卿意,今日是不能不迁了。"隆默然退出,农亦随退。辽东人高抚,素善卜筮,为隆所信。隆返第后,抚即入见,附耳与语道:"殿下北行,恐难及远,太妃亦未必相见,若使主上独往,殿下留守都城,不但无祸,并得大功。"隆家属留居蓟城,事见前回,故云太妃未必相见。隆摇首道:"国有大难,主上蒙尘,老母又在北方,我若得归死首丘,亦无所恨,怎得另生异志呢?"乃遍召僚佐,预嘱行期。僚佐多不愿从行,唯司马鲁恭,参军成岌,尚无异言。隆喟然道:"愿从者听,不愿从者亦听!"僚佐闻言,便各散归,隆遂部署行装,准备出走。慕容农与隆同意,亦即日整装,部将谷会归进谏道:"城中兵士,俱因参合一战,家属多亡,恨不得与敌拼命,只因赵王禁遏,不能伸志。今闻主上北徙,大众互相私议,俱谓得慕容氏一人,奉为主帅,与魏力战,虽死无怨。大王尽可留此,俯从众望,击退魏军,抚宁畿甸,奉迎大驾,重整河山,岂不是忠勇兼全么?"比高抚言更为豪爽。农怫然不悦,意欲拔刀杀归。转思归有才勇,不忍下手,但作色与语道:"必如汝言,才可望生,我终不愿,宁可就死!"农从垂起兵时,颇有才识,此时何亦无生气耶?归只得告退。是夜燕主宝开城北走,除农隆二人随行外,尚有太子策,长乐王盛等,带着万骑,衔枚急奔。河间王熙,渤海王朗,博陵王鉴,皆垂子,见七十六回。年尚幼弱,不能出城,隆复入城迎接,护令同行,方得走脱。燕将王沈等降魏,乐浪王惠,中书侍郎韩范,员外郎段宏,太使令刘起等,挈工役三百余人,奔往邺城。

燕都无主,百姓惊惶,东门连夜不闭。事为魏主珪所闻,即欲引兵入城,偏冠军将军王建,志在掳掠,偏至魏主面前,谓夜间昏黑,恐士卒入盗库物,无从彻查,不如待至天明,魏主乃止。及晨鸡报晓,旭日已升,魏主始引兵至东门,哪知门已紧闭,城上守兵俱列,反比前日整齐,不由的惊诧起来。遂饬众攻,反伤害了数百人。次日,又复攻扑,仍然无效,乃使人上登巢车,招谕守兵道:"慕容宝出城奔走,已弃汝等北去，汝等百姓，复替何人把守？难道汝等俱不识天命，徒自取死么？"守兵齐声答道："从前参合一役，降且不免，今日守亦死，降亦死，所以不愿出降，情愿死守！况城中并非无主，去一君，立一君，难道汝魏人能杀尽我么？"魏主珪听了，顾视王建，直唾建面。当下遣中领将军长孙肥，左将军李栗，率三千骑追慕容宝。行至范阳，尚不见有宝踪迹，但新城戍兵，约有千人，索性攻将进去，俘得数百名，还报大营。魏主珪懊悔无及，尚拟攻克中山，未肯撤围。究竟中山由何人主持？原来是燕开封公慕容详。详系慕容青弟。详未曾出城，即由守兵奉为主帅，闭城拒守，因此宝虽北去，城尚保存。小子有诗咏道：

> 国都未破主先逃，遗族留屯差自豪；
> 假使岩垣长不坏，维城宗子也名高。

欲知慕容宝在途情状，待至下回再详。

慕容宝一鄙夫耳，喜怒靡常，进退无主，观其所为，即安内尚且不足，遑问拒外！魏人一至，可和不和，可战不战，可守不守，虽欲不败，乌得而不败？虽欲不亡，乌得而不亡？不然，魏主拓跋珪，智术亦疏，没根二击而惊走，慕容隆再击而猝奔，当两军对垒之时，无备若此。向令宝父尚存，珪亦安能逞志乎？慕容农与慕容隆，名为燕室忠臣，乃父中兴，两人亦尝佐命，乃小胜即喜，小败即怯，既不能监制慕容麟，又不能匡正慕容宝，都城可弃，何一不可弃耶？观此回可知后燕败亡之由来矣。

第十三回

攻旧都逆子忘天理
陷中山娇女作人奴

却说慕容宝弃都出走，行至阴城，适与赵王麟相遇。麟不意宝至，还道他亲自出讨，顿致惊溃，奔往蒲阴。宝不遑追击，但驱众北趋，到了蓟城。随从卫士，散亡略尽。唯慕容隆部下四百骑，留卫行幄。慕容会率骑兵二万人，方至蓟南，闻宝已入蓟，乃进城相见。父子叙谈，会语多讽刺，面上亦很觉不平。宝俟会退出，即召农隆二人，入语会不平情形。二人均说道："会尚年少，专任方面，习成骄盈，所以有此情状。臣等执礼相绳，料彼也不致生异了。"除非立会为太子，或可释嫌。宝虽然许可，心中总未免疑会，遂欲夺会兵权，归隆统辖。隆恐会有变，当面固辞。宝犹分拨会众，给与农隆。又遣西河公库傉官骥，率兵三千，助守中山，一面尽徙蓟中库藏，北趋龙城。

魏将石河头引兵追宝，驰至夏谦泽，得及宝军。宝不欲与战，会抗声道："臣抚练士卒，正为今日，今大驾蒙尘，人思效命，乃狡虏敢来送死，太违情理。兵法有言：'归师勿遏。'又云：'置之死地而后生。'彼犯二忌，我得二利，若再不战，益启寇心，龙城亦岂可长保么？"宝乃从会言，列阵拒敌。会出当敌冲，使农隆二军，分攻魏兵左右，三路夹击，大败魏兵，追奔百余里，斩首数千级。隆尚未肯罢休，再追至数十里外，夺得许多甲仗，方才回军，归途语故吏阳璆道："中山城积兵数万，不得伸展我意，今日虽得一胜，尚令我遗恨无穷。"说着，慷慨太息，泪下数行。独会经此一捷，骄夸愈甚，隆不得不从旁训勉。会非但不听，反加忿恨，又因农隆俱常镇龙城，名望素出己右，恐宝至龙城后，大权必在农隆掌握，自己越致失势，乃潜谋作乱。幽平二州士卒，统已受会牢笼，不愿归二王节制，遂向宝陈请道："清河王勇略过人，臣等愿与同生死，今请陛下与太子诸王，留住蓟宫，臣等从清河王南征，解京师围，还迎大驾便了。"宝似信非信，默然不答。大众退后，宝左右进言道："清河王不得为太子，神色已很是不平，且材武过人，善收人心，陛下若从众诸，臣恐解围以后，必有卫辄故事，不可不防。"卫辄拒父事，见《东周列国》。宝点首示意。侍御史仇尼归，系会私党，探悉宝情，便私下告会道："大王所恃唯父，父已异图，所仗在兵，兵已去手，试问将如何自全呢？不如诛二王，废太子，由大王自处东宫，兼任将相，匡复社稷，方为上策。"双方谍间，怎得不乱？会尚犹豫未决。

宝语农隆道："我看会已有反志，今若不除，难免大祸。"农隆齐声道："今寇敌内侮，中土纷纭，社稷危如累卵，会镇抚旧都，来赴国难，威名远震。逆迹未彰，若一旦加诛，不但父子伤恩，人心亦必将不服呢。"宝慨然道："逆子已不顾君亲，卿等兹恕，尚不忍诛，一旦变起，必先害诸父，然后及我，后悔恐无及了。"农隆为妇人之仁，不知弭乱，宝既知子恶，仍不加防，是亦妇人之见而已。话虽如此，但也不肯急切下手，仍向龙城进行。

到了广都黄榆谷，时已天晚，因即驻宿。农与隆二人为卫，卧至夜半，忽有一片哗噪声，从外而入。隆急忙起视，见有十数人持刀进来，料知有变，便欲返身入报，不防背上已中了一刀，痛彻心窝，立致晕倒，接连又被一刀剁下，自然断命。时农已拔甲出来，跨马欲遁，偏被那强人阻住，用刀乱斫，农急忙闪避，左臂已着了刀伤，忍痛走脱。背后却有数健卒相随，代抱不平，俱奋力留拒强人，格翻几个，赶去几个，独擒得一个头目，仔细辨认，正是侍御史仇尼归。当下将他捆住，牵送慕容农。农已窜入山谷，健卒亦跟了进去，待至追及，由农讯问仇尼归，供称为会所遣。农乃裹创待晓，然后出山，返报慕容宝。

宝夜间闻变，正在惊惶，突见会踉跄趋入道："农隆谋逆，臣已将他二人除去了。"宝知会有诈，一时不便叱责，乃佯为慰谕道："我素疑二王，果然谋变，今得除去，甚好！甚好！"此时倒还有急智。会喜跃而出。翌晨，由会排齐兵仗，严防他变，始拥宝就道。建威将军余崇，请收殓隆尸，载往龙城，会尚未许，经崇涕泣固请，方得邀允。即由崇殓隆入棺，用车载行。适慕容农自来谒宝，并押献仇尼归。宝不令农诉明情迹，但伪叱道："汝何故负我？"遂令左右将农拿下。仇尼归乐得狡赖，只说农等为逆，拒战被擒，宝即令释缚，仍复原官。约行十余里，正要午餐，宝召群臣同食，且议加农罪。会方就坐，宝目顾卫军将军慕舆腾，暗嘱杀会。腾拔剑出鞘，向会行刺。会把头一低，冠被劈去，略受微伤，身子向外一掠，竟得逃走。腾不及追杀，慌忙奉宝急奔，飞驰二百余里，得抵龙城。时已夕阳下山了；会号召徒党，追宝至石城，终不得及，乃使仇尼归为前驱，径攻龙城。宝令壮士夤夜出击，得破仇尼归。会且上书要求，请诛左右佞臣，并求立为太子。宝当然不许，唯乘舆器物及后宫妾御，不及随宝进城，尽被会掠去，分赏将吏，擅置官属，自称皇太子，录尚书事，引众再攻龙城，以讨慕舆腾为名。宝登城责会，会跨马扬鞭，意气自如，且令军士鼓噪扬威。城中将士，见会如此无礼，统皆愤怒，开城迎战。天下事全仗理直，理直自然气壮，一鼓作气，锐不可当，便将会众杀退。<small>毕竟人心未死。</small>会走还营中，到了夜半，侍御史高云，又从城中潜出，带着敢死士百余人，袭击会营。会众大乱，相率逃散。会不能成军，只带十余骑奔往中山。开封公慕容详，怎能容会，立将会拘住斩首，并派人传报龙城。宝乃颁令大赦，凡从前与会同谋，悉置不问，使复旧职。<small>免罪尚可说得，复官未免太宽。</small>又论功行赏，封侯拜将，共数百人。命慕容农为左仆射，兼职司空，领尚书令，进高云为建威将军，封夕阳公，养为义儿，追赠高阳王隆为司徒，予谥曰康。龙城一隅，暂得少安。

唯邺城尚被围住，积久未退，慕容详尚有能耐，坚持到底。魏主珪因军食不继，命东平公仪撤去邺围，徙屯钜鹿，筹运粟米。慕容详又暗遣步卒，出袭魏营，虽然魏主有备，杀败守兵，但终因粮道未通，解围自去，就食河间。详还道是威足却魏，竟僭称皇帝，改元建始，用新平公可足浑谭为车骑大将军，领尚书令。此外设官分职，居然备置百官。且闻慕容麟出屯望都，即遣兵掩击，逐麟入山，擒麟妻子还都。燕西河公库傉官骥，本奉燕主宝命，助守中山，<small>见上文。</small>及详既僭位，便思逐骥。骥与他反抗，遂致互阋，结果是众寡不敌，为详所杀。详尽灭库傉官氏，又杀中山尹苻谟，诛及家族。唯谟有二女娥娥训英，娇小玲珑，幸得走脱，后文自有表见。<small>天生尤物，不肯令其遽死。</small>详既得逞志，便即淫荒，嗜酒无度，横加杀戮。所授尚书令可足浑谭直言进谏，适值详酒醉糊涂，竟不分皂白，喝令左右，把谭推出斩首。官吏等当然不服，均有异言，详更使人监谤，遇有私议政事的人员，不论贵贱，一体处斩。自详僭号以后，但阅一月，所诛王公以下，已五百余人，内外屏息，莫敢发言。

城中又复饥迫，百姓欲出外觅粮，偏详下令严禁，不准出入，因此人多饿死，举城皆恨详无道，欲就近往迎赵王麟。麟与详相去几何？百姓亦但管目前，未遑顾后。详尚未察悉，但因城中乏食，遣辅国将军张骧，率五千余人赴常山，督办粮糈。慕容麟伺隙复出，招集丁零余众，潜袭骧军。骧正在灵寿县，严加督责，戕害吏民，众心浮动，一闻麟至，都去欢迎，连骧部下各兵士，亦弃骧就麟。骧仓皇窜去，麟即引众掩至中山，城门不闭，得一拥直入，城中兵民，见麟到来，无不喜慰，从前被杀诸大臣家属，乐得乘机报怨，各引麟趋入伪宫，往捉慕容详。详醉后酣寝，未及逃避，即被大众七手八脚，把他捆住，牵出见麟。详尚睡眼模糊，不知为何人所执，但听得一片杀声，才开眼一睁，那刀光已到颈上，未及开言，头颅已落。得做醉鬼，详亦甘心。又搜杀详亲党三百余人。麟复僭称尊号，听民四出觅食，大众才得一饱。

魏主珪闻中山变乱，即遣中领军将军长孙肥，带领轻骑七千人，潜袭中山，得入外郭。麟忙集众出拒，肥始退去。麟复率步骑四千，追至派水，由肥麾众返击，彼此各有杀伤。麟丧失铠骑二百，肥亦身中流矢，两造统收军引还。魏主珪移驻常山九门，军中大疫，人马多死，将士多半思归。珪觇知众意，便语众将道："前闻丑提作乱，本即北返，嗣因燕主悔约，丑提乱亦得平。从珪口中引出丑提。我意决拔中山，再作归计，今全军遇疫，岂天意不欲我取中山么？但四海以内，人民众多，无处不可立国，诚使我抚驭有方，谁不悦服？目前病死多人，也不足顾恤呢。"语不足法。诸将始不敢再言。珪即令抚军大将军略阳公拓跋遵，引兵再袭中山，割取禾稻，捆载而还。中山失禾，饥荒益甚。慕容麟不能安居，因率众三万余人，出据新市。

魏主珪已进兵攻麟，太史令晁崇进谏道："今日进军，恐防不吉。"珪问为何因？崇答道："纣以甲子亡，故后世称甲子日为疾日，今日适当甲子，不宜出兵。"珪笑道："纣以甲子亡，周武不以甲子兴么？"崇无言可对。珪即启行至新市，与麟对垒。麟不免心怯，退屯派水，依渐洳泽立营，意图自固。彼此相持数日，魏兵进压麟营，麟不得已开营出战，一场交手，哪里敌得过魏兵？二万人死了九千余，逃去一万余，单剩得数十骑，随麟奔还。麟妻子前为详所拘，未曾处死，见上文。麟入中山，当然放出，此次复挈了妻子，遁入西山，从间道赴邺。魏主珪驰入中山，凡麟所署公卿将吏，及守城士卒，统皆迎降，共约二万余人。又得燕所传皇帝玺绶，并图书府库珍宝，以巨万计，还有后宫妇女，数亦盈千。并得慕容详遗女一人，年青貌美，秀色可餐，珪即纳为妾媵，晚令侍宿。详女亦只好随缘作合，供他淫污。越日，又发慕容详冢，锉尸焚骨，并查得拓跋觚死时，由燕人高霸程同下手，便将两人磔死，并夷五族。霸固为详所使，本不应置重辟，况又夷及五族，珪之淫虐如此，无怪其不得令终。于是班赏将士，多寡有差。

慕容麟奔至邺城，与范阳王慕容德相见，便向德献议道："魏兵既克中山，必来攻邺，邺中虽有蓄积，但城大难固，且人心惶惧，恐难坚守，不如南赴滑台，较为万全。"德闻言心动，遂拟南迁。时滑台守将，为燕鲁阳王慕容和，亦遣人迎德，德因决计徙屯。好容易又是残冬，越年为燕主宝永康三年，即晋安帝隆安二年。正月上旬，德率户四万，南徙滑台，将吏当然随行。无故弃邺，也是失策。魏东平公拓跋仪，已进封卫王，引众入邺，追德至河，不及乃还。慕容麟等向德劝进，德依兄慕容垂故事，自称燕王元年，摄行帝制，备设官属，用慕容麟为司空，领尚书令，慕容法为中军将军，慕舆拔为尚书左仆射，丁通为右仆射，这便是南燕的始基。是为四燕之殿。看官听说！慕容麟劝德南徙，仍然为自己起见，他因河间常有麟现，自谓与己名相应，必得君临燕土。中山僭号，不满三月，匆匆奔邺，欲用德为傀儡，迁往河南，仍好废德自立。那知天不助逆，竟至谋泄，被德赐死，狡猾半生，终归不得善终。可作晨钟之警。

那慕容宝尚未知滑台情形，还遣鸿胪卿鲁遽，册拜慕容德为丞相，领冀州牧，封南夏公，一面大阅兵马，仍欲规复中原。会魏主北归，慕容德亦命侍郎李延，向宝报闻，谓"魏军已返，中原空虚，正好及时收复"等语。宝心下大喜，即拟南行。辽西王农，长乐王盛进谏道："今方北迁，兵疲力弱，魏新得志，未可与争，不如养兵观隙，更俟他年。"宝颇欲依议，偏抚军将军慕舆腾抗言道："寇虏已返，我师大集，正宜乘机进取，百姓可与乐成，难与图始，唯当独决圣虑，不应广采异同，阻挠大计。"宝闻言奋袂道："我计决了，敢谏者斩！"遂留慕容盛居守龙城，命慕舆腾为前军大司马，慕容农为中军，自为后军，统率步骑三万，自龙城依次出发，南屯乙连。

　　燕制称卫兵为长上，素随乘舆出入，不令迁调，此次宝统众南行，当然随着，但众情俱不愿征役，各有怨言。卫弁段速骨宋赤眉等，本为高阳王隆旧部，入充宿卫，此次因众心蠢动，遂纠众作乱，逼立隆子崇为主帅，立即发难，杀毙司空乐浪王慕容宙，中牟公段谊诸人。唯河间王熙，素与崇善，崇代为庇护，始得免难。燕主宝突然遇变，急率十余骑奔往农营。农急忙出迎，左右抱住农腰，谓营卒亦恐应乱，不宜轻出。农抽刀吓退左右，才得出营见宝，接入营中。一面遣人追还前军慕舆腾，一面拔营回讨段速骨等。谁知军心都变，俱弃仗散走，就是慕舆腾部下，亦皆溃散。宝与农只好奔还龙城，乱兵尚在后追赶，亏得龙城留守长乐王盛，引兵出接，才得迎入宝与农。小子有诗叹道：

> 不从众议妄行师，祸起军中悔已迟。
>
> 纵使一时能幸脱，窜身便是杀身时。

　　宝与农既入龙城，乱兵亦进逼城下，欲知乱事如何结果，容待下回表明。

　　君君臣臣，父父子子，此为修齐治平之要素，先圣固尝言之矣。慕容宝之不君不父，乌足为国？观其立太子时，已启内乱之渐，以立长言，则宜立长乐公盛，以受遗言，则宜立清河王会，策为少子，又非嫡嗣，徒以溺爱之故，越次册立，无惑乎会之谋乱也。会固不子，宝实不父，而又当断不断，徒受其乱，亲为父子，反成仇敌，家且不齐，国尚能治乎？幸而会乱已平，正宜与民更始，休养生息，徐图规复，乃不察民生之困苦，不问将士之罢劳，冒昧径行，侈言南讨，是君不君也。君不君，臣即不臣，段速骨等之作乱，亦意中事，无见怪也。彼慕容农与慕容隆，心固无他，才实不足。慕容麟好行不义，终至自毙，燕事如此，即无拓跋氏之外侮，亦终必亡而已矣。

第十四回

通叛党兰汗弑君
诛贼臣燕宗复国

却说段速骨等引着乱兵，进逼龙城。城中守兵甚少，由慕容盛募民为役，始得万人，登陴奋力拒守。速骨等人数虽多，但同谋不过百人，余皆胁从为乱，并无斗志。唯尚书顿丘王兰汗，本为慕容垂季舅，又是慕容盛妇翁，他偏起了歹心，与速骨等通谋，所以速骨等有恃无恐，日夕鼓噪，威吓城中；且诱慕容农出城招抚，愿与讲和。农恐城不能守，潜自夜出，往抚乱兵。**乱兵未曾被钮，怎肯投诚？农潜往招抚，不啻送死。**速骨怎肯依农，反把农拘住不放。翌晨，复引众攻城，城上守兵，拒战甚力，伤毙乱卒百余人。守兵正在得势，忽见速骨牵出慕容农，指示城上，呶呶乱语。**农亦有口，奈何畏死不言？**守兵本恃农为重，忽见农在城下，也不暇问明情由，骤然夺气，一哄而散。速骨等得缘梯登城，纵兵杀掠，死亡相枕。燕主宝与慕舆腾余崇张真李旱等，轻骑南奔。

速骨尚不敢杀农，但将他幽住殿内。另有同党阿交罗，为速骨谋主，意欲废崇立农，偏被崇左右闻知，就中有骰让出力鞔两人，为崇效力，骤入杀农，并及阿交罗。农故吏左卫将军宇文拔，亡奔辽西，速骨恐人心忆农，必且生变，因归罪骰让出大鞔，把他诛死。哪知与他反对的，不是别人，就是前时通谋的兰汗。汗阳与勾通，暗中仍然嫉忌，速骨未曾防着，突被汗纠众袭击，见一个，杀一个，才阅半日，已将速骨等亲党百余人，一股脑儿送他归阴。当下废去慕容崇，奉太子策监国，承制大赦，且遣使迎宝北归。

时长乐王盛等，已逾城从宝，同至蓟城，接见兰汗来使，宝即欲北还。盛等俱进谏道："兰汗忠诈，尚未可知，今若单骑往赴，倘汗有异志，悔不可追，不如南就范阳王，合众取冀州，就使不捷，亦可收集南方余众，徐归龙城，这却是万全计策呢。"宝乃依议，从间道趋邺。邺人颇愿留宝，宝独不许。南至黎阳，暂驻河西，命中黄门令赵思，召北地王慕容钟，使他迎驾。钟为慕容德从弟，曾劝德称尊，至是执思下狱，并即报德。德召僚属与语道："卿等为社稷大计，劝我摄政，我亦因嗣主播越，民神乏主，暂从群议，聊系众心。今天方悔祸，嗣主南来，我将具驾奉迎，谢罪行辕，然后角巾还第，不问国事，卿等以为何如？"全是假话。黄门侍郎张华应声道："陛下所言，未免失计，试想天下大乱，断非庸材所能济事，嗣主暗弱，不足绍承先绪，陛下若蹈匹夫小节，舍天授大业，恐威权一去，身首不保，社稷宗庙，岂尚得血食么？"将军慕容护亦接入道："嗣主不达时宜，委弃国都，自取败亡，尚何足恤？从前蒯聩出奔，卫辄不纳，《春秋》尚不以为非，孔圣亦未尝赞成。彼为子拒父，尚属可行，况陛下为嗣主叔父，难道不可拒犹子吗？"正要你二人说出此话。德半晌才道："古人逆取顺守，终欠合理，所以我中道徘徊，怅然未决呢。"护又道："赵思南来，虚实未明，臣愿为陛下驰往调察，再作计较。"德乃遣护前往，佯为流涕。多此做作。护率壮士数百人，偕思北往。适宝得樵夫言，谓德已僭号，料知不为所容，仍转身北去，护追宝不及，复执思南还。

德闻思练习掌故，召他入见，欲为己用。思慨然道："犬马尚知恋主，思虽刑臣，颇识大义，乞加惠赐归。"德作色道："汝在此受职，与在彼何异？"思亦发怒道："周室东迁，晋郑是依，陛下亲为叔父，位居上公，不能倡率群臣，匡扶帝室，乃反幸灾乐祸，欲效晋赵王伦故事！思虽不能效申包胥，乞援存楚，尚想如王莽时的龚胜，不屑偷生，归既不得，死亦何妨！"阉人中有此义士，恰也难得。德被他揶揄，容忍不住，便命将思推出斩首，真情毕露。嗣是遂与宝绝。

宝遣盛与慕舆腾，收兵冀州，盛因腾请兵启衅，激成祸乱，且素来暴横不法，为民所怨，因即将他杀死。总嫌专擅。行至钜鹿，遍谕豪杰，俱欲起兵奉宝，约期会集。偏宝闻兰汗祀燕宗庙，举动近理，便欲北还龙城，不肯再留冀州，于是召盛速还，即日启行。到了建安，留宿土豪张曹家。曹素武健，自请纠众效劳，盛又劝宝缓归，俟确觇兰汗情状，再定行止。宝乃遣冗从仆射李旱，往见兰汗，自在石城候信。

会兰汗遣左将军苏超，至石城迎宝，极陈兰汗忠诚。宝信为真言，不待李旱返报，遂自石城出发。盛涕泣固谏，宝仍不从，但留盛在后徐行。盛与将军张真等下道避匿，不肯遽赴。**盛为宝子，知父有难，不肯随往，亦太忍心。**宝匆匆急返，抵索莫汗陉，去龙城只四十里，城中皆喜。兰汗惶惧，欲自出谢罪，兄弟同声谏阻。汗因遣弟加难率五百骑出迎，又令兄提闭门止仗，禁人出入。城中皆知汗有变志，但亦无法挽回。加难驰至陉北，与宝相见，拜谒甚恭。宝即令他护驾，昂然进行。颍阴公余崇，密白宝道："加难形色不定，必有异谋，陛下宜留待三思，奈何径往？"宝尚说无妨。又行了十余里，加难忽喝令骑士向前执崇，崇徒手格斗，毕竟寡不敌众，终为所缚。崇大骂道："汝家幸为国戚，迭沐宠荣，今乃敢为篡逆，天地岂肯容汝？不过稍迟旦暮，便当屠灭，但恨我不得手脍汝曹呢！"加难听了，竟拔刀杀崇。宝至此悔已无及，只好随了加难，同入龙城。加难不令入殿，但使寓居外邸，用兵监守。到了夜间，便遣壮士潜入邸中，将宝拉死。**莫非自取。**兰汗闻报，命为棺殓，追谥曰灵。又杀太子策及王公卿士以下百余人。汗自称大都督大单于大将军，昌黎王，改元青龙，令兄提为太尉，弟加难为车骑将军，封河间王熙为辽东公。使如周时杞宋故例，备位屏藩。**居然想作天子了。**

慕容盛在外闻变，即拟奔丧入城，将军张真，极力劝阻。盛说道："我今拚死往告，自述哀穷，汗性愚浅，必顾念婚姻，不忍害我。约过旬月，我得安排妥当，便足伸志，这也是枉尺直寻的办法呢。"遂不从真言，径入城赴丧，先使妻兰氏进求汗妻，为盛乞免。汗妻乙氏，究是女流，见女涕泣哀请，自然代为缓颊。汗本意颇欲害盛，但见了一妻一女，宛转哀鸣，免不得心肠软活，化刚为柔。唯兄提及弟加难，谓斩草留根，终足滋患，不如一并杀盛。盛妻又向伯叔叩头，哀吁不已，提与加难尚有难色，汗独恻然道："我就赦汝夫婿，但汝当为我传言，须怀我德，毋记我嫌。"盛妻当然应命。汗即遣子迎盛，引入宫中。盛见汗匍伏，且泣且谢。**亏他忍耐。**汗还道他是诚心归附，一再劝慰，且伪言宝实自尽，并非加害，当即为宝治丧，令盛及宗族亲党，一律送葬，复授盛为侍中，兼左光禄大夫。还有太原王奇，系前冀州牧慕容楷子，为汗外孙，汗亦将奇宥免，命为征南将军。奇既得受职，遂与盛同列，两人俱怀报复，且系从曾祖兄弟，当然患难相亲，于是盛得了一个帮手，尝与密谋。

兰提等随时防着，屡次劝汗杀盛，汗终不从，兄弟间遂有违言。提又骄狠荒淫，动逾礼法，就是与汗相见，亦往往恶语相侵。汗情不能忍，益生嫌隙。盛得乘间媒孽，如火添薪，又潜使奇出外招兵，为恢复计。奇密往建安，募集丁壮，得数千人，使据城自固。提闻变报汗，汗即遣提往讨，偏盛入白汗道："善驹即奇表字。小儿，怎敢起事？莫非有假托彼名，谋为内应不成？"汗瞿然道："这是由太尉入报，当不相欺。"盛屏人语汗道："太尉骄诈，不宜轻信，若使发兵出讨，一或为变，祸不胜言了。"汗闻盛言，即饬罢提兵，汗实愚夫，若使有一隙之明，定必不信。另遣抚军将军仇尼慕，率众讨奇。时龙城数月不雨，自夏及秋，异常亢旱。汗疑得罪燕祖，致遭此谴，乃每日至燕太庙中，顿首拜祷，又向故主宝神主前，叩陈前过，实由兄弟二人起意，应当坐罪云云。提与加难，得悉汗言，统怒不可遏，竟擅领部曲将士，出袭仇尼慕军，杀毙无算。

仇尼慕幸得不死，奔回告汗。汗不禁惊骇，立遣长子穆出讨。穆临行时，密语汗道："慕容盛与我为仇，今奇起兵，盛必与闻，这是心腹大患，急宜除去，再平内乱未迟。"汗半疑半信，欲召盛入见，觇察情实，然后加诛。盛妻兰氏，稍有所闻，忙即告盛。盛伪称有疾，杜门不出。汗亦搁着不提。燕臣李旱、卫双、刘忠、张豪、张真等，本与盛有旧交，因见兰穆势盛，虚与周旋，穆遂引为腹心，使旱等往来盛室，为监察计。哪知旱等反向盛输情，为盛谋主，伺隙起事。会穆击破兰提等军，回城献捷，汗遂大飨将士，欢宴终日，父子统饮得酩酊大醉，分归就寝。当有人诣盛通报，盛夜起如厕，逾墙趋出，直往东宫。李旱等已先待着，即拥盛斩关，入室寻穆。穆高卧未醒，被旱等手起刀落，立即毙命。盛得穆首级，携带出门，徇示大众。众未解严，尚扎住东宫外面，一闻盛起兵杀穆，大都踊跃赞成，便听盛指挥，往攻兰汗。汗醉寝宫中，至大众突入，才得惊醒，起视门外，遥见一片火光，滚滚前来，火光中露出许多白刃，料知不是好事，亟呼卫卒保护，偏卫卒已逃散，不知去向，任他喊破喉咙，并无一人答应。他想返身避匿，奈两脚如痿躄一般，急切不能逃走。那外兵已趋近身边，不由分说，便即劈头一刀，但觉脑袋上非常痛苦，站立不住，就致晕倒，一道灵魂，与长子穆先后归阴，同登森罗殿上，同燕主宝对簿去了。恐怕是同去喝黄汤哩！

汗尚有子和与扬，分戍令支白狼，盛连夜使李旱张真，驰往诱袭，相继诛死。兰提加难，也由盛遣将掩捕，同时受戮。人民大悦，内外帖然，盛因妻为汗女，当坐死罪，因拟遣她出宫，迫令自尽，*盛之复兴，半由妻兰氏营救之功，奈何遽欲杀妻，男儿薄幸，可为一叹！* 亏得献庄太子妃丁氏，从旁力争，始得免死。看官道献庄太子为谁？就是慕容垂长子令。令前时走死，事见上文。*在六十三回。* 垂称帝时，曾追谥令为献庄太子，令妻丁氏，尚得生存，宝尝迎养宫中，以礼相待。盛妻兰氏，奉侍维谨，所以丁氏壹力保护，极言兰氏相夫有功，如何用怨报德？说得盛无词可驳，不得不曲予通融。但后来盛称尊号，仍不立兰氏为后，终未免心存芥蒂，这且无庸絮言。

且说慕容盛得复父仇，便告成太庙，大赦境内，一时不称尊号，暂以长乐王摄行统制，降诸王爵为公，文武各复旧官，并召太原公奇还都。奇听信谗言，竟抗不受命，勒兵叛盛，回屯横沟，去龙城只十里。盛亲督将士，出城击奇，奇手下虽有三万余人，究竟是临时召募，没有纪律，乘兴便至，见敌即逃。奇不能禁遏，如何拒盛？盛驱兵追杀，又令军士接连射箭，射倒奇马，奇坠地受擒，牵入龙城，立即处死。奇党严生王龙等，一并捕诛。遂命河间公熙为侍中，都督中外诸军事，改谥先主宝为惠闵皇帝，庙号烈宗。宝尚有庶子元，受封阳城公，兼卫将军，东阳公根，为尚书令，张通为左仆射，卫伦为右仆射，李旱为辅国将军，卫双为前将军，张真为右将军，皆封郡公。又进刘忠为左将军，张豪为后将军，并赐姓慕容氏。既而步兵校尉马勒等谋反，事泄伏诛，案连高阳公崇，*即段速骨等所立之慕容崇。* 因即将崇赐死。*这是盛有心杀崇。*

是夕，大风暴起，拔去阙前七大树，宫廷震悚。可见天道有知，隐隐为崇鸣冤。偏群臣一味迎合，还要向盛劝进。盛初尚不许，嗣复屡接奏牍，请上尊号，盛乃即燕帝位，改元建平，追尊伯考献庄太子为皇帝，宝后段氏为皇太后，献庄太子妃丁氏为献庄皇后，谥太子策为献庄太子。后来张豪、张真、张通及尚书段成，昌黎尹留忠等，相继谋叛，依次发觉，一并伏诛。就是东阳公慕容根，亦株连被戮。即用阳城公元为尚书令，改封平原公。才阅一年，复改元长乐。每有罪犯，盛必自矜明察，亲加鞫讯；且因宝宽弛失国，务从严刻，无论宗族勋旧，稍有过失，便置重刑。辽西太守李朗，在郡十年，威行境内，盛屡征不至，且阴召魏兵，阳吓燕廷。盛察知有诈，便将他留居龙城的家属，尽加屠戮，并遣辅国将军李旱，率骑讨朗。旱奉命出次建安，忽又接到朝使，召他还都。旱只得驰还。及抵阙下，谒盛问故。盛但云："恐卿过劳，所以召归休息。"旱乃退出。越宿，又遣旱从速出兵，群臣都莫名其妙，就是旱亦无从索解，只好依令奉行。

朗初闻旱兵出击，当然防守，及旱中途却还，总道是龙城有变，不复设备，留子养守住令支，即辽西治所。自往北平迎候魏兵。旱兼程前进，掩入令支，擒斩李养，复遣广威将军孟广平，引骑追朗。朗尚未抵北平，已被孟广平追及，纵骑奋击，攻他无备。朗慌忙抵敌，与广平战了数合，因见从骑溃散，未免胆怯，手下一松，即由广平觑隙猛刺，中朗左胁，坠落马下。广平再加一槊，断送朗命，当下枭了首级，取回报旱。旱即传首龙城，盛得捷报，方明谕群臣道："朗甫谋叛，必忌官威，或纠合同类，与我力敌，或亡窜山泽，据险自固，一时如何荡平？我所以前召旱还，使他无备，再令旱出，猝加掩击，这是避实击虚的妙计。今果一鼓平逆，得歼渠魁，总算是计不虚行了。"徒矜小智，无当大体。群臣自然贡谀，群称神圣。盛即将朗首悬示三日，一面召旱班师。旱应召西归，途次得卫双被诛消息，不禁惶骇，弃军潜奔，走匿板陉。盛知旱无他意，不过畏罪逃亡，乃遣使往谕，说是："卫双有罪，不得不诛，与旱无涉，可即日还朝。"旱乃入都谢罪，盛仍令复职，唯讨平辽西的功劳，已付诸汪洋大海，搁起不提了。小子有诗咏道：

> 用宽用猛贵相兼，但尚刑威总太严；
> 罚不当辜功不赏，君臣怎得免猜嫌！

盛虽得平辽西，魏兵却已出境，欲知燕魏交战情形，且至下回详叙。

观本回兰汗之弑慕容宝，与慕容盛之杀兰汗，芒刃起于萧墙，亲戚成为仇敌，皆权利思想之为害也。兰汗身为国舅，其女又为长乐妃，亲上加亲，应同休戚，乃潜通外叛，诱杀国君，宝不负汗，汗实负宝，盖比莽操之恶，为尤过矣。盛阳归兰汗，阴纵反间，冒险忍辱，卒举汗父子兄弟而尽戮之，甚且欲连坐贤妇，忘德报怨，阴鸷若此，可惊可畏，论者不以为暴，无非因盛之手刃父仇，大义灭亲故耳。然卒之好猜嗜杀，安忍无亲，宗戚勋旧，多罹刑网，诩诩然自矜明察，而以为杜渐防微，人莫予毒，庸讵知治国之道，固在仁不在暴耳，而盛之遇祸亦不远矣。

第十五回

再发难王恭受戮
好惑人孙泰伏诛

却说魏主拓跋珪，自中山还军以后，复徙都平城。营宫室，建宗庙，立社稷，正封畿，制郊甸，遣使循行郡国，考核守宰，明正黜陟。又命尚书吏部郎刘渊，立官制，协音律，仪曹郎董谧制礼仪，三公郎王德定律令，太史令晁崇考天象。进黄门侍郎崔宏为吏部尚书，总司典要，纂定各制，垂为永式。就于魏皇始三年十二月，**即晋安帝隆安二年。**即皇帝位，改元天兴，命朝野皆束发加帽，追崇远祖毛以下二十七人，皆称皇帝。尊六世祖力微为神元皇帝，庙号始祖，祖什翼犍为昭成皇帝，庙号高祖，父寔为献明皇帝，仿行古制，定郊庙朝飨礼乐。又用崔宏条议，自谓黄帝后裔，以土德王，徙六州二十二郡守宰，及土豪二千家至代郡。凡自代郡以西，善无以东，阴馆以北，参合以南，俱为畿内。此外四方四维，分置八部帅监守，居然有体国经野的遗规。**魏自拓跋珪称帝，为北方强国，故叙述从详。**平城附近有秀容川，旧有酋长尔朱羽健服属魏主，且随攻晋阳中山，立有战功。魏主珪特别加赏，即就秀容川四围三百里，给为封土，于是尔朱氏亦蕃盛起来。**独志祸本事，见《南北史演义》。**

会因燕李朗遣使借兵，乃命材官将军和拔，入袭幽州。幽州刺史卢溥，旧为魏民，戎吏据州，叛魏降燕，至是被和拔突入，擒溥及子浚，押送平城，车裂以徇。燕主盛闻幽州被兵，亟遣广威将军孟广平往救，已是不及，但斩魏戍吏数人，引师退还。盛复去皇帝号，贬称庶人天王，封弟渊为章武公，虔为博陵公，子定为辽西公。适太后段氏病殁，谥为惠德皇后。襄平令段登，与段太后同宗，忽然谋变，由盛遣将捕诛。前将军段玑，系段太后兄子，迹涉嫌疑，恐致连坐，即逃往辽西，嗣复还都归罪，得邀赦免，赐号思悔侯，使尚公主，入直殿庭。**养虎贻患。**一面尊献庄皇后丁氏为皇太后，立子辽西公定为皇太子，颁制大赦，命百僚会集东堂，亲考器艺，超拔十有二人。并在新昌殿遍宴群臣，令各言志趣。七兵尚书丁信，年方十五，因为丁太后兄子，擢居显要，他独起座面陈道："在上不骄，居高不危，这是小臣的志愿呢。"这数语是因盛好杀，暗加讽谏，盛亦知他言中寓意，便微笑相答道："丁尚书年少，怎得此老成论调呢？"话虽如此，但盛终不肯反省，仍然苛刻寡恩，免不得激成众怒，终罹大祸。事且慢表。

且说晋青兖刺史王恭，及荆州刺史殷仲堪，分镇长江，势倾朝右。会稽王道子，惧他侵逼，既令世子元显为征虏将军，配给重兵，使为内备，**事见七十八回。**复因谯王尚之，及尚之弟休之，素有才略，引为谋士。**尚之休之系谯王承子，无忌孙。**尚之向道子进议道："今方镇强盛，宰相权轻，大王何不外树腹心，自增藩位？"道子听着，即令司马王愉为江州刺史，都督江州及豫州四郡军事。偏豫州刺史庾楷，不愿分权，抗疏辩驳，略言："江州系是内地，与豫州四郡，素不相连，不应使王愉分督。"疏入不报。楷因遣子鸿往说王恭道："尚之兄弟，为会稽羽翼，权过国宝，欲借朝威，削弱方镇，王愉又是国宝兄弟，前来督豫，公等若不早图，恐必来报复前嫌，祸且不测了。"**王国宝事，亦见七十八回。**王恭本虑道子报怨，一闻此言，当然着急，忙遣人报告殷仲堪。仲堪即与桓玄商议，玄本是个闯祸的头目，那有不劝令为乱，况当时又有一种刺激，更增玄忿，尤觉得跃跃欲动，乘隙寻仇。原来玄在荆州，料为道子所忌，特故意上书，求为广州刺史，果得朝廷允准，且敕令兼督交广二州。当下佯为受命，暗中实无意启行。凑巧遇着王恭来使，阴约仲堪，此时不怂恿起事，更待何时？乃与仲堪拟就复书，愿推恭为盟主，约期同趋建康。恭得书后，便欲发兵，司马刘牢之进谏道："将军为国家元舅，义同休戚，**恭为孝武后王氏之兄。**会稽王乃天子叔父，又当国秉政，前因将军责备，诛及王国宝王绪，自割所爱，为将军谢过，将军亦已可谓得志了。现在王愉出镇江州，虽未惬人意，亦不为大失，就是豫州四郡，割配王愉，与将军何损？晋阳兵甲，可一不可再呢。"**牢之谏恭之言，不为不**

忠，可惜后来变卦。恭不肯从，即上表请讨王愉，及尚之兄弟。

道子闻庾楷从恭，即使人说楷道："孤前与卿恩如骨肉，帐中共饮，结带与言，也好算是亲密了。卿今弃旧交，结新援，难道竟忘王恭前日的欺侮么？若欲委身事恭，使恭得志，恭也必疑卿反复小人，怎肯诚心亲信？身首且不可保，还望什么富贵呢！"楷本为王国宝私党，事见前文，故道子又有此言。楷闻言大怒，即令使人还报道："王恭前赴山陵，相王忧惧无计，我知事急，发兵入卫，恭乃不敢猝发。去年恭勒众内向，我亦橐鞬待命，我事相王，未尝有负，相王不能拒恭，反杀国宝兄弟，国宝且死，何人再为相王尽力？庾楷身家百口，怎能再不见几，自取屠灭呢？相王今且责己，毋徒责人。"这一篇话报知道子，道子素来胆小，急得不知所为。独世子元显奋然道："前不讨恭，致有今日，今若再姑息，难道还有朝廷么？我虽年少，愿出当逆贼。"道子听了，稍稍放怀，乃将兵马大权，悉付元显，自在府第中日饮醇酒，作为排遣罢了。

殷仲堪闻恭已举兵，也即勒兵出发，但平时素无将略，所有军事，尽委南郡相杨佺期兄弟，使佺期率舟师五千，充作前锋。桓玄继进，自督兵二万为后应。佺期到了湓口，王愉尚全然无备，惶遽奔临川。桓玄遣偏将追愉，愉不及逃避，竟被擒去。建康闻报，很是震动，内外戒严，当即加会稽王道子黄钺，命元显为征讨都督，遣卫将军王珣，右将军谢琰，率兵讨王恭。谯王尚之率兵讨庾楷。楷方出兵至牛渚，突遇尚之统众杀来，一时惊惶失措，立致溃散，楷单骑奔投桓玄。会稽王道子，遂授尚之为豫州刺史。尚之有弟三人，除上文所叙的休之外，尚有恢之允之，此时均授要职。休之为襄城太守，恢之为骠骑司马丹阳尹，允之为吴国内史，各拥兵马，为道子声援。不意桓玄乘锐杀入，所向无前，连破江东各戍，由白石直进横江。尚之驱军与战，竟为所败，仓皇遁走。恢之所领各舟军，又被玄捣破，悉数覆没，于是都城大震。道子自屯中堂，令王珣守北郊，谢琰屯宣阳门，严兵守备。元显独出守石头城，英气直达，毫不畏缩。当时会稽府中，多半谀媚元显，说他聪明英毅，有明帝风。他亦自命不凡，居然以安危为己任，因见敌势甚锐，遂多方探刺敌情，果被察出破绽，想就一条反间计来。

自王恭不用刘牢之言，贸然出兵，牢之虽尚随着，却不愿为恭效死。恭又淡漠相待，越使牢之灰心。正在懊怅的时候，忽有庐江太守高素，借入报军机为名，得与牢之密语，咶以厚利，大略劝牢之背恭，事成后即将恭位转授。牢之自然心动，踌躇不答。素见牢之情状，乐得和盘托出，便从怀中取出一书，交与牢之，作为凭信。牢之启视，乃是会稽王道子署名，书中所说，也与素言相符，这封书是元显手笔，托名乃父，牢之未尝不知，但已闻元显握有全权，足为道子代表，便深信不疑，因即遣素返报，愿如所约。一面语子敬宣道："王恭曾受先帝大恩，今为帝舅，不能翼戴王室，反屡发兵寇逼京师，我想恭蓄志不轨，事果得捷，尚肯为天子相王所制么？我今欲奉国威灵，助顺讨逆，汝以为可行否？"敬宣答道："朝廷近政，虽不能媲美成康，究竟没有幽厉的残暴，恭乃自恃兵威，陵蔑王室，大人与恭，亲非骨肉，义非君臣，不过共事有年，略联情好，但彼既营私负国，大人原不宜党逆叛君，今欲助顺讨逆，理应如此，何必多疑。"敬宣此言，原是正论。牢之乃与敬宣密谋，将乘间图恭。

　　恭参军何澹之，素与牢之不协，至是侦知机密，急入白恭。恭尚疑澹之挟嫌进谗，不肯遽信，且特置盛宴，邀请牢之，就在席间拜他为兄，所有精兵坚甲，悉归牢之统领，使率帐下督颜延为先锋，进攻建康。一误再误，且送死一个颜延。牢之谢过了宴，立即登程。行至竹里，即将颜延一刀两段，送首入石头城。并遣子敬宣，及女婿东莞太守高雅之，还军袭恭。恭方出城阅兵，拟为牢之后继，不防敬宣麾骑突至，纵横驰骤，乱杀乱剁，霎时间将恭兵驱散。恭匹马回城，城门已闭，城上立着一员大将，便是东莞太守高雅之。他已混入城中，据城拒恭。恭知不可入，忙纵马奔往曲阿。他平时本不善骑，急跑了数十里，髀肉溃裂，流血淋淋，不得已下马觅舟。适有曲阿人殷确，为恭故吏，乃用舟载恭，送往桓玄军营；行至长塘湖，偏被逻吏截住，将恭擒送建康。恭至此还有什么希望，眼见是引首就刑。唯临死时，尚自理发鬓，颜色自若，顾语刑吏道："我误信匪人，致遭此祸，但原我本心，岂真不忠？使百世以下，知有王恭，我死已值得了。"以此为忠，何人不忠？恭既受诛，所有子弟党与，当然骈戮无遗。晋廷遂命刘牢之为辅国将军，都督兖青冀幽并徐扬各州军事，代恭镇守京口。

　　俄而杨佺期桓玄至石头，殷仲堪至芜湖，俱上表为恭伸冤，请诛刘牢之。元显见他势盛，却也生畏，遂悄悄的驰还京师，令丹阳尹王恺等发京邑士民数万人，共往石头。佺期与玄，方在石头城下，耀武扬威，猖獗得很。忽见建康兵士，如蜂拥，如蚁攒，漫山遍野，踊跃前来。两人不禁失色，当即麾军倒退，回屯蔡州。唯仲堪尚在芜湖，拥众数万，气焰未消。晋廷不知虚实，尚以为忧。左卫将军桓修，入白道子道："西军情实，修已了如指掌了，彼纠众为逆，殷桓以下，单靠王恭，恭既破灭，西军气沮，今若以重利啗玄，并及佺期，二人必然心喜，桓玄已足制仲堪，再加一佺期，便可使倒戈取仲堪了。"道子乃令玄为江州刺史，召还雍州刺史郗恢，使为中书，即命佺期代刺雍州，并都督梁雍秦三州军事。任修为荆州刺史，权领左卫文武，即日赴镇。遣刘牢之带领千人，护修前行。黜仲堪为广州刺史，使仲堪叔父太常殷茂，赍诏敕仲堪回军。

仲堪接诏，愤怒得了不得，便一再遣使，催促桓玄佺期进军。玄等得着朝命，颇为所动，犹豫未决。仲堪防他生贰，急从芜湖南归，又着人传谕蔡州军士道："汝辈若不早散归，我至江陵，当尽诛汝等家属了。"蔡州军士，听到此言，当然惧惧。佺期部将刘系，潜率二千人先归，一军已去，余众皆动。玄与佺期，不能禁遏，也只好随众西还。众惧家属被诛，倍道还趋，行至寻阳，得与仲堪相值。仲堪已经失职，不能不倚玄等为援，玄等见仲堪众盛，一时也不便相离，虽是两下猜嫌，表面上只好联络，所以彼此叙面，各无异言，且比前日较为亲昵，你指天，我誓日，俨然有沥肝披胆的情形，甚至各出子弟，互相抵质，就在寻阳筑台，歃血为盟，仍皆不受朝命，并连名上疏，提出三大条件：一是请申理王恭；二是求诛刘牢之，及谯王尚之；三是诉仲堪无罪，不应独被降黜。明明兴兵犯阙，如何说得无罪？不过玄与佺期同罪异罚，仲堪应也呼冤。这篇奏牍呈将进去，又令道子以下，无法抗辩，莫展一筹，统是酒囊饭袋。结果是召还桓修，仍将荆州给与仲堪，还要优诏慰谕，明示和解。成何体统！御史中丞江绩，且劾桓修专为身计，贻误朝廷，于是修被褫官爵，放归田里。冤哉枉也！

仲堪等得了诏谕，虽尚未尽如愿，但名位各得保全，已足令人意快，不如得休便休，受了诏命。偏佺期又来作怪，密语仲堪，谓："将来玄必为患，索性乘早袭击，杀死了他，方免后忧。"仲堪非不忌玄，但寻阳联盟，还是仗玄声望，得吓朝廷；且佺期素有勇略，兄广及弟思平，又皆粗悍强暴，不易驾驭，若杀玄以后，必更嚣张，势益难制，所以不从佺期，且加禁止。佺期孤掌难鸣，只得罢手，辞别赴镇。仲堪亦与玄相别，各就镇所去了。

三镇暂息战云，东南忽生妖雾，遂致建康都内，又复恐慌，正是祸端日出，防不胜防，这也是典午将亡，所以有此剧变呢。先是钱塘人杜子恭，挟有秘术，为众所推，尝就人借一瓜刀，数日不还。刀主向他索取，子恭道："当即相还，但不必由我亲交呢。"刀主似信非信，不过因刀为微物，未便强索，乃辞即去。会刀主有事赴吴，舟行至嘉兴，忽有大鱼一条，跃入舟中，当下将鱼获住，剖腹待烹，腹中有刀一柄，仔细审视，就是前日借与子恭的瓜刀。刀主很是惊异，免不得传示他人，一传十，十传百，顿时哄动远近，大都称子恭为神，多往就学，负笈盈门。国家将亡，必有妖孽。当时有琅琊人孙泰，系是西晋时孙秀的后裔，世奉五斗米道，汉张陵有异术，往学者必先奉五斗米，故称五斗米道。闻子恭有异术，特南访子恭，愿为弟子。子恭即收泰为徒，便将生平秘技，一一传授。已而，子恭病死，泰为子恭高弟，就将那师家秘传，试演一二，便得愚民信仰，奉若神明。泰性狡猾，青出于蓝，往往借端敛钱，自供挥霍，甚且为人禳灾祈福，见有年轻女子，便乘机引诱，据为婢妾。愚民有何知识，但教有福可求，有灾可避，就使倾资竭产，也是甘心。至若女生外向，本要嫁给人家，何妨进奉仙师，可徼全家福利。于是泰既得财帛，又得子女，食必粱肉，衣必文绣，最快乐的是左拥娇娃，右抱丽姝，日夜演那彭祖采战的秘戏，生下六个红孩儿。左仆射王珣，闻他妖言惑众，即请诸会稽王道子，把泰流戍广州。偏广州刺史王怀之，为泰所惑，竟使为郁林太守。他复借术欺人，名驰南越。太子少傅王雅，本与泰交游，竟向孝武帝前推荐，说他养性有方，因复召还都城，使为徐州主簿，寻迁辅国将军，兼新安太守。王恭发难，泰私集徒众，得数千人，号为义兵，为国讨恭。黄门郎孔道，鄱阳太守桓放之，骠骑谘议周勰等，都替泰揶扬，声誉日盛。就是会稽世子元显，也时常诣泰，求习秘术。泰见天下起兵，以为晋祚将终，乃聚资钜亿，号召三吴子弟，意图作乱。朝士多知泰异谋，只因元显与泰相契，惮不敢发。独会稽内史谢辅，密白道子，揭发泰隐。道子乃使元显诱泰入都，泰昂然进见，不防道子厅前，伏着甲士，见奉进来，一齐突出，立将泰拿下，推出斩首，并发兵捕泰六子，尽加诛戮。只泰兄子孙恩，逃奔入海，愚民尚说泰蝉蜕成仙，纠资送往海岛中，接济孙恩。恩得聚合亡命百余人，潜谋复仇。小子有诗叹道：

人道反常妖自兴，瓜刀幻术有何凭？
渠魁虽戮余支在，东海鲸波又沸腾。

究竟孙恩能否起事，待至下回再表。

王恭初次发难，以讨王国宝兄弟为名。国宝兄弟，骄纵不法，讨之尚属有名，至罪人已诛，收军还镇，已可谓遂志矣！谚有之："得意不宜再往。"况庾楷本国宝余党，王愉之兼镇豫州，所损唯楷，于恭无与，恭奈何偏信楷言，竟为楷所利用乎？引兵犯顺，一再不已，其卒至身首异处者，非不幸也，宜也。殷仲堪桓玄杨佺期，约恭进击，罪与恭同，幸得无恙。晋固威柄下移，而仲堪等蔑视朝廷，自相猜忌，有不至杀身不止者。无操懿之功，而思为操懿之行，未有不身诛族灭者也。孙泰妖言惑众，妄思借讨恭之名，号召徒党，乘机作乱，不旋踵而父子骈戮，同归于尽。《书》曰："惠迪吉，从逆凶。"亶其然乎？

第十六回

戕内史独全谢妇
杀太守复陷会稽

　　却说孙恩逃往海岛，还想纠众作乱，只因亡命诸徒，陆续趋附，尚不过百余人，所以未敢猝发。适会稽王道子有疾，不能视事。世子元显，竟暗讽朝廷，解去道子扬州刺史兼职，授与元显，朝廷竟允所请。及道子疾得少痊，始知此事，未免懊恼，但事成既往，无可奈何，徒落得一番空恨罢了。**谁教你溺爱不明。**元显既得领扬州，引庐江太守张法顺为谋主，招集亲朋，生杀任意，并发东土诸郡，凡免奴为客诸人民，尽令移置京师，充作兵士。**免奴为客，是得免奴籍，侨居东土诸客户，故有是称。**东土嚣然苦役，各有怨言。孙恩因民心骚动，遂得乘势号召，集众至千余人，从海岛中出发，登岸入上虞境，戕官据城，沿途劫掠，复引众进攻会稽。

　　会稽内史谢輶，已经去职，换了一个王凝之。凝之就是前右军羲之的次子，由江州刺史调任，素性迂僻，工书以外，没甚才能，但奉五斗米道，讲习符箓祈祷诸事。他妻便是谢道韫，乃安西将军谢奕女，素有才名，**略见前文。**少时已善属诗文，叔父安尝问道韫，谓《毛诗》中何句最佳？道韫答云："全诗三百篇，莫若《大雅·嵩高篇》云，吉甫作颂，穆如清风。仲山甫永怀，以慰其心。"安一再点首，谓道韫有雅人深致。又尝当冬日家宴，天适下雪，安问雪何所似？兄子谢明道："撒盐空中差可拟。"道韫微哂道："未若柳絮因风起。"安不禁大悦，极称道韫敏慧。已而适王凝

谢道韫论诗

之，归宁时谒见伯叔，很是怏怏。安问道："王郎乃逸少子，*羲之字逸少见前。*并不恶劣，汝有何事未快呢？"道韫怅然道："一门叔父，有阿大中郎。群从兄弟，有封胡羯末，不意天壤中乃有王郎。"*以凤随鸦，无怪不乐。*安也为叹息不置。阿大疑即指安，中郎系指谢万。*万曾为西中郎将。*万长子韶，小字为封，曾任车骑司马。胡系朗小字，父据早卒，朗官至东阳太守，乃终。羯即玄小字，乃是道韫胞兄，位望最隆，详见上文。还有谢川小字，就叫作末，也是道韫从兄，青年早逝。这四人俱有才名，为谢氏一门彦秀，所以道韫提及，作为凝之的反比例。看官阅此，便可知凝之的本来面目了。

凝之弟献之，雅擅风流，为谢安所器重，辟为长史。他本来善谈玄理，有时与辩客叙议，或至词屈，道韫在内室闻知，即遣婢白献之道："欲为小郎解围。"宾客闻言，一座皆惊。少顷用青绫步障，施设屏前，即由道韫出坐帷内，再申献之前议，与客辩难，客亦词穷而去。*才女遗闻，应该补叙。*及凝之赴任会稽，挈家同行，才越半年，即由孙恩乱起，将逼会稽城下。凝之并不调兵，亦不设备，厅室中向设天师神位，每日焚香讽经，至是闻寇氛日逼，但在天师座下，日夕稽颡，且叩且诵，几把那道教中无上宝咒，全体念遍，又复起立东向，仗剑焚符，好像疯子一般，令人可笑。*张天师以捉妖著名，恩虽为妖人余裔，奈部众统是强盗，并非妖怪，天师其如恩何？*官吏入见凝之，请速发兵讨贼。凝之大言道："我已请诸道祖，借得神兵数千，分守要隘，就使有十万贼众，也无能为了。"哪知凝之虽这般痴想，神兵终未见借到，反致贼势日逼日近，距城不过数里。属吏连番告急，凝之方许出兵，兵未调集，贼已麕至，城中人民，夺门避难，凝之尚在道室叩祷，忽有隶役入报道："贼已入城了。"凝之方才惊起，急挈诸子出走，连妻谢道韫都不暇带去。才行至十里左右，已被贼众追及，仆从骇散，天尊无灵，只剩下父子数人，无从逃避，徒落强人手中，牵缚至孙恩面前，由恩责讯数语，但说他殃民误国，叱令枭首。凝之尚念念有词，不知诵什么避刀咒，无奈咒语仍然没效，但听得几声刀响，那父子数人的头颅，统已砍去了。*好去见天师了。*

谢道韫尚在内室，举动自如，及得凝之父子凶闻，始失声恸哭，下了数行痛泪。百忙中还有主宰，命婢仆等舁入小舆，自己挈着外孙刘涛，乘舆出走，弃去细软物件，但使各携刀械，防卫身体。甫出署门，即有数贼拦住，道韫使婢仆与斗，杀贼二人，余贼返奔，复去纠贼百余，前来抢掳。道韫见不可敌，索性下舆持刃，凭着那生平气力，也与贼奋斗起来。贼猝不及防，竟被砍倒数人，后来一拥齐上，才为所执。外孙刘涛，尚止数龄，自然一并掳去。道韫毫无惧色，但请往见孙恩。既至恩前，从容与语，说得有条有理，反令恩暗暗称奇，不敢加害；唯见了幼儿刘涛，却欲把他杀毙，道韫又抗声道："这是刘氏后人，今日事在王门，何关他族？必欲杀儿，宁先杀我！"恩也为动容，乃不杀涛，各令释缚，使她自去。

道韫自是嫠居会稽，矢志守节，律身有法。后来孙恩被逐，会稽粗安，太守刘柳闻道韫名，特往求见。道韫素知柳才，亦坦然出来，素髻素褥，自坐帷中，与柳问答。柳整冠束带，侧坐与谈。道韫风韵高迈，叙谈清雅，先述家事，慷慨流涟，徐酬问意，词理圆到。柳谈了片时，乃告退自叹道："巾帼中罕见此人，但瞻察言气，已令人心形俱服了。"**强盗且不敢加害，何况刘柳？**道韫亦云："亲从阔亡，始遇此士，听他问语，亦足开人心胸。"这也是惺惺惜惺惺的意思。先是同郡张玄，亦有慧妹，为顾家妇。玄每向众自夸，足敌道韫。有济尼往游二家，或问及谢张两女优劣，济尼道："王夫人神情散朗，自有林下风，顾家妇清心玉映，也不愧为闺房翘秀哩。"道韫所著诗赋诔颂，辑成卷帙，至寿终后，遗集流传，脍炙人口。但古来才女，总不免有些命薄，**曹大家读若姑，见《汉书》。**中年丧夫，谢道韫自伤不偶，且致守孀，难道天意忌才，果不使有美满姻缘么？**感慨中寓郑重之意。**话休絮烦。

且说孙恩既陷入会稽，遂高张巨帜，号召远近。吴国内史桓谦，临海太守王崇，义兴太守魏隐，皆弃郡窜去。凡会稽吴郡吴兴义兴临海永嘉东阳新安八郡，土豪蜂起，戕吏附贼。吴兴太守谢邈，永嘉太守司马逸，嘉兴公顾胤，南康公谢明慧，黄门侍郎谢冲张琨，中书郎孔道等，相继被杀。冲邈皆谢安从子，明慧又是冲子，过继南康公谢石，故得袭封。邈兄弟且至灭门，罹祸尤惨。邈先纳妾郗氏，颇加宠爱，嗣娶继室郗氏，貌美心妒，为邈所惮。妾郗氏竟致见疏，阴怀忿怼，遂作书与邈，凄词诀绝。邈知文非妾出，疑为门下士仇玄达所作，因黜玄达。玄达竟投依孙恩，引贼执邈，逼令北面下跪。邈厉声道："我未尝得罪天子，何用北面？"**此时颇有丈夫气，奈何前惮一妇。**说毕被害。玄达复搜邈家族，屠戮无遗。

时三吴承平日久，兵不习战，但知望风奔溃，或且降附孙恩。恩住会稽旬余，得众至数十万，遂自称征东将军，胁士人为官属，号为长生党。士民或不肯相从，立屠家属，戮及婴孩。每拘邑令，辄醢为肉酱，令他妻子取食，一不从令，即支解徇众。所过诸境，掠财物，毁庐舍，焚仓廪，无论男女，悉驱往会稽充役。妇人顾恋婴儿，未肯即行，便把她母子尽投水中，且笑祝道："贺汝先登仙堂，我当随后就汝。"**想是恩自知结果，故有此谶语。**百姓横遭酷虐，不可胜数。恩恐师出无名，未足动众，乃上表罪会稽王父子，请即加诛。晋廷当然不许，遂内外戒严，复加会稽王道子黄钺，进元显为领军将军，命徐州刺史谢琰，兼督吴兴义兴诸军事，征兵讨恩。青兖七州都督刘牢之，自请击贼，拜表即行。谢琰为谢安次子，颇负重望，既奉诏督军，即调集兵士，长驱直进。行至义兴，与贼党许允之，一场大战，便将允之首级取来，义兴城唾手夺还。召回前太守魏隐，仍令照前办事。再移兵进攻吴兴，又破贼丘尫，可巧刘牢之亦麾军到来，遂与他分头征剿，转斗而前，所向皆克。琰留屯乌程，遣司马高素助牢之，南临浙江。有诏命牢之都督吴郡诸军事，牢之引彭城人刘裕为参军。看官听说，这刘裕系乱世枭雄，就是将来的宋武帝。此时正当发轫，自然英武特出，比众不同。相传裕为汉楚王交二十一世孙，交尝受封彭城，后裔就在彭城居住。嗣随司马氏东迁，方移居丹徒县京口里。裕字德舆，小名寄奴，幼时贫贱，粗识文字，好骑射，善樗蒲，无计谋生，没奈何织屦为业。尝至荻州伐荻作薪，忽遇着大蛇一条，长约数丈，他急拔箭射去，适中蛇两目间，蛇负痛自去。次日复往，见有群儿捣药，便问作何用？一儿答道："我王为刘寄奴所伤，故遣我等采药，捣敷伤痕。"裕又问："汝王为谁？"儿答为山神。裕惊诧道："山神岂不能杀一寄奴？"儿又谓："寄奴王者不死。"裕听了儿言，胆气益壮，便叱退群儿，把臼中药取归，每遇伤痕，一敷即愈。自此襟期远大，有出仕意，遂往投冠军将军孙无终麾下，充入行伍，未几，即擢为司马。**裕为一朝主子，故叙明履历。**

牢之尝闻裕智勇过人，因即引参军事，与商计议，多出意表。牢之使裕率数十人，往探贼势。裕毅然径行，途次遇贼数千名，即挺身与斗，从人多死，裕亦逼坠岸下。贼欲下岸刺裕，裕手中执着长刀，仰斫数人，复一跃登岸，大呼杀贼，贼竟骇走。适牢之子敬宣，见裕久出不归，恐他遇险，因引兵往寻，及见裕子身驱贼，不禁惊叹，遂助裕进击，斩获贼党千余人，然后回营。

孙恩前据会稽，闻八郡响应，喜出望外，便笑语党羽道："取天下如反掌了，我当与诸君朝服至建康。"嗣因贼党屡败，又闻牢之兵已临江，复对众叹息道："我割浙江以东，尚不失为越勾践哩。"至牢之引兵渡江，防贼相继溃归，恩扼腕道："孤不羞走，将来再出未迟。"遂驱男女二十余万口，向东急奔，沿途抛散宝物子女，赚弄官军。果然官军从后追蹑，见了珍奇的宝物，髫秀的子女，无不争取，遂至趱路迟滞，不得及恩，恩复逃入海岛中去了。高素亦连破贼党，斩恩所署吴郡太守陆瑰，吴兴太守丘尫，余姚令孙穆夫。东土人民，稍稍还复旧居。唯官军亦不免纵掠，以暴易暴，殊失民望。

朝廷虑恩复至，用谢琰为会稽太守，都督五郡军事，率领徐州文武，镇守海浦。琰以资望守越，时论总道他驾驭有方，可无后患，那知他莅任以后，荒废职务，既不抚民，又不训兵，镇日里闲居厅舍，饮酒自遣。将佐多入请道："强贼在海，伺人形便，宜广扬仁风，宽以济猛，俾彼自新。"琰傲然道："苻坚拥兵百万，尚自送死淮南，况孙恩败奔海岛，怎能复出？如或出来，乃是天歼贼党，令他速死了。"遂不从所请。

既而孙恩果复寇浃口，入余姚，破上虞，进逼邢浦，距山阴北只三十五里。琰乃遣参军刘宣之引兵往击，得破贼众，恩又退还海中。宣之还军报琰，琰益以为贼不足虑，高枕无忧。偏孙恩探得官军已返，复领众登岸，再攻上虞。太守张虔硕驱兵出战，为恩所破，败走邢浦。恩乘胜进击，戍兵多望风骇退，于是贼势复张，人情大骇。警报纷至琰所，琰尚不以为意，将吏又请诸琰前，谓："宜严加防堵，挫遏贼锋。"琰还摇首道："彼来送死，待我一出，便可立歼了。"谈何容易。或谓："贼颇猖獗，未可轻视，最好是预遣水军，埋伏南湖，俟他到来，发伏邀击，不患不胜。"此计最妙。琰付诸一笑，总道是贼党乌合，容易破灭，不必多设机谋。

迁延了一两日，贼已大至，琰尚未朝食，闻报即出，招集将士，便命击贼。帐下督张猛，请食毕后行。琰瞋目道："么么小丑，一鼓可平，我当先灭此寇，再来会食未迟。"猛又道："众皆枵腹，如何从戎？"琰不待说毕，便厉声喝道："汝敢违我军令么？左右快与我拿下，斩讫报来！"他将见琰动怒，乃环跪帐前，为猛乞免。琰尚执着"死罪可免，活罪难饶"二语，令把猛笞杖数十，然后发放。一面出厅上马，命广武将军桓宝为先锋，匆匆出战。行至江塘，与贼相遇，宝颇有胆力，前驱陷阵，杀贼甚多。琰见先锋得胜，麾兵急进，怎奈塘路迫狭，不能四面直上，只好鱼贯而前。琰尚恨迟慢，从后催趱，不防江外有贼舰驱至，舰中贼弯弓迭射，竟向官军射来。官军无法避免，多被射倒，贼复从舰中登岸，上塘冲击，把官军截做两段，官军前后不能相顾，前面的贼党，顿时起劲，围住桓宝。宝虽称骁悍，究竟不能久持，手下所领的兵士，又是饥敝得很，无力再战，宝自知必死，索性下马格斗，杀贼数十人，刀缺力竭，自刎而亡。余众尽做了刀下鬼兵。

那谢琰领着后队，不得前进，自然倒退，到了千秋亭，贼众不肯相舍，还是恶狠狠地赶来。琰正在着忙，忽背后有一骑驰至，用刀斫琰马尾，马负痛倒地，琰亦坠下，顶上又着了一刀，便即归阴。究竟是为何人所杀？原来就是帐下督张猛。猛既杀琰泄恨，逼官军降贼，官军或逃或降，贼得与猛同入会稽。一不做，二不休，可恨逆猛忍心，还要屠琰家眷。琰有二子肇峻，俱为所害，只有少子混曾尚晋陵公主，**孝武帝女**。就职都中，幸得免难。后来刘裕破贼左里，活擒张猛，押送与混。混剖出猛肝，生食泄忿。有诏谓："琰父子陨于君亲，忠孝萃于一门，应并加旌典。"乃追赠琰为侍中司空，予谥忠肃。琰子肇得赠散骑常侍，峻得赠散骑侍郎。小子有诗叹道：

> 谢家琪草本多栽，况复东山受训来。
> 谁料骄兵遭败劫，捐躯徒使后人哀！

孙恩再入会稽，转寇临海，晋廷当然遣将抵御，欲知后事，请看官续阅下回。

孙恩能杀王凝之，而不能杀谢道韫，非有幸有不幸也。凝之迷信道教，不知战守，其死也固宜；道韫以一妇人，能从容抗贼，不为所屈，恩虽剧盗，亦诧为未有，纵之使去。林下高风，令人倾倒，是固《列女传》中独占一席者也。造物忌才而故阨之，又若怜才而特佑之，道韫有知，其亦可无遗恨欤？谢琰为安次子，资望并崇，当其奉诏讨贼，累战皆克，亦非真庸劣无能者比。厥后镇守会稽，乃不听将佐之谋，仓猝战败，致为愆将所戕，斯皆由骄之一字误之耳。曹操苻坚，拥兵百万，犹以骄盈复众，况谢琰乎！

第十七回

失荆州参军殉主
弃苑川乾归逃生

却说晋廷闻谢琰战殁，亟遣将军孙无终、桓不才、高雅之等，分讨孙恩。恩转寇临海，为雅之所击，退走余姚。雅之进兵再战，竟至败绩，退保山阴，部众十死七八，诏令刘牢之都督会稽五郡，率众击恩。恩颇惮牢之兵威，复走入海。牢之乃东屯上虞，使刘裕成勾章，吴国内史袁崧，筑垒沪渎，作为后备，才得少安。唯荆州刺史殷仲堪，前次虽不听佺期，未袭桓玄，但心中也恐玄跋扈，足为己患，所以与佺期仍相联络，互结姻缘。玄也颇闻佺期密谋，先事预防，督兵屯戍夏口，用始安太守卞范之为长史，充作谋主；且引庾楷为武昌太守。楷尝挟嫌寻衅，见嫉朝廷，故仲堪等免罪，楷独不得遇赦。玄引罪人为心腹，已隐与朝廷反抗，偏又上告执政，谓："殷杨必再滋事，请先给特权，以便控制"云云。会稽王道子等，亦欲三人自相构隙，使他乖离，乃加玄都督荆州四郡军事。又以玄兄桓伟，代佺期兄广为南蛮校尉，佺期原是不平，广更忿恨得了不得，定要兴兵拒伟。唯佺期尚未敢遽发，禁广暴动，且出广为宜都建平二郡太守。会后秦主姚兴，寇晋洛阳，掳去河南太守辛恭靖，河洛一带，相继陷没。佺期想出一条声西击东的计策，部署兵马，阳言援洛，暗中实欲袭玄；自思兵力未足，仍遣使商诸仲堪。何苦寻衅？仲堪又恐佺期得势，也非己利，因复书苦劝，并遣从弟遁屯北境，防遏佺期。佺期不能独举，且未测仲堪命意，因此敛兵不

111

动。仲堪多疑少决，谘议参军罗企生，密语弟遵生道："殷公优柔寡断，终必及祸，我既蒙知遇，义不可去，将来必与彼同死了。"遵生也为太息。但见兄已决死，不好劝他引退，只好听天由命罢了。*前时胡藩曾劝罗早去，罗终未决，虽士为知己者死，但仲堪非忠义臣，何必与同死生！* 是时，荆州水溢，洪流遍地，仲堪偏发仓廪，赈济饥民。桓玄欲乘他空虚，先攻仲堪，继及佺期，表面上也以救洛为名，筹备军事，先遣人致书仲堪道：

> 佺期受国恩而弃山陵，宜共罪之。今当入泒，讨除佺期，已屯兵江口，若公与同心，可速收杨广杀之。如其不尔，便当率兵入江，公其毋悔！

仲堪得书，不答一词。玄遂遣兵袭入巴陵，夺取积谷，作为军粮。适梁州刺史郭铨，奉命赴官，道经夏口，玄把铨留住，诈称朝廷遣铨助己，使为前锋，拨给江夏部曲，督同诸军并进，且密报兄伟，使为内应。伟毫不预备，急切不知所为。仲堪亦稍有所闻，便迫伟入见，诘问桓玄消息。伟恐为所杀，只好和盘说出，谓与自己无干。仲堪将伟拘住，使与玄书，说得情词迫切，吁乞退军。玄览书微笑道："仲堪为人，素少决断，必不敢加害我兄，我可无忧，尽管准备进兵便了。"遂使部将郭铨苻宏，掩至江口，与殷遹军相值。遹仓猝接战，败还江陵。仲堪再遣杨广，及从子道护等往拒，又为玄军所败，江陵震骇；且因城中乏食，用胡麻代粮，权时充饥，偏桓玄乘胜进逼，前锋距江陵城，仅二十里，仲堪大惧，急召杨佺期过援。佺期道："江陵无粮，如何待敌？可请来相就，共守襄阳。"仲堪得报，不欲弃州他往，乃复遣人给佺期道："现已收储粮米，不虞无食了。"*此事岂可骗得？* 佺期信以为真，即率步骑八千，直趋江陵，仲堪无粮可给，但使人挑出数担胡麻饭，饷佺期军。*莫非使他尽去登仙？* 佺期始知被给，勃然大怒道："这遭又败没了！"遂不暇入见仲堪，忙与兄广一同击玄。玄闻佺期挟锐前来，暂避凶锋，退屯马头，但令郭铨留戍江口。佺期杀将过去，铨兵少势孤，怎能抵敌？险些儿被他擒住，幸亏逃走得快，才保性命。佺期等既得胜仗，休息一宵，锐气已减，谁知桓玄领着大兵，突然杀到，闯入佺期营内。佺期兵立时哗散，单剩佺期兄弟二人，如何退敌？没奈何拚命逃生，奔往襄阳。途次被玄将冯该，引兵追到，佺期及广，无处可奔，束手受死。冯该怎肯容情，便将他兄弟缚去献玄。玄立命枭斩，传首建康。佺期弟思平，与从弟尚保孜敬，逃入蛮中。

仲堪闻佺期败走，即出奔郪城，旋接佺期死耗，又率数百人西奔。将赴长安，行至冠军城，为玄军追及，数百人逃避一空，只有从子道护随着，四顾无路，两叔侄被捉去一双，还至柞城，逼令仲堪自杀。道护抚尸恸哭，也为所害。仲堪尝信奉释道，不吝财贿，唯专务小惠，未识大体；及桓玄来攻，尚求仙祷佛，毫无战守方略，终致败死。后由仲堪子简之，觅得遗骸，移葬丹徒，庐居墓侧，有复仇志，事且慢表。

先是仲堪出走时，文武官属，无一人送行，独罗企生随与同往。路经家门，适弟遵生侍着，便语企生道："今日作这般分离，何可不握手言别？"企生乃停辔授手，遵生素有膂力，竟将企生牵腕下马，且与语道："家有老母，去将何往？"企生挥泪道："我决与殷公同死，不宜失信，但教汝等奉养老母，不失子道，便是罗氏一门忠孝两全，我死亦无遗恨了。"遵生仍然牵住，不令脱身。仲堪回头遥望，见企生被弟掖住，料无脱理，因即策马自去，故企生尚得不死。及桓玄已杀仲堪，唾手得了荆州，自然急诣江陵。江陵人士，统去迎谒，唯企生不往，专为仲堪办理家事。有友人驰语企生道："君为何不识时务？恐大祸就在目前了。"企生道："殷公以国士待我，我何忍相负？前为我弟所制，不得随行，共除丑逆，今有何面目去见桓玄，屈志求生呢？"这数语为玄所闻，当然忿恨，但颇怜惜企生材具，乃使人传语道："企生若肯来谢我，必不加罪。"企生慨然道："我为殷荆州属吏，殷荆州已死，我还去谢何人？"玄因企生不屈，遂将他收系狱中，复遣人问企生，尚有何言？企生道："前文帝尝杀嵇康，康子绍仍为晋忠臣，今我不求生，只乞活一弟，终养老母。"玄乃引企生至前，自与语道："我待汝素厚，何故见负？难道真不怕死么？"企生道："使君兴晋阳之甲，出次寻阳，与殷荆州并奉王命，各还本镇，当时升坛盟誓，言犹在耳。今口血未干，乃遽生奸计，食言害友。企生自恨庸劣，不能翦灭凶逆，死已嫌迟，还怕什么！"玄被他诘责，益觉恼羞成怒，因令左右将企生斩讫，总算释免遵生，不使连坐。企生母胡氏，尝由玄赠一羔裘，及企生遇害，胡母即日焚裘。玄虽然闻知，也置诸不理，企生尝列《晋书·忠义传》中，非不足以风世，但企生出处，亦欠斟酌。唯上表归罪殷杨，自求兼领荆州。晋廷但务羁縻，并不责玄专杀，只调玄都督荆司雍秦梁益宁七州军事，领荆州刺史，另起前将军桓修为江州刺史。玄得了荆州，失去江州，心仍不甘，再上疏固求江州。于是加督八州，兼领江荆二州刺史。玄兄伟未曾被害，由玄擅授为雍州刺史，且令从子振为淮南太守。朝廷不敢违忤，遂致玄肆无忌惮，越要恃势横行了。**为下文谋逆伏案。**

是时，河北诸国，后秦最强。秦主姚兴，礼耆硕，登贤俊，讲求农政，整饬军容，尝遣弟姚崇寇晋洛阳。晋河南太守辛恭靖，固守百余日，援绝粮尽，城乃被陷。恭靖被执至长安，得见姚兴。兴与语道："卿若肯降我，我将委卿以东南重任，可好么？"恭靖厉色道："我宁为国家鬼，不愿为羌贼臣。"**再叙辛恭靖事，无非称美忠臣。**兴虽不免动怒，将他幽锢别室，但也未尝加刑。后来恭靖逾垣逃归，兴也不欲追赶，由他自返江东。唯自洛阳陷没，淮汉以北诸城，多半降秦，姚兴并不矜夸；且因日月薄蚀，灾眚屡见，自削帝号，降称秦王。凡群公卿士，将帅牧守，俱令降级一等，存问孤寡，简省法令，清察狱讼，严定赏罚，远近肃然，推为美政。

西秦主乞伏乾归，自杀退凉主吕光后，与南凉主秃发乌孤和亲，互结声援；又讨服吐谷浑，攻克支阳鸇武允吾三城，威焰日盛。**接应七十九回。**只因所居西城南景门，无故忽崩，虑及不祥，乃复自西城迁都苑川。后秦主姚兴，恐乾归逼处西陲，势大难制，乃拟先发制人，特遣征西大将军陇西公姚硕德，统兵五万攻西秦，趋南安峡。乾归出次陇西，督率将士，抵御硕德。俄闻兴潜军将至，因召语诸将道："我自建国以来，屡摧劲敌，乘机拓土，算无遗策，今姚兴倾众前来，兵势甚盛，山川阻狭，未便纵骑与敌，计唯诱入平川，待他懈怠，然后纵击，国家存亡，在此一举，愿卿等努力杀贼，毋少退缩。若能枭灭姚兴，关中地便为我有了。"于是遣卫军慕容允，率中军二万屯柏阳。镇军将军罗敦，率外军四万屯侯辰谷。乾归自引轻骑数千，前候秦军。

会大风骤起，阴雾四霾，军士无故自骇，东奔西散，致与中军相失。姚兴却驱军追来，乾归忙驰入外军。诘旦，天雾少晴，开营出战，敌不过秦军锐气，前队多半伤亡，后队便即奔溃。乾归见势不佳，弃军急走，逃归苑川，余众三万六千，尽降姚兴。兴遂进军枹罕，乾归不能再战，复自苑川奔金城，泣语诸豪帅道："我本庸才，谬膺诸军推戴，叨窃名号，已逾一纪。今败溃至此，不能拒寇，只好西趋允吾，暂避寇焰，但欲举众前往，势难速行，倘被寇众追及，必致俱亡。卿等且留居此城，万一不能保全，尽可降秦，免屠家族，此后可不必念我了。"**何前倨而后恭？**诸豪帅齐答道："从前古公杖策，豳人归怀，玄德南奔，荆楚褓负，临歧泣别，古人所悲，况臣等义深父子，怎忍相离？情愿随着陛下，誓同生死！”乾归道："从古无不亡的国家，如果天未亡我，再得兴复，卿等复可来归，何必今朝俱死呢？况我将向人寄食，亦不便携带多人。”诸豪帅见乾归志决，乃送别乾归，恸哭而返。乾归遂率着家属，数百骑西走允吾，一面遣人至南凉，奉书乞降。

　　南凉主秃发乌孤，因酒醉坠马，伤胁亡身，僭位仅及三年。遗命宜立长君，乃立弟凉州牧利鹿孤为嗣主，改元建和，追谥乌孤为武王。才阅半年，即得乾归降书，乃令弟广武公俟檀，往迎乾归，使居晋兴，待若上宾。镇北将军秃发俱延，入白利鹿孤道："乾归本我属国，妄自尊大，今势穷来归，实非本心，他若东奔姚氏，必且引兵西侵，为我国患，故不如徙置西陲，使他不得东往，才可无忧。”利鹿孤道："我方以信义待人，奈何疑及降王，徙置穷边？卿且勿言！”俱延乃退，已而乾归得南羌梁弋等书，谓："秦兵已撤回长安，请乾归还收故土。”乾归即欲东行，偏为晋兴太守阴畅所闻，驰白利鹿孤。利鹿孤遣弟吐雷，率骑三千，屯扞天岭，监察乾归。乾归恐为利鹿孤所杀，因嘱子炽磐道："我因利鹿孤谊兼姻好，情急相投，今乃忘义背亲，谋我父子，我若再留，必为所害。今姚兴方盛，我将往附，若尽室俱行，必被追获，现唯有送汝兄弟为质，使彼不疑，我得至长安，料彼也不敢害汝呢。”炽磐当然从命。乾归即送炽磐兄弟至西平，作为质信。果然利鹿孤不复加防，乾归得潜身东去。去了二日，利鹿孤始得闻知，急遣俱延往追，已是不及。

　　那乾归径诣长安，往降姚兴。兴喜得乾归，即命他都督河南军事，领河州刺史，封归义侯。寻复迁还苑川，使收原有部众，仍然留镇。乞伏炽磐质押西平，常思乘间窃逃，奔依乃父。一日已得脱行，偏被利鹿孤探知，遣骑追还。利鹿孤欲杀炽磐，还是广武公俟檀，替他解免，说是："为子从父，乃是常情，不足深责，宜加恩宽宥，表示大度。”利鹿孤乃赦免炽磐，不复加诛。炽磐心终未死，过了年余，竟得逃还苑川。乾归大喜，使他入朝姚兴。兴命为振忠将军，领兴晋太守。炽磐父子，总算共事姚氏，暂作秦臣。虎儿终难免出柙。

　　唯南凉秃发氏，与后凉吕氏，常有战争，小子宜就此补叙，表明后凉衰乱情形。吕光晚年，政刑无度，土宇分崩，除北凉段业，另行建国，已见前文外，见七十九回。尚有散骑常侍太史令郭黁，读若贲。连结西平司马杨统，叛光为乱，借兵南凉，于是两凉构兵，差不多有一年余。黁颇识天文，素善占候，为凉人所信重。会荧惑星守东井，麘语仆射王详道："凉地将有大兵，主上老病，太子暗弱，太原公指吕光庶长子纂。又甚凶悍，我等为彼所忌，倘或乱起，必为所诛。现田胡王乞基两部最强，东西二苑卫兵，素服二人，我欲与公共举大事，推乞基为主帅，俟得据都城，再作计较。"详颇以为然，与麘约期起事。不料事尚未发，谋已先泄，王详在内，首被捕诛。麘即据东苑，集众作乱。凉主吕光，急召太原公纂讨麘，纂司马杨统，为麘所诱，密告从兄桓道："郭麘举事，必不虚发，我欲杀纂应麘，推兄为主，西袭吕弘，据住张掖，号令诸郡，这却是千载一时的机会哩。"桓勃然道："臣子事君，有死无贰，怎得称兵从乱？吕氏若亡，我为弘演，尚是甘心哩。"弘演系春秋时卫人，见《列国志》。统见兄不从，恐为所讦，遂潜身奔麘。太原公纂，初击麘众，为麘所破。嗣由西安太守石元良来援，方得杀败麘兵。麘先入东苑，拘住光孙八人，及兵败生愤，把光孙一并杀死，肢分节解，饮血盟众。众皆掩目，惨不忍睹。识天文者果如是耶？

　　适凉人张捷宋生等，纠众三千，起据休屠城，与麘勾通，共推凉后军杨轨为盟主。轨遂自称大将军凉州牧西平公，令司马郭伟为西平相，率步骑二万人，往助郭麘。麘已打了好几个败仗，遣人至南凉乞援。南凉利鹿孤傉檀，先后发兵赴救，两路兵共逼姑臧，凉州人震，亏得吕纂已驱麘出城，严兵把守。麘兵十死五六，余众因麘性残忍，尽已离心。麘不禁气夺。至杨轨进营城北，欲与纂决一雌雄，反被麘从旁阻住，屡引天道星象，作为证据，只说是不宜急动，急动必败。此时想又换过一天，故前后言行不符。看官试想！行兵全仗一股锐气，若久顿城下，不战自疲；还有南凉兵远道前来，携粮不多，利在速战，但因杨轨等未尝动手，也只好作壁上观，不但兵粮日少一日，军心也日懈一日，相持至数阅月，已有归志。会凉常山公吕弘，为北凉沮渠男成所攻，拟自张掖还趋姑臧。凉主吕光，令吕纂发兵往迎，杨轨闻报，语将士道，"吕弘有精兵万人，若得入姑臧，势且益强，凉州万不可取了。"乃与南凉兵邀击纂军。纂正防此着，驱军大杀一阵，南凉兵先退，轨亦败退，于是纷纷溃散。郭麘先东奔魏安，轨与王乞基等南走廉川。南凉兵当然归国，姑臧解严，纂与宏安然入都。唯吕光受了一番虚惊，老病益甚，要从此归天了。小子有诗叹道：

　　　　重瞳肉印并奇闻，谁料耄昏治日梦。

十载光阴徒一瞥，五胡毕竟少贤君。

欲知吕光临死情形，且至下回说明。

殷仲堪与杨佺期，皆非桓玄敌手，仲堪之失在畏玄，佺期之失在忌玄。畏玄者终为所制，忌玄者不能制玄，终必失败，其结果同归一死而已。罗企生不从胡藩之言，甘心殉主，徒死无益，殊不足取。唯当世道陵夷之日，犹得一视死如归之烈士，不可谓非名教中人，《晋书》之列入《忠义传》，良有以也。乞伏乾归，承兄遗业，斩杨定，杀吕延，拓地西陲，几若一鲜卑霸王，然姚兴兵至，一败即奔，又何其怯也？姚兴能屈服乾归，而吕光反为所屈，此后凉之所以一蹶不振也夫。

第十八回

受逆报吕纂被戕
据偏隅李暠独立

却说后凉主吕光，老病已剧，自知不起，乃立太子绍为天王，自称太上皇，命庶长子纂为太尉，纂弟弘为司徒，且力疾嘱绍道："我之病势日增，恐将不济，三寇窥窬，<small>指南凉北凉西秦。</small>迭伺我隙，我死以后，汝宜使纂统六军，掌朝政。委重二兄，尚可保国，倘自相猜贰，起衅萧墙，恐国祚从此殄灭了。"说毕，又召纂弘入嘱道："永业<small>绍字永业。</small>非拨乱才，但因正嫡有常，使为元首，今外有强寇，人心未宁，汝兄弟能互相辑睦，自可久安，否则内自相图，祸不旋踵，我死亦难瞑目呢。"<small>乘乱窃国，怎得久存？</small>纂与弘受命而退。未几光死，享年六十三，在位十年。<small>已算久长。</small>绍恐有内变，秘不发丧。<small>已忘父训。</small>纂已闻知，排闼入哭，尽哀乃出。绍所忌惟纂，恐为所害，乃呼纂与语道："兄功高年长，宜承大统，我愿举国让兄。"纂答道："臣虽年长，但陛下系国家冢嫡，不能专顾私爱，致乱大伦。"绍尚欲让纂，纂终不从，绍乃嗣位，为父发丧，追谥光为懿武皇帝，庙号太祖。

光有从子二人，长名隆，次名超，皆为军将。此次送葬已毕，超即乘间白绍道："纂连年统兵，威震内外，临丧不哀，步高视远，看他举止，必成大变，宜设法早除，方安社稷。"绍摇首道："先帝顾命，音犹在耳，况我年尚少，骤当大任，方赖二兄安定家国，怎得相图？就使彼若图我，我亦视死如归，终不忍自戕骨肉，愿卿勿言！"超又道："纂威名素盛，安忍无亲，今不早图，后必噬脐。"劝人杀兄，难道非安忍无亲么？绍半晌答道："我每念袁尚兄弟，未尝不痛心忘食，宁可待死，不愿相戕。"恐非由衷之言。超叹息道："圣人尝言，知几其神，陛下临几不断，臣恐大事去了。"既而绍在湛露堂，适纂进来白事。超持刀侍侧，屡次顾绍，用目示意，欲绍下令收纂。绍终不为动，纂得从容退去。

弘前得光宠，望为世子，及绍得嗣立，弘常怀不平，至是遣尚书姜纪，私下语纂道："先帝登遐，主上暗弱，兄尝总摄内外，威震远迩，弟欲追踪霍子孟，即汉霍光。废暗立明，即推兄为中宗，兄以为如何？"又是一个乱首。纂尚觉踌躇，再经姜纪怂恿数语，动以利害，不由纂不从弘议，遂夜率壮士数百人，潜逾北城，攻广夏门。弘亦率东苑卫士，斫洪范门，与纂相应。左卫将军齐从，方守融明观，闻禁门外有哗噪声，即孑身出视，问为何人？纂手下兵士齐声道："太原公有事入宫。"从抗声道："国有大故，主上新立，太原公行不由道，夜入禁门，莫非谋乱不成？"说着，即抽剑直前，向纂刴去。纂连忙闪过，额已被伤，左右争来救纂，与从对敌。从双手不敌四拳，终为所擒。纂称为义士，宥从勿杀。绍在宫中闻变，乃遣武贲中郎将吕开，率禁兵出战端门。吕超亦引众助战，偏兵士都惮纂声威，相率溃散。纂得入青光门，升谦光殿，绍知不可为，趋登紫阁，自刎而亡，超独出奔广武去了。

弘入殿见纂，纂见弘部众强盛，也不得不佯为推让，劝弘即位。弘微笑道："绍为季弟，入嗣大统，所以人心未顺，因有此变。我违先帝遗训，愧负黄泉，若复越兄僭号，有何面目偷息人间？大兄年长才高，威名远振，宜速就大位，安定人心。"纂遂僭称天王，改元咸宁，谥绍为隐王，命弘为侍中大都督大司马车骑大将军，录尚书事，封番禾郡公。此外封拜百官，不胜具述。唯前左卫将军齐从，仍令复职。纂引从入见，且与语道："卿前次砍我，未免太甚。"从泣答道："隐王为先帝所立，臣当时惟知有隐王，尚恐陛下不死，怎得说是太甚呢？"纂仍嘉从忠，优礼相待，且遣人慰谕吕超，说他迹不足取，心实可原。超乃上疏陈谢，得复原官。

唯弘因功名太盛，恐不为纂所容，时有戒心，纂亦不免加忌。两下里猜嫌已久，弘竟从东苑起兵，围攻禁门。纂遣部将焦辨，率众出击，弘战败出奔，逃往广武。纂纵兵大掠，所有东苑将士的妇女，悉充军赏。弘妻女不及出走，也被纂兵掠去，任意淫污。纂自鸣得意，笑语群臣道："今日战事，卿等以为何如？"侍中房晷应声道："天祸凉室，衅起萧墙，先帝甫崩，隐王幽逼，山陵甫讫，大司马惊疑肆逆，京邑交兵，骨肉相戕，虽由弘自取夷灭，究竟陛下亦未善调和。今宜省己责躬，慨谢百姓，乃反纵兵大掠，污辱士女，衅止一弘，百姓何罪？况弘妻为陛下弟妇，弘女为陛下侄女，奈何使无赖小人，横加凌侮？天地鬼神，岂忍见此？"说直可风。说罢，欷歔泣下。纂亦不禁改容，乃禁止骚扰，召还弘妻及男女至东宫，妥为抚养。已被人污辱得够了。寻由征东将军吕方，执弘系狱，飞使告纂。纂使力士康龙，驰往杀弘。康龙将弘拉死，还归复命。身为戎首，宜其先亡。纂妻杨氏，为弘农人杨桓女，美艳绝伦，纂即立为皇后，授后父桓为散骑常侍，尚书左仆射，封金城侯。且因内乱已平，侈图远略，遂拟兴兵往攻南凉。中书令杨颖进谏道："秃发利鹿孤，上下用命，国未有衅，不宜遽伐。今且缮备兵马，劝课农桑，待至有机可乘，然后往伐，乃可一举荡平。今日国家多事，公私两困，若非先固根本，内患恐将复起，愿陛下计出万全，毋轻用兵。"纂不肯从，竟引兵渡浩亹河，侵入南凉境内，果为利鹿孤弟傉檀所败。纂尚未肯罢休，复移兵西袭张掖。尚书姜纪又谏道："今当盛夏，农事方殷，若废农用兵，利少害多，且逾岭攻虏，虏亦必乘虚来袭都下，不可不防，还请回军为是。"纂尚不以为然，侈然说道："利鹿孤有什么大志，若闻朕军大至，自守尚且不暇，还敢来攻我都么？"已经一败，还要自夸。遂进围张掖。偏傉檀不即赴援，竟引兵入逼姑臧，当由姑臧守将，飞报纂军。纂慌忙驰还，傉檀乃收兵退去。

先是纂弑绍据国，姑臧城内，有母猪生一小猪，一身三头；又有黑龙出东箱井中，蟠卧殿前，良久方去。纂目为祥瑞，改殿名为龙翔殿。俄而黑龙又升悬九宫门，纂复改名九宫门为龙兴门。大约是条黑蛇，纂强名为黑龙。时西僧鸠摩罗什，尚在姑臧，因吕光父子，不甚听从，所以闲居寺中，无所表白，至是闻纂用兵不已，才入殿告纂道："前时潜龙屡出，豕且为妖，恐有下人谋上的隐祸，宜亟增修德政，上挽天心。"纂虽当面应诺，下令罢兵；但性好游畋，又耽酒色，越是酣醉，越是喜游。杨颖一再谏阻，终不少改；再经殿中侍御史王回，中书侍郎王儒，叩马极谏，仍然不从。好容易过了一年，吕超调任番禾太守，擅发兵击鲜卑思盘。思盘遣弟乞珍，至姑臧诉纂谓超无故加兵。纂乃征超与思盘，一同入朝。超至姑臧，当然惧罪，先密结殿中监杜尚，求为内援，然后进见。纂怒目视超道："汝仗着兄弟威势，敢来欺我，我必须诛汝，然后天下可定。"超叩首求免，纂乃将超叱退。欲斩即斩，何必虚张声势，况超固有可诛之罪耶！

超趋出殿门，心下尚跳个不住，乃急往兄第。兄隆为北部护军，此时正返姑臧，便与超密商多时，决定异谋，伺机待发。也是纂命已该绝，不能久待，越日即引入思盘，与群臣会宴内殿，又召隆超两人，一同预席，意欲为超与思盘，双方和解。当下和颜与语，谈饮甚欢。超佯向思盘谢过，思盘亦不敢多求，宴至日昳，大家都已尽兴，谢宴辞出，思盘亦随着退去。唯隆超两人，怀着异图，尚留住劝酒，纂是个酒中饿鬼，越醉越是贪饮，到了神志昏迷，才乘车入内。隆与超托词保护，跟入内庭，车至琨华堂东阁，不得前进。纂亲将窦川骆腾，置剑倚壁，帮同推车，方得过阁。超顺便取剑，上前击纂，因为车轵所隔，急切不得刺着。偏纂恃着勇力，一跃下车，徒手与搏，怎奈醉后晕眩，一阵眼花，被超刺入胸间，鲜血直喷，急返身奔入宣德堂。川腾与超格斗，超持剑乱砍，劈死二人。纂后杨氏，闻变趋出，忙命禁兵讨超，哪知殿中监杜尚，不奉后命，反引兵助超，导入宣德堂，把纂杀死，且枭首徇众道："纂背先帝遗命，杀害太子，荒耽酒猎，昵近小人，轻害忠良。番禾太守超，属在懿亲，不敢坐视，所以入除僭逆，上安宗庙，下为太子复仇。凡我臣庶，同兹休庆。"这令一下，众皆默然，不敢反抗。

唯巴西公吕他，陇西公吕纬，居守北城，拟约同讨贼。他妻梁氏，阻他不赴，纬又为超所诱，佯与结盟，伪言将奉纬为主。纬欣然入城，立被拿下，结果性命。超径入宫中，搜取珍宝。纂后杨氏，厉声责超道："尔兄弟不能和睦，乃致手刃相屠，我系旦夕死人，尚要金宝何用？现皆留储库中，一无所取，但不知尔兄弟能久享否？"倒是个巾帼须眉。超不禁怀惭；又见她华色未衰，起了歹心，因暂退出。少顷，又着人索交玉玺。杨氏谓已毁去，不肯交付，自与侍婢十余人，收殓纂尸，移殡城西。超召后父杨桓入语道："后若自杀，祸及卿宗。"桓唯唯而退，出语杨后。杨氏知超不怀好意，便毅然语桓道："大人本卖女与氏，冀图富贵，一次已甚，岂可至再么？"遂向殡宫前大哭一场，扼吭自尽。烈妇可敬。

还有吕绍妻张氏，前因绍被弑，出宫为尼，姿色与杨氏相伯仲，并且年才二八，正是娇艳及时，前为吕隆所见，久已垂涎，此次已经得志，即自造寺中，逼她为妾。

张氏登楼与语道："我已受佛戒，誓不受辱。"隆怎肯罢手，竟上楼胁迫，强欲行淫。张氏即从窗外跳出，跌得头青额肿，手足俱断，尚宛转诵了几声佛号，瞑然而逝。足与杨氏并传不朽。

隆扫兴乃返，超遂请隆嗣位。隆有难色，超忙说道："今譬如乘龙上天，怎好中途坠下呢？"隆遂僭即天王位，拟改年号。超在番禾时，曾得小鼎一枚，遂以为神瑞，劝隆改元神鼎。隆当然依议，追尊父宝吕光之弟。为皇帝，母卫氏为皇太后，妻杨氏为皇后，命弟超为辅国大将军，都督中外诸军事，封安定公。一面为纂发丧，追谥灵皇帝，与杨后合墓同葬，总计纂在位不过年余，唯自晋安帝隆安三年冬季僭号，至五年仲春被弑，先后总算三年。纂平时与鸠摩罗什弈棋，得杀罗什棋子，辄戏言斫胡奴头。罗什从容答道："不斫胡奴头，胡奴斫人头。"纂听了不以为意，谁料吕超小字胡奴，竟将纂斫死，后人才知罗什所言，寓着暗谜。真是玄语精深，未易推测呢。话分两头。

且说北凉主段业，虽得乘时建国，却是庸弱无才，威不及远，当时出了一个敦煌太守李暠，起初是臣事北凉，后来也居然自主，另建年号，变成一个独立国，史家叫做西凉。不过他本是汉族华裔，与五胡种类不同。十六国中有三汉族，前凉居首，西凉次之，其三为北燕见下文。相传暠为汉李广十六世孙，系陇西成纪人。高祖雍，曾祖柔，皆仕晋为郡守。祖弇仕前凉为武卫将军，受封安世亭侯。父旭少有令名，早年逝世，遗腹主暠。暠字玄盛，幼年好学，长习武略，尝与后凉太史令郭黁，及同母弟宋繇同宿。想是母已改嫁宋氏。黁起谓繇道："君当位极人臣，李君且将得国，有骓马生白额驹，便是时运到来了。"黁明于料人，暗于料己。已而段业自称凉州牧，调敦煌太守孟敏为沙州刺史。敏署暠为效谷令，宋繇独入任中散常侍。及孟敏病殁，敦煌护军郭谦，沙州治中索仙等，因暠温惠服人，推为敦煌太守。暠尚不肯受，适宋繇自张掖告归，即语暠道："段王本无远略，终必无成，兄尚记郭黁遗言么？白额驹今已生了。"暠乃依议，遣使向业请命。业竟授暠为敦煌太守，兼右卫将军。至业僭称凉王，右卫将军索嗣，向业谮暠道："李暠难恃，不可使居敦煌。"业乃遣嗣为敦煌太守，令骑兵五百人从行。将到敦煌，移文至暠，使他出迎。暠颇欲迎嗣，宋繇及效谷令张邈，同声劝阻道："段王暗弱，正是豪杰有为的机会，将军已据有成业，奈何拱手让人？"暠问道："若不迎嗣，当用何策？"宋飝遂与暠密谈数语，暠点首许可，乃即遣飝往见索嗣。飝与嗣晤谈，满口献谀，说得嗣手舞足蹈，得意扬扬。飝辞归语暠道："嗣志骄兵弱，容易成擒，请即发兵击嗣便了。"暠遂使二子歆让，及宋飝张邈等引兵出击，出嗣不意，杀将过去。嗣不知所措，急忙拍马返奔，逃回张掖，五百人死了一大半，歆让等得胜回军。暠与嗣本来友善，此次反被谗间，当然痛恨，遂上书段业，请即诛嗣。业迟疑未决，适辅国将军沮渠男成，亦与嗣有嫌，从旁下石借端复仇，于是业竟杀嗣；且遣使谢暠，进暠都督凉兴巴西诸军事，领镇西将军。即此可知业之庸弱。

时有赤气绕暠后园，龙迹出现小城，众以为瑞应在暠，交相传闻。疑是暠捏造出来。晋昌太守唐瑶，首先佐命，移檄六郡，推暠为大都督大将军凉公，领秦凉二州牧。暠既得推戴，便颁令大赦。是年，岁次庚子，系晋安帝隆安四年。即以庚子纪元。追尊祖弇为凉景公，父旭为凉简公，命唐瑶为征东将军，郭谦为军谘祭酒，索仙为左长史，张邈为右长史，尹建兴为左司马，张体顺为右司马，宋飝为从事中郎，兼折冲将军。即遣飝东略凉兴，并拔玉门以西诸城，屯田积谷，保境图强，是为西凉。北凉主段业，闻暠独立，也欲发兵出讨，无如庸柔不振，力未从心，再加沮渠蒙逊等从中作梗，连自己位且不保，怎能顾及敦煌，所以李暠背业自主，安稳连年，那段业非但不能往讨，甚至大好头颅，也被人取去。看官欲问业为何人所杀？便是那尚书左丞沮渠蒙逊。小子有诗叹道：

> 文弱终非命世才，因人成事反招灾。
> 须知祸福无常理，大祸都从幸福来。

究竟蒙逊如何弑业，非一二语所能详尽，欲知底细，请至下回看明。

观本回后凉之乱，全由兄弟互阋而成，实则自吕光启之。光既知永业之非才，则舍嫡立长，未始非权宜之举；况纂有却敌之功，岂肯受制乃弟乎？光以为临危留嘱，可无后患，讵知口血未干，内衅即起，绍忌纂，纂亦忌绍，又有超与弘之隐相构煽，虽欲不乱，乌得而不乱？然纂之弑绍，弘实首谋，首祸者必先罹祸，故弘即被诛；纂不能逃弑主之罪，卒授手于超以杀之。胡奴斫头，何莫非因果之报应耶？唯绍妻张氏，篡妻杨氏，宁死不辱，并足千秋，吕宗之差强人意者，只此巾帼二人，余皆不足道也。西凉李暠，乘势自主，犹之吕光段业诸人。吕光氐也，段业籍隶京兆，虽非胡裔，而不得令终。暠为汉族，能崛起于河朔腥羶之日，亦未始非志在有为，庸中佼佼之称，暠其犹足当此也夫。

第十九回

扫残孽南燕定都
立奸叔东宫失位

却说北凉主段业，用沮渠蒙逊为尚书左丞，貌似信用，暗实猜嫌，蒙逊窥业意，深自晦匿。业授门下侍郎马权为张掖太守，甚见亲重。权自恃豪略，蔑视蒙逊，蒙逊遂伺隙谮权，业信以为真，将权杀死。蒙逊既除去一患，还想设法除业，因复语从兄男成道："段业愚暗，非济乱才，信谗爱佞，鉴断不明，前有索嗣马权，为业心腹，未可急图，今已皆诛死，我正可下手，除业奉兄，兄以为何如？"男成道："业本孤客，为我家所拥立，彼得我兄弟，情同鱼水，人既亲我，我不应背人，背人不祥。"蒙逊即默然趋出。越宿，即向业而陈，愿出为西安太守。业正虑蒙逊内逼，巴不得他离开眼前，既得此请，当即乐从。蒙逊佯赴外任，致书男成，约与同祭兰门山，暗中却先使司马许成，入告段业道："男成将乞假为乱，若求祭兰门山。便见臣言不虚了。"业疑信参半，到了次日，果由男成请假，谓须出祭兰门山。业遂信许成言，把他拿下，勒令自杀。**耳软若此，不死何为？**男成道："蒙逊先与臣谋反，臣因兄弟至亲，但加斥责，不忍遽发。今与臣共约祭山，反诬臣为逆，臣若朝死，彼必夕发，为大王计，不若诈言臣死，暴臣罪恶，待蒙逊倡乱，然后出臣往讨，名正言顺，无忧不克了。"业竟不肯听，迫使速死。**愚愦之至。**

蒙逊闻男成死状，便泣告部众道："我兄男成，忠事段王，反被枉杀，岂不可恨？况我等拥段为主，本欲安土息民，今段王如此无道，戮害忠良，试想我等还能安枕么？诸君如肯为我兄复仇，请速从我来。"**杀兄求逞，心术之险，自古罕闻。**部众未悉阴谋，并怀男成旧恩，便即泣涕应命，踊跃从行，霎时间已得万人。便由蒙逊引逼氐池，镇军臧莫孩，率众请降，羌胡亦多响应。蒙逊又进屯侯坞，业至此悔杀男成，亟授梁中庸为武卫将军，饬使专征。右将军田昂，得罪被囚，业复将他释放，令与中庸共讨蒙逊。别将王丰孙入谏道："昂貌恭心险，不宜重用。且羁囚有日，必定怀仇，奈何反使他讨逆呢？"业蹙然道："我亦未尝无疑，但事至今日，非昂不能讨蒙逊，卿且勿言！"**疑人勿用，业乃反是，真是该死！**昂奉命出发，一至侯坞，即率骑五百，归降蒙逊。中庸麾下各将士，不战先溃，害得中庸无法可施，也只好向蒙逊请降。

蒙逊毫不费力，长驱直进，竟到张掖。昂兄子承爱，愿为内应，就斩关纳蒙逊军。业惶急万状，号召左右，已皆奔散，顿时抖做一团，没法摆布。俄而蒙逊率兵进来，业越加惊慌，不得已流涕语蒙逊道："孤孑然一身，为君家所推，勉居此位，今愿推位让国，但乞全我一命，使得东还，与妻子相见，便是再造宏恩了。"**还想求生，徒形其丑。**蒙逊回顾部众道："彼杀人时，并未加怜，今死在目前，倒想人怜惜，汝等以为可恕么？"部众听了，都说是可杀可杀，杀声一起，便由蒙逊顺手一挥，众刃齐进，就使段业铜头铁额，到此也裂成数段了。蒙逊既得斩业，便召集梁中庸等，拟立嗣主。**全是诈伪。**中庸等当然推立蒙逊，蒙逊尚谦让三分，但自称大都督大将军凉州牧张掖公，改元永安，署从兄伏奴为镇军领张掖太守，封和平侯，弟挐为建忠将军，封都谷侯，田昂为镇南将军，领西郡太守，臧莫孩为辅国将军，梁中庸房晷为左右长史，张骘、谢正礼为左右司马，布赦安民，臣庶大悦。看官，你道蒙逊窃位的方法，善不善呢？刁不刁呢？

小子一支秃笔，演述这边，又不得不演述那边。当时南燕王慕容德，已自滑台徙都广固，竟由王称帝了，**回应八十二回。**说来又有一段表白，请看官浏览下去。**五胡十六国时，实是头绪纷繁，不能不特笔表明。**先是秦主苻登，为姚兴所灭，**事见前文。**登弟广收拾残众，奔依南燕。慕容德令为冠军将军，使居乞活堡，会荧惑守东井，有人谓秦当复兴，广遂自称秦王，击败南燕北地王慕容钟。德乃留鲁王慕容和守滑台，自率精骑讨广，竟得荡平，斩广了事。不意滑台留守慕容和，竟为长史李辩所杀，举城降魏。德闻报大怒，即欲引兵还攻。前郯令韩范谏阻道："前时魏为客，我为主，今日我为客，魏为主，客主情形，大不相同，人心危惧，不可再战。今宜先据一方，自立根本，然后养足兵力，取还滑台，方为上计。"正议论间，帐外报称右卫将军慕容云到来。**此慕容云与高云不同。**德即传入。云献上李辩首级，并言已救出将士家属二万余口，一并带来。德军正系念家眷，得了此信，统去分别认领，聚首言欢。

德又集将佐商议道："苻广虽平，滑台复失，进有强敌，退无所依，将用何策？"给事中书令张华进言道："彭城为楚旧都，依山带川，地广民饶，可取作基本，急往勿延。"德不甚赞成，犹豫未答。慕容钟慕舆护封逞韩诨等，谓不如仍攻滑台。独尚书潘聪献议道："滑台四通八达，不易安居，且北通大魏，西接强秦，两国环伺，防不胜防。彭城土广人稀，坦平无险，又距晋甚近，晋必与我相争，我长陆战，彼长水战，就使我幸得彭城，到了秋夏霖潦的时候，江淮水涨，千里为湖，晋人鼓棹前来，如何抵御？故欲取彭城，亦非久计。唯青齐沃壤，向号东秦，地方二千里，户口十余万，右控山河，左负大海，可谓用武胜地。况广固为曹嶷所营，**曹嶷事见前。**山形险峻，足为皇都，今被辟闾浑据住，浑本燕臣，辜负国恩，今宜遣辩士先往招谕，再用大兵在后继进，彼若不从，一战可下。既得广固，然后闭关养锐，伺衅乃动，这也好似西汉的关中，东汉的河内呢。"德尚以为疑，特遣牙门苏抚，往询齐州沙门僧朗。朗素善占候，与抚相见，抚即自陈来意，并述群臣各议。朗答道："三策中莫如潘议。按诸天道，亦无不合。今岁彗星起自奎娄，遂扫虚危，奎娄二星，当鲁分野，虚危二星，当齐分野，彗星适现，正是除旧布新的天象。今请先定兖州，巡抚琅琊，待至秋风戒令，乃可北转临齐，应天顺人，正在此举。"抚又密问道："将来历年几何？"朗微笑不言。抚再三固问，朗乃布著占易，详审卦兆，才密告道："燕衰庚戌，年适一纪，传世及子。"**为后文南燕败亡张本。**抚惊起道："有这般短促么？"朗说道："卦兆如是，无关人事，但留证后来便了。"**人果不能胜天吗？**抚当即告别，还报慕容德，但说当进取广固，所有年数长短，不敢遽述。

德遂决意东行，引兵入薛城。兖州北鄙诸郡县，望风迎降。德另置守宰，禁兵侵掠，百姓安堵，统赍牛酒犒军。德又遣谕齐郡太守辟闾浑，辟闾浑抗命不从，乃命慕容钟率步骑二万，即日进攻，自率兵进据琅琊。徐兖人民，陆续归附，数达十余万户。兖州守将任安，弃城遁去。渤海太守封孚，就是后燕的吏部尚书，前次兰汗作乱，孚南奔辟闾浑，浑令他署守渤海。兰汗乱事，见八十二回。及德至莒城，孚乃出降。德大喜道："我得平青州，尚不足喜，所喜者在得卿呢。"遂委任机密，事辄与商。再拟进军广固，为钟后援。辟闾浑闻德将至，徙八千余家守广固，遣司马崔诞守薄荀，平原太守张豁守柳泉，诞豁俱遣子奉书，向德投诚。浑孤立无助，当然惊骇，急挈妻子奔魏。行至莒城，被德将刘刚追及，擒住斩首。浑有少子道秀，自诣德营，愿与父俱死。德叹息道："父虽不忠，子独能孝，我何忍加诛呢？"遂赦免道秀，只杀浑参军张瑛，随即入据广固，作为都城，并为僧朗建神通寺，酬绢百匹。越年，德自称皇帝，即位南郊，改元建平。因人民不易避讳，特在德字上加一备字，叫做备德，即援二名不偏讳故例，诏示境内。名果能副实么？复在宫南建筑祖庙，遣使致祭，奉策告成，追谥前燕主慕容㻚为幽皇帝，用慕容钟为司徒，慕舆拔为司空，封孚为左仆射，慕舆护为右仆射，立妻段氏为皇后。后即段仪次女季妃，自誓不作庸夫妇，见六十四回。至此果得为南燕后，也可谓如愿以偿了。

　　唯备德为前燕主慕容皝少子，母公孙氏尝梦日入脐，因致怀孕。生备德时，尚昼寝未醒，及侍女惊呼，方醒寤起床。皝谓此儿寤生，颇似郑庄公，将来必有大德，乃以德为名。郑庄亦未见有德。及为范阳王，由后秦太史令高鲁，遗赠玉玺一纽，上有篆文镌着，系"天命燕"三字。又图谶秘文，载有四语云："有德者昌，无德者亡，德受天命，柔而复刚。"此外尚有童谣云："大风蓬勃扬尘埃，八井三刀卒起来，四海鼎沸中山颓，唯有德人据三台。"为了种种征验，所以备德入广固，终称尊号。独母公孙氏及兄慕容纳，陷落长安。备德前时别母，曾留金刀与诀，及从慕容垂起兵背秦，秦苻昌收捕备德家属，杀纳及备德诸子，公孙氏因老免死。纳妻段氏方娠，下狱待刑，狱掾呼延平，为备德故吏，私释二人，同奔羌中。纳妻段氏，生下一男，就是慕容超。超年十岁，祖母公孙氏方殁，临危时取出金刀，付超垂嘱道："这是汝叔留下的纪念。若天下太平，汝可东往寻叔，赍刀送还便了。"超自然受教。呼延平代为理丧，复恐秦人掩捕，转挈超母子往投后凉。备德屡遣使入关，访问母兄，杳无下落，后由故吏赵融从长安东来，具述前情，才知母兄凶闻，备德连番恸哭，甚至呕血，寝疾数日，经良医调治，始得渐愈。但兄纳妻子，逃入后凉，不但备德无从探悉，就是赵融亦未尝闻知。后来超得东归，容至下文表明，叙入此段，为立超嗣位伏案。小子却要叙入后燕了。

后燕主慕容盛，苛刻少恩，前文中已经叙过，见八十三回。勉强过了二年，宗族亲旧，多半携贰。盛尚不知恩抚，单靠着暗地钩考的思想，寻隙索瘢，不遗余力，独有一种暧昧的事情，发自太后宫中，盛虽自矜明察，反被她始终瞒着，毫无所闻。丁太后为盛伯母，看官应早阅悉，见八十二回。她本是个燕中的尤物。到了中年，还是丰容盛鬋，雪貌花肤，就中有个河间公慕容熙，素性渔色，又仗着皇叔懿亲，骠骑重任，时常出入宫廷，谒问太后。丁氏见他年甫逾冠，绰有丰仪，好一个翩翩公子，免不得另眼相看。熙就此勾引，朝挑暮拨，惹动丁氏情肠，你有情，我有意，彼此不顾嫂叔名义，竟凑成一番露水缘。宫中大小妇寺，就使得知，总教利诱势驱，自然不敢多口，只碍着主子慕容盛，不好明目张胆，夜夜交欢。盛又尝调熙远征，东伐高句骊，北讨奚契丹，情郎行役，闺妇怀愁，个中况味，唯有两人亲尝，不能与外人诉说，所以两人视盛，已似眼中钉一般，恨不得置盛死地，好让他日夜欢娱。谋夫杀子，多由纵奸所致。可巧燕主盛长乐三年，盛往伐库莫奚，大获而还，饮至行赏，宫廷交庆。左将军慕容国，与秦舆段赞等，谋率禁兵袭盛，熙与丁氏，稍有所闻，但望他一举成功，偏偏机事未密，被盛察觉，竟将慕容国等先行拿斩，连坐至五百余人，唯舆子兴赞子泰等，幸得逃脱。

过了数日，兴与泰串同思悔侯段玑，见八十三回。夜入禁中，鼓噪大呼，响震屋瓦。盛闻变起床，亟率左右出战，击退乱党，玑亦被创，走匿厢屋间。忽有一贼潜蹑盛后，用刀斫盛。盛闻声跃起，身虽闪免，足已受伤，回顾那贼，却一闪儿不见了。此贼恐系丁氏所遣。盛忍不住痛苦，忙乘辇出升前殿，申约禁卫，宣召叔父河间公熙，拟嘱后事。熙尚未至，盛已晕倒座上，经左右舁入内廷，便即断气。中垒将军慕容拔，冗从仆射郭仲，急入白太后丁氏。丁氏装出一副泪容，颦眉与语道："嗣主不测，为贼所伤，现唯有亟立新君，捕诛贼党，方足安慰先灵。"慕容拔道："太子在外，请即迎立。"丁氏道："国家多难，宜立长君，太子年幼，恐不堪承祚呢。"郭仲从旁插入道："太子即不可立，不如迎立平原公。"丁氏又复摇首。再由慕容拔等请示，丁氏乃推出那心上人儿，说他名望素隆，足靖国难。又温言笼络拔等，即令他乘夜往迎，休得漏泄。拔等奉命而出，适值慕容熙进来，遂导令入宫，准备即位。又好与丁氏续欢了。

转眼间，便是天明，群臣联翩入朝，才知盛已暴殁。内廷有择立长君的消息，当时平原公慕容元，系盛季弟，曾任司徒尚书令，群望相属，总道是不立太子，必立太弟，就是郭仲所说，也属此人。偏待了半晌，由内侍传出太后手诏，乃是继立河间公熙，竟使叔承侄统，大众未免惊愕。但因熙职掌兵权，不好反抗，只得联名上书，向熙劝进。熙尚谓元宜嗣位，故意推让。元当然固辞，熙遂僭即尊位，捕诛叛臣段玑，及秦兴、段须等人，并夷三族。且将平原公元，亦牵入案内，只说是与玑同谋，迫令自尽。真是辣手。乃下令大赦，为盛营葬。盛在位三年，殁时只二十九岁，追谥昭武皇帝，庙号中宗，出葬兴平陵。丁氏亦出都送葬，尚未还宫，中领军慕容提，及步军校尉张佛等，谋立故太子定，乘间发难。偏有人报知慕容熙，熙忙发兵捕获慕容提张佛，立即斩首，并将定一并赐死。又下了一次毒手。及丁氏回来，宫廷已安静如常了。熙再颁赦令，改元光始，把北燕台改称大单于台，置在右辅，位次尚书，每日除视朝外，唯与太后丁氏调情取乐，俨然与伉俪相似。丁氏亦华装盛饰，日夜陪着，还道天长地久，生死不离，那知男子心肠，本多薄幸；再加丁氏华年，要比熙加长十余龄，熙未免嫌她年老，暗嘱左右幸臣，采选美人儿入宫。凑巧有一对姊妹花，流寓龙城，得被选入。经熙仔细端详，端的是面似桃花，眉似柳叶，目如点漆，发如堆云，齿若瓠犀，领若蝤蛴，再加一副轻盈休态，画笔难描，真令熙喜极欲狂，真把魂灵儿交付两美，惹得颠倒迷离，慢慢地按定了神，讯明姓氏，方知是前中山尹苻谟女儿，长名娀娥，次名训英。见八十一回。熙也不暇再问来历，便命左右摆起盛宴，令两美左右侍饮。红灯绿酒，翠鬟朱颜，真个是春色撩人，无情不醉。况熙系登徒子一流人物，怎得不谗涎欲滴？才饮数觥，已按不住欲火，便搂住两美，同入欢帏，去做那阳台梦了。小子有诗叹道：

> 冶容本是诲淫媒，况复娇维并翼来。
> 一箭双雕原快事，谁知极乐即生哀。

熙既得了大小苻女，左拥右抱，欢爱的了不得，当然将丁氏冷淡下去，欲知后事，且看下回便知。

典午之季，五胡云扰，无礼无义，其淆乱也甚矣！沮渠蒙逊欲废主而窃国，虽卖兄亦所不恤，兄可卖，主亦何不可弑乎？慕容德之下青齐，入广固，定都称帝，似夺之于乱臣之手。于后燕绝不相关，然德既为后燕臣，后燕未亡，德乌能称帝？是德固无君也。若慕容熙更不足责矣。太后可烝，太子可杀，淫凶暴戾，凌侮孤寡，此而畀之以国，天道果真无知乎？但稔恶必亡，近报在身，远报在儿孙，觉于慕容熙之结果，不及慕容德，又不及沮渠蒙逊，乃知恶愈甚者亡愈速，天道固非尽无凭也。

第二十回

吕隆累败降秦室
刘裕屡胜走孙恩

却说大小苻女，并邀宠幸，与慕容熙欢爱数宵，大苻女娥娥，受封贵人，小苻女训英，受封贵嫔，两姊妹轮流伴寝，说不尽的凤倒鸾颠。但小苻女年既娇小，态愈鲜妍，更足令人生爱，所以得熙专宠，比阿姊还突过一筹。看官试想，两苻女貌本相同，只为了年龄上长幼，略有区别，便觉大不如小，何况这太后丁氏，已过中年，任她如何美艳，究竟残花败叶，不及嫩柳娇枝，自从两苻女入宫，熙遂与丁氏断绝关系，好几月不去续欢。丁氏忍耐不住，尝遣侍女请熙，熙哪里肯往，有时还要谩骂侍女，侵及丁氏。痴心女子负心汉，教丁氏如何不恼？如何不怨？七兵尚书丁信，为丁氏兄子，当由丁氏召他入议，密谋废熙。天道祸淫，不使丁氏再得快意，竟至密谋发泄，信被执下狱，所有丁氏定策功劳，一笔钩消，反说她是谋逆首犯，活活的胁使自尽，还算保全太后脸面。丁氏至此，悔也无及，只有一死罢了。*是淫妇结局，后之淫女其鉴诸。*熙命用后礼殡葬，谥曰献幽皇后，想还念旧日恩情。唯将丁信处斩了事。*高而不危之言，奈何忘却？*越年，进大苻女为昭仪，嗣复立小苻女为皇后，*阿妹竟高出阿姊么？*大苻女好微行游宴，熙为凿曲光海，清凉池，盛暑兴工，役夫多半渴死。小苻女好骑马游畋，熙尝与她并辇出猎，北登白鹿山，东过青岭，南临沧海，沿途征索供亿，不堪骚扰。士卒多为豺狼所害，并因路上遇寒，冻死至五千余人。熙全不顾恤，但教得两美人的欢心，还管什么兵民，眼见是要好色亡国了。**好色未必亡国，好色不爱兵民，国必亡。**

　　且说后凉主吕隆，僭称天王，壹意逞威，收捕内外叛党，不遗余力。杨轨王乞基等，早自廉川奔降南凉，郭黁亦自魏安奔依西秦。**应八十五回。**南凉主利鹿孤，本收纳杨轨等人，既而杨轨阴有异谋，为利鹿孤所杀。**了却杨轨。**西秦主乞伏乾归，服属后秦，势力方衰，郭黁虽然投奔，不过苟延残喘，未能唆使乾归，进图后凉。吕隆本可少安，偏他尚疑忌群臣，只恐为吕纂复仇，稍涉嫌疑，即加诛戮，因此内外骚然，各有戒心。魏安人焦朗，遣人至后秦，怂恿陇西公姚硕德道："吕氏自武皇弃世，**后凉谥吕光为懿武皇帝，见前文。**诸子相攻，政治不修，但务威虐，百姓饥馑，死亡过半。明公位尊分陕，威振遐方，何不弃吕氏衰残，吊民伐罪，救此一方涂炭呢？"**也是一个虎伥。**硕德遂转告秦主姚兴，兴令率步骑六万人，进攻后凉。乞伏乾归亦领七千骑从军。硕德自金城渡河，直逼姑臧，部将姚国方献策道："今悬军深入，后无援应，乃是危道，宜乘我锐气，与他速战，他总道我远来疲乏，可以力拒，我若得将他杀败，他自然生畏，无虑不克了。"硕德遂严申军律，准备厮杀。吕隆遣弟吕超，及龙骧将军品遨等，出城迎战。兵刃甫交，秦军如潮涌进，十荡十决，杀毙凉兵无数，超慌忙遁回，遨迟走一步，已被秦军打倒马下，活捉去了。姑臧大震，巴西公吕他，率东苑兵二万五千，出降秦营。隆惊惶得很，急忙收集离散，撄城拒守。西凉主李暠，北凉主沮渠蒙逊，南凉主秃发利鹿孤，俱遣使贡秦，且贺秦胜凉。

　　凉尚书姜纪，前因隆超僭夺，惧奔南凉。南凉广武公傉檀，与谈兵略，甚相契合，坐必同席，出必同车。利鹿孤常语傉檀道："姜纪原有美才，但我看他目动言肆，必不肯在此久留。倘若入秦，必为我患，不如趁早除去。"傉檀闻言大惊，忙接口道："臣以布衣交待纪，料纪必不负我，请勿他疑。"**未免过信。**利鹿孤乃止。不意秦凉战起，纪竟潜奔秦军，往说硕德道："吕隆孤城乏援，明公率大军围攻，城中危急，势必乞降，但乞降乃是虚文，非真心服，公若班师，彼又抗命，现请给纪步骑三千，与焦朗等互为犄角，箝制吕隆，隆必无能为了。否则秃发在南，兵强国富，若乘公退兵，入据姑臧，威势益振，李暠沮渠蒙逊等，必且折入秃发，岂非公将来大患么？"硕德大喜，遂表为武威太守，给兵三千，使屯晏然，再督兵进攻姑臧。城中多谋外叛，将军魏益多，且煽惑兵士，谋杀隆超，事泄被诛，连坐至三百余家。于是群臣多向隆上书，请与秦军通和。隆尚不许，再经超一再进劝，略说"强寇外逼，兵粮内竭，上下嗷嗷，势难自固，不如遣使乞和，卑辞退敌。敌果退去，完境息民，若卜世未终，自可复旧，万一天命已去，亦得保全宗族"等语。隆乃依议，派使出城，乞降秦营，愿遣子弟为质。硕德不欲苛求，允如所约，一面转报长安。秦主兴即使鸿胪卿桓敦，册拜隆为镇西大将军，都督河西军事，领凉州刺史，封建康公。隆对使受命，乃遣母弟爱子，及文武旧臣慕容筑、杨颖等五十余家，入质长安。硕德振旅而还，往返皆严肃部伍，秋毫无犯，西土皆称为义师。

过了两日，吕超又引兵攻姜纪，因纪严守不下，转攻焦朗。朗向南凉求救，南凉广武公傉檀，率兵赴援，到了魏安，见城下并无一人，只城门还是紧闭，一些儿没有影响。傉檀大是惊疑，即在城下大呼，促朗出迎，但听城上有人应声道："寇已退走，无劳援军费心，也请退还，恕不送迎。"*好似一种调侃语。*傉檀勃然怒起，便欲麾兵攻城，部将俱延谏阻道："朗但靠孤城，总难久持，今岁不降，明年自服，何必多劳士卒，同他拚命？且为丛驱雀，转非良策，不如退兵数里，发使晓谕，令他自知无礼，定然出来谢罪了。"傉檀依议而行，果由朗复使谢过，乃仍与朗连和，顺道进军姑臧，就胡坑立营。夜间防凉兵掩袭，蓄火戒严，兵不解甲。到了夜半，营外突然火起，凉将王集，果来劫垒，傉檀徐起，纵兵出击，内外火炬齐明，光同白昼。集部下不过千人，敌不住傉檀大营，便欲返奔。偏傉檀驱兵杀上，集措手不及，竟被砍死。败兵逃回姑臧，吕隆惊骇，与超密谋，想出一条诈计，致书傉檀，伪与修好，且请傉檀入盟。傉檀也恐有诈，因使将军俱延往代。俱延入城，由超引至东苑，发伏出攻。俱延不及上马，徒步急奔，还亏城阇两旁，有南凉将军郭祖，引兵待着，让过俱延，截住超兵，且战且走，才得退归营中。傉檀大愤，遂攻显美城。昌松太守孟祎，固守待援，吕隆遣将苟安国石可等，领兵往救，中道却还。孟祎守了数旬，援军不至，竟被傉檀陷入，祎巷战被擒。傉檀问他何不早降？祎抗声道："祎受吕氏厚恩，分符守土，若明公大军甫至，便即归附，如何对得住吕氏？想明公亦必斥为不忠呢。"傉檀改容礼祎，命即释缚，面授为左司马。祎固辞道："吕氏将亡，圣朝必取河右，可无疑义。但祎为人守，城不能全，若再忝居显任，益增愧赧。果使明公加惠，令祎就戮姑臧，祎死且知感了。"*词婉意诚，不失为忠。*傉檀称为义士，纵使归去。且恐师劳粮绝，收兵自归。

　　会姑臧大饥，斗米值钱五千，人自相食，饿莩盈途。吕隆恐有变祸，饬闭城门，日夜不开，樵采路绝。百姓乞出城觅食，愿为胡虏奴婢，日有数百。隆恨他煽动众心，索性把他拘住，尽行坑死，尸积如山。北凉主沮渠蒙逊，乘隙攻姑臧，隆不得已卑辞厚币，向南凉乞援。南凉再使傉檀赴急。蒙逊闻傉檀将至，勒兵挑战，为隆所败，乃与隆讲和结好，留谷万余斛，赈济凉民，然后退还。傉檀到了昌松，得知蒙逊回兵消息，因亦引军折回，途次接到利鹿孤命令，嘱他移讨魏安，乃改辙北行，再攻魏安守将焦朗。朗无力守城，不得已面缚出降。傉檀送朗赴西平，徙魏安人民至乐都。嗣是复屡寇姑臧，再加沮渠蒙逊，与吕隆背了前盟，也去侵扰。傉檀在南，蒙逊在北，恰好似喝着同心酒，共图后凉，累得隆南防北守，奔走不遑。偏后秦又来作祟，遣使征吕超入侍，隆急得没法，只好令超赍着珍宝，奉献秦廷，情愿将姑臧归秦，请兵相迎。秦主兴遂遣左仆射齐难等，率步骑四万人迎隆。军至姑臧，隆素车白马，出候道旁。难令司马王尚署凉州刺史，给兵三千，权守姑臧，分置守宰，镇守仓松番禾二城。隆使吕胤告辞光庙道：“陛下前抒远略，开建西夏，德被苍生，威震遐裔，后嗣不肖，迭相篡弑，二虏交迫，将归东京，谨与陛下诀别，从此长离。”早知今日，何必当初？胤告毕复命，隆即率宗族僚属，及民万户至长安。秦主兴授隆为散骑常侍，超为安定太守，其余文武三十余人，量才录用，不使向隅。但后凉自吕光开基，至隆亡国，共历四主，合十九年。

　　先是太史令郭黁，占得术数，谓代吕者王，故叛凉起兵，先推王详，后推王乞基。及吕隆东迁，代以王尚，恰如黁言，可惜黁徒算得一半，知姓不知名，所以终归失败。且奔投西秦后，从乞伏乾归降秦，又暗中推算，以为灭秦者晋！却是算着，但不能自算存亡，终归差了半着。乃复潜身东奔，偏被秦人追获，割去头颅，这叫做人有千算，天教一算，算到尽头，徒落得身首两分，追悔无及了。了过郭黁。那吕隆仕秦数年，亦连坐乱党，终至伏诛，待后再表。此处却要补述晋事了。

　　自孙恩被逐入海后，余灰复燃，又纠众进寇勾章，转攻海盐。接应八十五回。勾章守将刘裕，随地抵御，且就海盐添筑城堡。恩屡来攻城，由裕麾兵出击，得破孙恩，阵斩恩党姚盛，然后收兵还城。唯恩虽败挫，余焰未衰，城中兵少势孤，恐难久持；裕乃想出一法，待至夜半，把城上旗帜，一齐拔去，密遣精兵伏住城闉。到了天明，竟把城门大开，只遣几个老弱残兵，嘱付数语，登城立着。恩探得城内空虚，驱兵复进，将到城下，遥见城门开着，便厉声喝问道："刘裕何在？"城上羸卒答应道："昨夜已引兵出走了。"贼众信为真言，拥众入城，陡听得一声鼓响，城门左右，突出两路伏兵，大刀阔斧，向贼乱斫。贼挤住城阃，进退无路，除被裕军杀死外，多半由自相蹴踏，倒毙无数。恩尚在城外，掉头急奔，幸逃性命，余众死了一半，一半随恩北走，径趋沪渎。

裕复弃城追击，海盐令鲍陋，遣子嗣之率吴军一千，从裕讨贼。嗣之年少，自恃骁勇，请为前驱。裕与语道："贼众善战，非吴军所能与敌，卿为前驱，倘或失利，必至牵动我军，不如随着我后，可作声援。"嗣之勃然道："将军亦未免小觑后生了。嗣之决意前行，效力杀贼，虽死无怨。"**确是前去送死。**说着，引兵即去。裕明知不佳，没奈何从后继进，但使两旁多伏旗鼓，作为疑兵，等到前驱遇贼，两下交锋，裕令伏兵扬旗呐喊，擂鼓助威，贼果疑他四面有军，仓皇引退。偏嗣之不肯少停，策马急追，竟致裕军落后，无人相助，冒冒失失的闯将进去，被贼众翻身杀转，围住嗣之。嗣之独力难支，竟至战殁。贼众既得胜仗，便乘势来击裕军。裕见来势凶猛，也只得且战且走，走了数里，贼尚未肯舍去，麾下兵却死伤多人。裕索性下马，令左右脱去死人衣，故示闲暇。贼众见了，倒不禁生疑，勒马停住。裕反上马大呼，麾兵杀贼，贼始骇退，裕得从容引归。**刘裕用兵仿佛曹阿瞒。**孙恩知裕不易敌，竟北赴沪渎，攻入守将袁山松营垒，将山松杀死，山松部下伤毙四千人。恩劫掠三吴丁壮，胁使为贼，遂航海直往丹徒。党羽十余万，楼船千余艘，烽火夜逼建康，都城大骇，内外戒严。

百官入命省内，使冠军将军高素等守石头，辅国将军刘袭堵淮口，丹阳尹司马恢之戍南岸，冠军将军桓谦等备白石，左卫将军王嘏等屯中堂，征豫州刺史谯王尚之入卫京师。会稽都督刘牢之，自山阴发兵邀击孙恩，已是不及，乃使刘裕从海盐入援。裕闻命即行，部兵不满千人，偏兼程前进。恩甫至丹徒，裕亦踵至，丹徒守军，本无斗志，百姓多荷担欲逃。恩率众登岸，鼓噪登蒜山，声震江流，兵民益骇。独裕晓谕兵民，叫他勿惧，自率步兵上山奋击，一当十，十当百，竟把恩众击退，复乘胜杀下，大破恩众。恩狼狈遁回船中，贼党投崖溺水，不下万人。唯恩尚有余众八九万，**势还猖獗，**他想丹徒有刘裕守住，未可轻进，不如直趋建康，遂驶舰西上，步步进逼。会稽世子后将军元显，发兵拒战，并皆失利。会稽王道子，无他谋略，但向蒋侯

楼船水战

庙中焚香祷禳，日日不休。蒋侯名叫子文，系东汉时广陵人，嗜酒好色，尝自谓骨具青色，死当为神。及汉末为秣陵尉，逐贼至钟山下，受创而死。吴据江东，有故吏见子文出现，乘白马，执白扇，遮道与语道："我当为此间土神。"言讫不见。后来土地祠中，果常见灵异，吴主乃封为都中侯，加印绶，立庙堂，改钟山为蒋山，表示神灵。说明蒋侯来历，亦不可少。道子很是敬信，所以镇日祈祷，只望他暗中显灵，驱除贼寇，哪知寇氛甚恶，日逼日紧，宫廷内外，恟惧的了不得。幸亏谯王尚之，率锐驰至，入屯积弩堂。恩楼船高大，又遇逆风，不得疾行，莫非就是蒋侯显灵了。好几日才到白石，探得尚之已至建康，都城有备，倒也不敢径进。又恐刘牢之截住后路，或至腹背受敌，因浮海北走郁洲，另遣党羽攻陷广陵，杀毙守兵三千人。朝旨调刘裕为下邳太守，集兵讨恩。裕仗着谋力，与恩大小数十战，无一不胜。恩逃至沪渎，再走海盐，俱由裕督兵尾追，好似飚迅电扫一般，杀得恩抱头狂奔，仍然窜入海中。到了安帝六年，改年元兴，恩还想出来骚扰，入寇临海，被太守辛景一场痛击，几乎杀尽贼党，恩投海自溺，方才毕命。亲党及妻妾等，从死百人，残众还称他为水仙。小子有诗叹道：

> 黄巾左道尽虚诬，篝火狐鸣吓腐愚。
> 若果水仙通妙术，海滨何事伏兵诛。

恩既溺死，尚有残众数千，未曾解散，又由众推出一个头目来了。欲知头目为谁，容至下回报明。

吕隆吕超，篡逆得国，兄为君，弟为相，踌躇满志，谓可安享天年，孰知焦朗姜纪，为秦作伥，竟导姚硕德之进攻乎？超战败请降，秦军即返，威虽尽杀，国尚幸存，孰知北有沮渠，南有秃发，相逼而来，竟欲分割后凉而后快乎？隆超两人，无术保全，不得已弃国降秦，此非邻国之不肯容隆，实天意之不肯恕隆也。孙恩以海岛余孽，招集亡命，骚扰东南，得良将以扑灭之，原非难事，乃一误于王凝之，再误于谢琰，遂致匪党日盛。当时尚疑其妖术胜人，未可力敌，然观于刘寄奴之累战累胜，乃知恩固无术，徒为胁从之计而已。寄奴非能破法者，胡为足使水仙之返劫乎？

第二十一回

覆全军元显受诛
夺大位桓玄行逆

却说孙恩溺死，尚有妹夫卢循，未曾从死，为众所推，奉为头目。循系晋从事中郎卢谌从孙，双眸炯彻，眉宇清扬，少时工草隶书，并善弈棋。沙门惠远，有相人术，尝语循道："君可谓风雅士，可惜志存不轨，终乏善果，奈何奈何！"卢循听了此言，倒也不以为意。及长，娶孙恩妹为妻。恩纠众作乱，与循通谋。循常劝恩抚绥士卒，故人乐为循用。恩死后即奉循为主，仍然蟠踞海岛，不服晋命。晋廷还想命刘牢之等，出兵剿循，偏长江上游，突起了一场大乱，几乎把东晋江山，席卷了去，于是不暇顾循，但期扫清长江乱事，好几年才得就绪。

看官欲问乱首为谁？就是都督八州，兼领荆江二州刺史的桓玄。应八十五回。玄先令兄伟为雍州刺史，晋廷不敢驳议，他遂得步进步，表移伟为江州刺史，镇守夏口。司马刁畅为辅国将军，监督八郡军事，镇守襄阳。且遣部将桓振、皇甫敷、冯该等，并戍湓口。移沮漳蛮二千户至江南，为立武宁郡，更招集流民万人，为立绥安郡。两郡俱增设郡丞。晋廷征广州刺史刁逵，及豫章太守郭昶之入都，俱被玄留住不遣。玄自谓地广兵强，势压朝廷，遂欲篡夺晋祚，屡上书报告祯祥，隐讽执政。更向会稽王道子上笺，再为王恭讼冤。会稽王父子，见了玄笺，当然惶惧。庐江太守张法顺，进白元显道："玄始得荆州，人心未附，若使刘牢之为先锋，再用大军继进，取玄不难了。"激成乱衅，斯为厉阶。元显本倚法顺为谋主，听了此言，自然心动。适武昌太守庾楷，密使人自结元显，请为内应，反复小人，最为可恶。元显大喜，即遣法顺至京口，转告牢之，牢之颇有难色。法顺还报元显道："牢之无意效命，看他词色，将来必且叛我，不如召他入京，先斩此人，否则反多一敌，难免误事。"元显听了，不以为然，竟不从法顺所请。此议偏独不从，也是该死。一面大治水军，准备讨玄。

元兴元年元旦，竟由晋廷颁诏，数玄罪状。即授元显为骠骑大将军，征讨大都督，加黄钺，节制十八郡军马。小船怎可重载。使刘牢之为前锋，谯王尚之为后应，克日出发，前往讨玄。加会稽王道子为太傅，居中秉政。元显欲尽诛诸桓，骠骑长史王诞，为中护军桓修舅，力向元显解免，谓修等与玄，志趣不同，元显乃止。法顺又入请道："桓谦兄弟，谦即修兄。每为上流耳目，应速即加诛，借杜奸谋，况兵事成败，系诸前军，牢之居前，一或有变，祸败立至，最好令刘牢之杀谦兄弟，示无贰心，彼若不肯受命，隐情已露，我也好预先防备了。"元显怫然道："今非牢之不能敌玄，且三军甫出，先诛大将，人情亦必不安，这事怎可行得？"法顺再三固请，元显只是不从，且因谦父桓冲，遗惠及荆，特授谦荆州刺史，都督荆益宁凉四州军事，冀抚荆人。不杀反赏，真是颠倒。

桓玄坐踞江陵，自思东土未靖，朝廷不暇西顾，可以蓄力观衅。及闻元显已统军出讨，也不禁意外惊心，因欲完城聚甲，为自固计。长史卞范之道："明公声威，传闻远近，元显口尚乳臭，刘牢之大失物情，若进逼近畿，示以祸福，势必瓦解。明公自可得志，怎可延敌入境，自取穷蹙呢？"玄依范之言，遂抗表传檄，罪责元显。留兄伟守江陵，自举大兵东下。途次尚未免却顾，及行过寻阳，并不见有官军，才放大了胆，驱军急进，部众亦勇气加倍。又探悉庾楷诡谋，分兵诱袭，把他拘住，于是江东大震。元显甫出都门，接得桓玄来檄，已经心慌，再得庾楷被囚消息，免不得惊上加惊，勉强下船，终不敢发。晋廷上下，也不免着忙，特遣齐王柔之，系故南顿王宗之子，过继齐王同，承祀袭封。执着驺虞幡，出告荆江二州，谕令罢兵。途中遇着桓玄前锋，不服朝命，竟将柔之杀死。玄顺流直至姑孰，使部将冯该等，往攻历阳。襄城太守司马休之，即谯王尚之之弟。婴城固守，玄军堵截洞浦，纵火焚豫州军舰。豫州刺史谯王尚之，率步卒九千，列阵浦上，又遣武都太守杨秋，屯兵横江。秋竟降玄军，反引玄军攻尚之，尚之众溃，自奔涂中，避匿数日，终被玄军擒去。休之出战败绩，弃城遁走。

刘牢之本来观望，不附元显，他想利用桓玄，除去元显父子，再伺玄隙，把玄翦除，然后好职掌大权，唯所欲为，算盘太精明了。所以牢之虽为前驱，始终未肯效力。下邳太守刘裕，此时也奉调从军，为牢之参谋，请牢之亟往击玄。牢之摇首不答。可巧牢之的族舅何穆，阴受玄嘱，进说牢之道："从古以来，功高必危，试看越文种，秦白起，汉韩信，俱身事明主，尽忠戮力，功成以后，且不免诛夷，何况为暗主所任使呢？君如今日战胜，亦必倾宗，战败当然夷族。胜败俱不能自全，何若幡然改图，尚得长保富贵。古人射钩斩袪，还不害为辅佐，今君与桓玄，素无嫌隙，难道不好相亲么？"牢之正有此意，便令何穆报玄，阴与相通。刘裕再谏不从，牢之甥何无忌，为东海中尉，也极谏牢之，终不见听。裕又使牢之子敬宣入谏，以汉董卓比玄，请牢之急击勿失。牢之反怒叱道："我也知桓玄易取，但平玄以后，试问骠骑能容我否？"敬宣不好违父，只得唯唯听受。牢之遂遣敬宣潜诣玄营，奉上降书。玄佯为优待，授任谘议参军，乘势进迫建康。

元显将要出发，忽有急报传到，谓玄已至新亭，吓得魂不附体，弃船返奔，退屯国子学。越日，出阵宣阳门外，军中自相惊扰，俄而玄军前队，鼓噪前来，大呼放仗。元显拍马急奔，还入东府，元显讨王恭时，曾以果锐见称，此时竟如此颓靡，到已死得半截了。将佐统皆逃散，唯张法顺一骑随归。元显前曾录尚书事，与乃父东西对居，道子所居称东录，元显所居称西录，西府车骑辐辏，东府门可张罗，后来星孛天津，元显解职，仍加尚书令。吏部尚书车胤，密白道子，请抑元显。元显闻悉，谓胤离间父子，意欲害胤，胤竟惶急自杀。自是公卿以下，无一敢与元显抗礼。至元显败还，大都袖手旁观，无人顾恤，只有道子是情关骨肉，狼狈相依，虽平时亦隐恨元显，到此丢去前嫌，想替儿子设法。怎奈想了多时，不得一筹，唯有相对泣下。俄而从事中郎毛泰，导引玄军，闯将进来，七手八脚，把元显抓了出去，送往新亭，缚诸舫前，由玄历数元显罪恶。元显也不多言，但自称为王诞张法顺所误，懊悔不休。玄复命将王诞张法顺拿住，与元显同付廷尉，置诸狱中，一面整仗入京，矫诏解严，自为丞相，总掌百揆，都督中外诸军，录尚书事，领扬州牧。令桓伟为荆州刺史，桓谦为尚书左仆射，桓修为徐兖二州刺史，桓石生为江州刺史，卞范之为丹阳尹，王谧为中书令。新安太守殷仲文，系玄姊夫，弃郡投玄，星夜入都，玄即授为谘议参军。晋安帝本同木偶，未晓国事，内政一切，统由琅琊王德文代理，德文又无兵无权，如何能制服桓玄？玄得独断独行，不过借着天子的名目，号令四方，当下将元显等牵出狱外，先将元显开了头刀，次及谯王尚之，又次及庾楷张法顺。唯王诞本应同斩，桓修为舅乞怜，才得免死，流戍岭南。再收捕元显家属，得元显子六人，一并处死。只因道子为安帝叔父，不得不欺人耳目，先行奏闻，然后处置。奏中有"道子酗纵不孝，罪应弃市"等语。复诏援议亲故例，贷道子死，徙居安成郡，使御史杜竹林，偕往管束。竹林密承玄旨，鸩死道子，父子代握政权，威吓已极，至此相继遇害，这叫做自作孽，不可活呢。*法语之言。*

刘牢之留次溧州，静待好音，好几日才见朝命，但授为会稽内史。牢之惊叹道："今日便夺我兵权，祸在目前了。"已而敬宣自建康驰至，乃是讨差出来，佯称替玄慰谕，暗中却为父设谋，进袭桓玄。牢之迟疑未决，私召刘裕入商道："我悔不用卿言，致为桓玄所卖。今欲北趋广陵，联结高雅之等，起兵讨逆，卿可从我去否？"裕答道："将军率劲卒数万，望风降玄，今玄已得志，威震天下，朝野人士，已失望将军，将军岂尚能再振么？裕只有弃官归里，不敢再从将军。"言毕即退，出外遇着何无忌。无忌密问道："汝将何往？"裕与语道："我观刘公必不能免，卿不若随我至京口。桓玄若守臣节，我与卿不妨事玄，否则与卿图玄便了。"无忌依议，也不向牢之告辞，竟偕裕同往京口去了。牢之大集僚佐，拟据住江北，纠众讨玄。参军刘袭进言道："天下唯一反字，最悖情理，将军前反王兖州，*指王恭。*近日反司马郎君，*指元显。*今又欲反桓玄，一人三反，如何自立？"这数句话说得牢之瞠目结舌，无言可答。袭亦退出，飘然自去。佐史亦多半散走。牢之惊惧，使敬宣至京口迎家眷。敬宣愆期不还，牢之还道是机谋已泄，为玄所杀，乃率部曲北走。到了新洲，部众散尽，牢之悔恨已极，且恐玄军追来，竟解带悬林，自缢而死。*真是死得不值。*尚有左右数人，代为棺殓，草草了事。及敬宣奔至，惊悉牢之早死，无暇举哀，匆匆渡江，逃往广陵。桓玄闻报，命将牢之斫棺枭首，曝尸市中。牢之骁勇过人，当时推为健将，唯故太傅谢安日，尝说牢之器小，不可独任，独任必败，至是果如安言。

桓玄又伪示谦恭，让去丞相，改官太尉，兼领豫州刺史，余官如故。国家大事，俱就谘询，小事乃决诸尚书令桓谦，及丹阳尹卞范之。自从安帝嗣位以来，会稽父子，秉权乱政，闹得一蹋糊涂。玄初入建康，黜奸佞，揽贤豪，都下人民，欣然望治。过了月余，玄即奢侈无度，政令失常，朋党互起，凌侮朝廷，甚至宫中供奉，亦隐加尅扣。安帝以下，不免饥寒；再加三吴大饥，民多饿死。临海永嘉，又遭孙恩卢循等侵掠，十室九空，百姓流离死亡，苦不胜言。桓玄出屯姑孰意欲抚安东土，乃遣人招致卢循，使为永嘉太守。循虽然受命，仍是暗中劫夺，骚扰不休。玄却自诩有功，隐讽朝廷，录取前后勋绩，加封豫章桂阳诸郡公。又复表辞不受，暗嘱有司为子侄请封。晋廷怎敢不依，因封玄子昇为豫章公，玄兄子濬为桂阳公。乐得炫赫。一面钩求异党，再杀吴兴太守高素，将军竺谦之刘袭等人。数子皆牢之旧将，故一并遇害。袭兄冀州刺史刘轨，邀同司马休之刘敬宣高雅之等，共据山阳，欲起兵攻玄，被玄先期察觉，发兵控御。轨等自知无成，走投南燕去了。

越年二月，玄上表申请，愿率诸军讨平关洛，有诏授玄为大将军。玄命整缮舟师，先制轻舸数艘，装载服玩书画。有人问为何因？玄答道："兵凶战危，倘有意外，当使轻便易运，免为敌人所掠呢。"这语一传，大众始知他饰辞北伐，其实为求封大将军起见。果然不到数日，朝旨复下，饬玄缓进。玄借朝命宣示将士，不复出兵。一味诈伪。已而荆州刺史桓伟病死，玄令桓修继任。从事中郎曹靖之说玄道："谦修兄弟，专据内外，权势太重，不可不防。"玄乃令南郡相桓石康为荆州刺史，石康为玄从弟，仍系桓氏亲属，曹靖之徒费唇舌，反多为桓氏增一羽翼罢了。侍中殷仲文，散骑常侍卞范之，为玄心腹，密劝玄早日受禅，且由仲文起草，代撰九锡文及册命，玄当然心喜。朝右大臣，统是玄党，便即迫安帝下诏，册命玄为相国，总百揆，晋封楚王，领南郡南平宜都天门零陵营阳桂阳衡阳义平十郡，加九锡典礼，得置丞相以下官属。桓谦进任卫将军，录尚书事。王谧为中书监，领司徒，桓胤为中书令，桓修为抚军大将军。

时刘裕为彭城内史，修因召裕密问道："楚王勋德崇隆，中外属望，闻朝廷将俯顺人情，仿行揖让故事，卿意以为何如？"裕应声道："楚王为宣武令嗣，温谥宣武，见前文。勋德盖世，宜膺大宝。况晋室衰弱，民望久移，乘运禅代，有何不可？"看到后文，实是请君入瓮。修欣然道："卿以为可，还有何人敢云不可呢？"裕暗笑而退。

新野人庾仄，为殷仲堪旧党，闻玄谋篡逆，即纠众袭击襄阳，逐走刺史冯该。当下辟地为坛，祭晋七庙祖灵，犒师誓众，传檄讨玄，也是汉翟义流亚，故特叙入。江陵震动。适值桓石康莅镇，引兵攻襄阳，仄出战败绩，奔投后秦。玄伪欲避嫌，自请归藩。桓修等入白安帝，请帝手诏慰留，安帝不得不从。玄又诈言钱塘临平湖忽开，江州有甘露下降，使百僚集贺庙堂，矫诏谓："相国至德，感格神祇，所以有此嘉瑞"云云。玄复自思前代受命，多得隐士，乃特征前朝高隐皇甫谧六世孙希之，为著作郎，又使希之固辞不就，然后下诏旌礼，号为高士，时人讥为充隐。都人士有法书好画，及佳园美宅，必为玄所垂涎，尝诱令赌博，使作孤注，得胜便取为己有。生平尤爱珠玉，玩不释手，至逆谋已成，遂假传内旨，加玄冕十有二旒，建天子旌旗，出警入跸，车驾六马，乐舞八佾，妃得称王后，世子得称太子。卞范之便代草禅诏，迫令临川王司马宝，持入宫中，胁安帝照文誊录，盖用御印，当即发出。越宿，逼帝临轩，交出玺绶，遣令司徒王谧赍给楚王，复徙帝出居永安宫。又越宿，迁太庙神主至琅琊庙，逼何皇后系穆帝后，尝居永安宫。及琅琊王德文，出居司徒府。何皇后行过太庙，停舆恸哭，哀感路人；后来为玄所闻，勃然怒道："天下禅代，不自我始，与何氏妇女何涉，乃无端妄哭呢？"你既要笑，何后怎得不哭？

王谧既将玺绶献玄，百官又统至姑孰，联名劝进。玄命在九井山北，筑起受禅台来，便于元兴二年十二月朔旦，僭即帝位，改国号楚，纪元永始，废安帝为平固王，王皇后为平固王妃，降何后为零陵县君。琅琊王德文为石阳公，武陵王遵为彭泽县侯，追尊父温为宣武皇帝，母南康公主为宣皇后，封子昇为豫章王。余如桓氏子弟族党，一律封赏，大为王，次为公，又次为侯。过了数日，玄乘法驾，设卤簿，驰入建康宫。途中适遇逆风，旌旗皆偃，及登殿升座，猛听得豁喇一声，御座陷落，好似有人在后推玄，险些儿跌将下来。小子走笔至此，因随书一诗道：

> 唐虞禅位传文德，汉魏开基本武功。
> 功德两亏谋盗国，任他狡猾总成空。

究竟玄曾否跌下，待至下回续表。

会稽父子，相继为恶，实为东晋厉阶。桓玄之起兵作乱，祸实启于元显一人，而道子之不能制子，亦宁得谓其无咎？故元显之枭首，与道子之鸩死，理有应得，无足怪也。唯刘牢之欲收鹬蚌之利，卒死于桓玄之手，党恶亡身，欲巧反拙，天下之专图利己者，其亦可自返乎？桓玄才智，不及乃父，徒乘晋室之衰，遍树族党，窃人家国，彼方以为人可欺，天亦可欺，篡逆诈夺，任所欲为，庸讵知冥漠之中，固自有主宰在耶？盖观于逆风之阻，御座之倾，而已知天意之诛玄矣。

第二十二回

贤孟妇助夫举义
勇刘军败贼入都

　　却说桓玄上登御座，忽致陷落，几乎跌下。左右慌忙扶住，才得站住。群下统皆失色，独殷仲文向前道："这是圣德深厚，地不能载，所以致此。"<small>亏他善谀。</small>玄乃易惊为喜，出殿还宫，徙安帝出居寻阳，纳桓温神主于太庙中，立妻刘氏为皇后。散骑常侍徐广，请依据晋典，建立七庙。玄自以为祖彝以上，名位未显，不欲追尊，但诡词辩驳道："礼云三昭三穆，与太祖为七，是太祖应为庙主，昭穆皆在太祖以下。近如晋室太庙，宣帝反列在昭穆中，次序错乱，怎得奉为定法呢？"广乃默然退出，适遇秘书监卞承之，述及前言。承之喟然道："宗庙祭祀，上不及祖，眼见是楚德不长了。"<small>桓彝忠晋，桓玄篡晋，祖孙志趣不同，无怪玄之不愿追尊。承之谓楚德不长，岂尊祖便能长久么？</small>

　　玄性苛细，好自矜伐，朝令暮更，群下无所适从，遂致奏案停积，纪纲不治；惟素好游畋，日必数出。兄伟葬日，且哭晚游。且出入未尝预告，一经命驾，传呼严促，侍从奔走不暇，稍或迟慢，即遭斥责，所以众情咸贰，怨气盈廷。玄心中也不自安，时常戒备。一夕，有涛水涌至石头城下，奔腾澎湃，突如其来，岸上人不及奔避，多被狂涛卷去，顿时天昏地暗，鬼哭神号。玄在建康宫中，也有声浪传到，矍然惊起道："敢是奴辈发作么，如何是好？"说着，即命左右出外探听。及接得还报，方知巨涛为祟，才得放心。

寻遣使至益州，加封刺史毛璩为散骑常侍，兼左将军。璩不肯服玄，竟将来使拘住，扯碎玄书。因授桓希为梁州刺史，令他分派诸将，调戍三巴，严防毛璩。璩索性传檄远近，列玄罪状，慷慨誓师，克日东讨。**仿佛似雷声一震。**当下遣巴东太守柳约之，建平太守罗述，征虏司马甄季之，会攻桓希，大得胜仗，遂引兵进屯白帝城。玄又命桓弘为青州刺史，镇守广陵，刁逵为豫州刺史，镇守历阳。弘令青州主簿孟昶，入都报政，玄见他词态雍容，很加器重，便语侍臣刘迈道："素士中得一尚书郎，与卿同一州里，卿可相识否？"迈与昶皆下邳人，素不相悦，至是即应声道："臣在京口，不闻昶有异能，但闻他父子纷纷，互相赠诗哩。"玄付诸一笑，乃遣昶仍返青州。昶行至京口，正与刘裕相遇，彼此叙谈，颇觉投机。裕笑语道："草泽间当有英雄崛起，卿可闻知否？"昶接口道："今日英雄为谁，想便应属卿了。"看官听说，昶因刘迈从中媒孽，隐怀愤恨，所以见了刘裕，乐得乘间挑衅，要他去做个冲锋，推倒桓玄。

裕乃与昶共议匡复方法，当时有好几处机会，可以联络，一是弘农太守王元德，与弟仲德皆有大志，不服桓玄，此时卸职入都，正好使他内应。还有前河内太守辛扈兴，振威将军童厚之，亦寓居建康，与裕素有往来，亦可密令起应元德，做个帮手；二是裕弟道规，方为青州中兵参军，正好使他暗袭桓弘，当令孟昶还白道规，佐以沛人刘毅合同举事；三是豫州参军诸葛长民，也是裕一个密友，正好使他同时举发，袭取豫州刺史刁逵，据住历阳。安排已定，便分头通知。

孟昶立即辞行，返至青州，即向妻周氏说道："刘迈在都中毁我，使我一生沦落，我决当发难，与卿离绝，倘然得遇富贵，迎汝未迟。"周氏接口道："君有父母在堂，理应奉养，今君欲建立奇功，亦非妇人所能谏阻，万一不成，当由妾谨事舅姑，死生与共，义无归志，请君不必多心。"**好妇人。**昶沉吟多时，欲言不言，因抽身起座，意欲外出。周氏已瞧破情形，抱儿呼昶，复令返座道："看君举措，并非欲谋及妇人，不过欲得我财物呢。"说着，又指怀中儿示昶道："此儿如可质钱，亦所不惜。"昶乃起谢。原来周氏多财，积蓄颇饶，至此遂倾资给昶，昶得与刘道规等联同一气，相机下手，一面预报刘裕。裕与何无忌同居京口，无忌尝思为舅复仇，当然与裕同志，事必预谋。裕既决计起兵，令无忌夜草檄文，无忌母为刘牢之姊，从旁瞧着，不禁流涕道："我不及东海吕母，王莽时人，见《汉书》。汝能行此，还有何恨？"随即问同谋为谁？无忌答称刘裕。母大喜道："得裕为主，桓玄必灭了。"孟昶有妻，何无忌有母，却是无独有偶。

过了两日，无忌偕裕出行，托词游猎，号召义徒，共得百余名，就中选得志士二十人，使充前队，自己冒作敕使，一骑当先，扬鞭入丹徒城。徐兖二州刺史桓修，闻有敕使到来，便出署相迎。兜头遇着无忌，正要启问，偏被无忌顺手一刀，头随刀落，当下大呼讨逆，众皆骇散。刘裕得无忌捷报，即驰入府舍，揭榜安民，片时已定。当将桓修棺殓，埋葬城外。召东莞人刘穆之为府主簿，穆之直任不辞。徐州司马刁弘，得知丹徒有变，方率文武佐吏，来探虚实。裕登城与语道："郭江州指前刺史郭昶之。已奉乘舆，反正寻阳，我等并奉密诏，诛除逆党，今日贼玄首级，已当枭示大众，诸君皆大晋臣子，来此何干？"弘等闻言，信以为真，当即退去。适值孟昶刘毅刘道规，诱杀桓弘，收众渡江，来会刘裕。裕令刘毅追袭刁弘，杀死了事。

青徐兖三州已经略定，只有建康及豫州二路，尚未发作。裕令毅作书报告乃兄，乃兄就是刘迈，得了毅书，踌躇未决。致书人周安穆，见迈怀疑，恐谋泄罹祸，匆匆告归。迈正受玄命为竟陵太守，意欲贪夜出行，冀得避难，忽由桓玄与书，谓："北府人情云何？卿近见刘裕，彼作何词？"迈阅书后，还道玄已察裕谋，竟默然待旦，自行出首。玄顿觉大惊，面封迈为重安侯，立饬卫兵出宫，收捕王元德辛扈兴童厚之等，骈戮市曹。已而有人向玄谮迈，谓迈纵归周安穆，不免同谋。玄遂收迈下狱，亦处死刑。迈亦该死。

那刘裕已为众所推，作为盟主，总督徐州军事，用孟昶为长史，檀凭之为司马，当下号召徐兖二州众士，得一千七百人，出次竹里，传檄远近，声讨桓玄。玄因命扬州刺史桓谦为征讨都督，并令侍中殷仲文，代桓修为徐兖二州刺史，会同拒裕。谦请发兵急击，玄皱眉道："彼众甚锐，向我致死，我若一挫，大事去了，不若屯兵覆舟山下，以逸待劳，彼空行至二百里，无从一战，锐气必挫。忽见我大军屯守，势必却顾，我再按兵坚垒，勿与交锋，使彼求战不得，自然散去，这乃是今日的上计哩。"谦尚执定前议，仍然固请。玄乃请顿丘太守吴甫之，右卫将军皇甫敷，北击裕军。各军陆续出发，玄心下还带着惊慌，绕行宫中，徬徨不定。左右从旁劝慰道："裕等不过乌合，势必无成，至尊何必多虑？"玄摇言道："裕乃当世英雄，刘毅家无担石，樗蒱且一掷百万，何无忌酷似彼舅，共举大事，何谓无成？"说至此，又忆从前不听妻言，懊怅不置。原来裕为彭城内史，曾在桓修麾下，兼充中书参军。修尝入都谒玄，裕亦从行。玄见裕风骨不凡，称为奇杰，待遇甚优，每值宴会，必召裕入座。玄妻刘氏，从屏后窥见裕貌，谓裕龙行虎步，瞻顾非凡，将来必不可制，因劝玄趁早除裕。玄欲倚裕为助，故终不见从，谁知裕还京口，果然纠众发难，做了桓玄的对头，玄怎得不悔？怎得不恨？但已是无及了。*刘寄奴王者不死，蛇神且无如之何，玄夫妇怎能死裕。*

刘裕率军径进，攻克京口，用朱龄石为建武参军。龄石父绰，曾为桓冲属吏，至是龄石虽受裕命，自言受桓氏厚恩，不欲推刃。裕叹为义士，但令随着后队，不使前驱。行至江乘，正值玄将吴甫之，引兵杀来。甫之向称骁勇，全不把刘裕放在眼中，拍马直前，挺槊急进。裕军前队，却被拨落数人，正在杀得兴起，蓦有一将驰至，厉声大呼道："吴甫之敢来送死吗？"甫之未曾细瞧，已被来将大刀一劈，剁落马下。看官道是何人？原来就是刘裕。裕乘甫之不备，把他劈死，便即杀散余众，进军罗落桥。对面有敌阵列着，乃是玄将皇甫敷。裕又欲亲出接战，独司马檀凭之，纵马先出，与敷交锋，战了数十回合，凭之力怯，一个失手，为敷刺死。裕不禁大怒，自出接仗，敷素闻裕名，不敢轻与交手，唯麾众围裕，绕裕数重。裕毫不畏缩，倚着大树，与敷力战。敷呼裕道："汝欲作何死？"说着，即拔戟刺裕。裕大喝一声，吓得敷倒退数步，不敢近前。可巧裕党共来救应，击破敷众，敷解围欲走，裕令军士一齐放箭，射中敷额，敷遇创仆地，裕持刀直前，将要杀敷，但听敷凄声语道："君得天命，敷应受死，唯愿以子孙为托。"裕一面允诺，一面下手斩敷，随令军吏厚恤敷家，安抚孤寡，示不食言。且因檀凭之战死军中，特令他从子檀祇，代领遗众，仍然进薄建康。

桓玄闻二将战死，越觉惊心，忙召诸术士推算吉凶，并为厌胜诅咒诸术，并问及群臣道："朕难道就此败亡么？"群臣皆不敢发言。独吏部郎曹靖之抗声道："民怨神怨，臣实寒心。"玄矍然道："民或生怨，神有何怨？"靖之道："晋氏宗庙，飘泊江滨，大楚祭不及祖，怎得不怒？"玄又道："卿何不先谏？"靖之道："辇下君子，统说是时逢尧舜，臣何敢多言。"玄无词可答，只长叹了好几声。*威风扫尽。*寻使桓谦出屯东陵，卞范之出屯覆舟山西，共合二万人。裕至覆舟山东，使军士饱餐，弃去余粮，期在必死，先令老弱残兵，登高张旗，作为疑兵，然后与刘毅等分作数队，突进谦阵。毅与裕俱身先士卒，拚死直前，将士亦踊跃随上，喊声动地。适有大风从东北吹来，裕军正在上风，便放起一把火来，火随风势，风助火威，烧得桓谦部下，都变了焦头烂额的活鬼，那里还敢恋战，纷纷大溃。谦与范之，也一溜烟似的跑去，苟延生命。

玄因两军交战，时遣侦骑探报，侦骑见了疑兵，即返报裕军四塞，不知多少。玄亟遣武卫将军庾赜之，带领精兵，往援谦军，暗中却使领军将军殷仲文，至石头城预备船只，以便逃走。忽有探马踉跄入报，说是桓谦卞范之两军，俱已败溃。玄忙集亲信数千人，仓皇出奔，口中还声言赴战，挈同子昇及兄子濬，出南掖门。适遇前相国参军胡藩，叩马谏阻道："今羽林射手，尚有八百，非亲即故，彼受陛下累世厚恩，应肯效力，乃不驱令一战，偏舍此他去，究竟何处可以安身？"玄不暇对答，但用鞭向天一指，便即策马西走。驰至石头，见仲文已备齐船只，即下船驶行。船中未曾备粮，经日不食。及驶至百里外，方从岸上觅得粗粝，刈苇为炊，大众才得一饱。玄勉强取食，咽不能下，由子昇代为抚胸，惹得玄涕泣俱下，复恐追兵到来，径往寻阳去了。

唯建康城内，已无主子，司徒王谧等，当然背玄，迎裕入都。王仲德抱元德子方回，出城候裕。裕接见后，便将方回抱入怀中，与仲德对哭一场，面授仲德为中兵参军，追赠元德为给事中，然后将方回缴还仲德，引兵驰入都中。越日，移屯石头城，设立留台，令百官照常办事，取出桓温神主，至宣阳门外毁去，另造晋室新主，奉入太庙。又派刘毅等追玄，所有桓氏族党，留居建康，尽行捕诛。再使部将臧熹入宫检收图书器物，封闭府库，熹一一敛贮，毫无所私。裕乃倡言迎驾，使尚书王嘏，率百官往寻阳，迎还安帝。嘏与百官奉令去讫，唯王谧居守留台，推裕领扬州军事。裕一再固辞，让谧为扬州刺史，仍领司徒，兼官侍中，录尚书事。谧复推裕都督扬徐兖豫青冀幽并八州，领徐州刺史，裕即受任不辞。辞扬州而不辞八州，其意可知。当下令毅为青州刺史，何无忌为琅琊内史，孟昶为丹阳尹，刘道规为义昌太守。凡军国处置，俱委任刘穆之，仓猝办定，无不就绪，朝野翕然。只诸葛长民前与裕约，谋据历阳，事尚未发，为刺史刁逵所闻，将他拘住，槛送建康。行亚当利，闻得桓玄出走，建康已属刘裕，解差乐得用情，破槛放出长民，还趋历阳。历阳兵民，乘机反正，逐去刺史刁逵，逵弃城出走，正与长民相值，再经城中兵士追来，无从逃避，只好下马受缚，由他解送石头，一刀处死。子侄等亦皆骈戮，唯季弟给事中刁聘，幸得赦免。裕令魏咏之为豫州刺史，镇守历阳，诸葛长民为宣城内史。先是裕少年微贱，轻狡无行，名流多不与往来，唯王谧素来重裕，尝语裕道："卿当为一代英雄。"裕亦因此自负。会与刁逵赌博，输资不偿，逵缚诸树上，责令还值，嗣由谧代为偿还，方得释裕。裕感谧愈深，恨逵亦愈甚，至是酬恩报怨，才得伸志。唯桓玄篡位时，谧实助玄为虐，手解安帝玺绶，献与桓玄。见前回。时论皆不直王谧，谓宜声罪伏诛，独裕力为保全，谧才得无恙。因私废公，终属非是。

桓玄奔至寻阳，将要息肩，闻得刘毅等又复追来，他急胁迫安帝兄弟，及何王二后，乘舟西行。安帝被徙寻阳，事见上文。留龙骧将军何澹之，与前将军郭铨，刺史郭昶之等，堵仗溢口。刘毅等不能前进，尚书王皛等，无从迎驾，只好还报刘裕。裕乃托称受帝密诏，迎武陵王司马遵为大将军，暂居东宫，承制行事。遵父名晞，就是元帝第四子，受封武陵，由遵袭爵，留官建康，任中领军。桓玄篡位，降遵为彭泽侯，勒令就镇。遵甫出石头，裕军已至，乃退还就第，此时总摄百揆，称制大赦，唯桓玄一族，不在赦例。可巧刘敬宣司马休之，自南燕奔归，遂令休之领荆州刺史，监督荆益梁宁秦雍六州军事，敬宣为晋陵太守。他两人奔往南燕时，曾与刘轨高雅之同行，见前回。后欲密图南燕王慕容备德，事泄南奔，轨与雅之被南燕兵追斩，独休之敬宣得脱，还为晋臣。休之奉命赴镇，但此时的荆州，尚为桓石康所据，怎肯让与休之，再加桓玄自寻阳奔赴，当然迎纳桓玄，与晋反抗。玄仍称楚帝，即以江陵为楚都，眼见得桓玄虽败，还有一片尾声。小子有诗咏道：

石头城内庆安全，半壁江山得少延。
只有荆襄还未靖，尚劳兵甲扫残烟。

欲知江陵如何攻克，待至下回再表。

刘裕起兵讨玄，主谋者实为孟昶，昶之怂恿刘裕，为私怨而发，非真知有公义也。观其对妻之言，全为刘迈一人，而周氏独能倾囊相助。且谓义无归志，彼知从夫之义，宁不能知报国之忠，其所由慨然给资者，正欲昶之乘间除逆耳。周氏诚贤矣哉！本回特举以标目。所以扬巾帼，愧须眉也。何无忌母，为弟复仇，犹其次焉者耳。刘裕一举，桓氏瓦解，师直为壮，曲为老，复得裕以统率之，何患不成？玄之惧裕，譬诸贼胆心虚，不寒自栗耳。然裕诛刁逵而不诛王谧，裕已第知有私，不知有晋矣，宁待篡位而始见裕之心哉？

第二十三回

截江洲冯迁诛逆首
陷成都谯纵害疆臣

却说桓玄退居江陵，仍称楚帝，署置百官，用卞范之为尚书仆射，倚作心腹，自恐奔败以后，威令不行，乃更加严刑罚，好杀示威。殷仲文劝玄从宽，玄发怒道："今因诸将失律，天文不利，故还都旧楚。今群小纷纷，妄兴异议，方当严刑惩治，奈何反说从宽呢？"仲文不便再劝，只好退出。玄兄子歆，贿结氐帅杨秋，进寇历阳，为魏咏之诸葛长民刘敬宣等击败，追至练固，将秋杀毙。玄再使武卫将军庾雅祖，江夏太守桓道恭，率数千人助何澹之，共守溢口。*见前回。*晋将何无忌刘道规，引兵至桑落洲，与澹之等乘舟交战。澹之平时的坐船，羽仪旗帜，很是辉煌，无忌语众将道："澹之必不居此，无非虚张声势，摇惑我军，我当先夺此船。"众将道："澹之既不在此船，就使夺得，也属无益。"无忌道："彼众我寡，胜负难料，澹之既不居此船，战士必弱，我用劲兵往攻，定可夺取，夺取以后，彼衰我盛，乘势追击，破贼无疑了。"*以实攻虚，也是一策。*道规也以为然，遂遣精兵往攻。船中果无健将，立被晋兵夺来。无忌即令军士传呼道："我军已擒得何澹之了。"*是谓以虚欺实。*澹之军中，闻声大惊，自相哗扰。就是晋军也道是已得澹之，勇气百倍，当由无忌道规，麾军进攻澹之等。澹之各军，已经气夺，怎禁得晋军猛扑，奋勇杀来，顿时逃的逃，死的死，澹之等一齐遁去。无忌道规，得驶入溢口，进屯寻阳，取得晋宗庙主祐，奉还京师。

桓玄接得澹之等败报，复大集荆州士卒，得众二万人，楼船数百艘，再挟安帝东下，亲来督战。使散骑常侍徐放先行，入说刘裕等道："若能旋军散甲，当共同更始，各授爵位，令不失职。"裕等当然不从，更拨青州刺史刘毅，及下邳太守孟怀玉，会师寻阳，与何无忌刘道规两军，西出拒玄。两军相遇峥嵘洲，毅军尚不满万人，见玄军军容甚盛，各有惧色，意欲退还寻阳。独刘道规挺身道："行军全在气势，不在多寡，今欲畏怯不进，必为所乘，就使得返寻阳，亦岂遂能固守？玄虽外示声威，内实恇怯，并且前次已经奔败，众无固志，临机决胜，在此一举，怕他什么！"说着，即麾众前进，毅等乃鼓棹随行。两下方才交锋，忽江面刮起一阵大风，吹向玄舟，道规大喜，即令军士纵火，顺风烧贼。毅等亦助薪扬威，烟焰迷蒙，统望玄舟扑去。玄众本无斗志，再加大火冲来，船多被焚，哪里还敢对敌，当下散舟大溃。玄坐舫边备有小舸，慌忙挟帝换船，飞桨西走。时何王二后，亦被玄胁令从军，避火乱奔，行至巴陵，殷仲文收集散卒，背叛桓玄，奉二后奔往夏口，旋即东入建康。唯桓玄挟住安帝，再返江陵，玄将冯该，请再整兵拒战，无如人情离沮，号令不行。玄不得已乘夜出走，欲奔汉中，往依梁州刺史桓希。甫至城闉，忽暗中有数人闪出，持刀斫玄。玄手下尚有心腹百余人，慌忙代玄格住，玄才得免伤。彼此互相刺击，天又昏黑，不能细辨，但乱杀了一回，徒落得肝脑涂地，尸首塞途。玄单骑逃出，幸得下船，待了片刻，唯卞范之踉跄奔来，尚有嬖人丁仙期万盖等，也随后趋至，偕玄西行。*好算是桓玄患难朋友。*安帝才免挟去，由荆州别驾王康产，奉帝入南郡府舍。南郡太守王腾之，率领文武，为帝侍卫。琅琊王德文，始终随着安帝，不离左右。安帝至此，才觉惊魂粗定，稍安寝食了。*慢着。*

益州刺史毛璩，前曾移檄讨玄，因为桓希所阻，未曾东下。*事见前回。*有侄修之，为汉中屯骑校尉，与璩交通，他闻玄战败西奔，正好设法除奸，便亲诣玄舟，诈言蜀地无恙，不妨前往。玄已如漏网鱼，脱笼鸟，但教有路可奔，无不愿行，再加子侄辈陆续奔集，船中也有数十人，乐得一同西往，权寻一个安身窠。*日暮途穷，还想择地安身么？*适宁州刺史毛璠，在任病殁，璠系璩弟，由璩遣从孙毛祐之，及参军费恬，督护冯迁等，护丧归江陵，道出枚回洲，正与桓玄遇着。两边俱系舟行，祐之眼快，看见玄坐在舟中，便遥问道："逆贼何往？"一声喝着，舟中竞起，统弯弓放箭，射向玄舟。玄惊慌得很，嬖人丁仙期万盖，挺身蔽玄，俱被射死。益州督护冯迁，索性督同壮士，跃过玄舟，持刀径入。玄战声道："汝，汝何人？敢杀天子？"迁应声道："我来杀天子的贼臣。"道声未绝，刀光一闪，已将玄首劈下。玄子昇忙来救护，已是不及，反被冯迁等打倒，捆绑起来。毛祐之费恬等，一齐到玄舟中，劈死桓石康桓濬，唯卞范之凫水逃去。毛修之持了玄首，毛祐之锁住桓昇，同赴江陵，即遣人迎入安帝，暂借江陵为行宫，下诏大赦。唯桓氏不赦，命将桓昇牵出市曹，一刀斩讫。进毛修之为骁骑将军，余亦封赏有差，一面传送玄首，悬示大桁。

刘毅等闻乘舆反正，总道江陵已平，不必速进，且连日为逆风所阻，未便行舟，所以沿途逗留。哪知死灰复燃，余孽再炽。玄从子桓振，自华容浦纠众出来，掩袭江陵城。桓谦本避匿沮中，也聚党应振，众又逾千。江陵空虚，只有王康产王腾之守着，蓦被桓振等陷入，慌忙抵敌，已是不及，两人相继战死。桓振跃马操戈，直入行宫，向安帝追索桓昇，张目奋须道："臣门户何负国家，乃屠灭至此？"安帝面如土色，连一句话都说不出来。还是琅琊王德文，从旁代答道："这岂我兄弟本意么！"语亦可怜。振尚不肯敛手，奋戈指帝。可巧桓谦驰入，斥振无礼，苦加禁阻。振乃敛容下马，再拜而出。越宿为玄发丧，伪谥武悼皇帝。又过一宵，桓谦等率领群臣，奉还玺绶，且上言道："主上法尧禅舜，德媲唐虞，今楚祚不终，民心仍还向晋室，谨将玺绶奉缴，借副众望。"琅琊王德文，接了玺绶，交与安帝，又不得不婉言羁縻，令他退候诏旨，谦等奉命退出。未几，即有诏命颁发，授德文为徐州刺史，桓振为荆州刺史，都督八郡军事，桓谦复为侍中卫将军，加江豫二州刺史。于是桓氏又得专政，侍御左右，皆振爪牙。振少时无赖，为玄所嫉，至是振叹息道："我叔父不早用我，遂致败亡；若使叔父尚在，我为前锋，天下已早定了。今局居此地，果将何归？看来是不能久持呢。"颇有自知之明。谦劝振引兵东下，自守江陵。振方纵情酒色，肆行杀戮，欲安享几日的威福，怎肯再行赴敌？谦只得招募徒众，出堵马头，使桓蔚往戍龙泉。

刘毅、何无忌、刘道规等，接得江陵警耗，方鼓行西进，击破桓谦，又分兵再破桓蔚，兵势大振。无忌欲乘胜直趋江陵，道规谏阻道："兵法屈伸有时，不可轻进。诸桓世居西楚，群小皆为竭力，振又勇冠三军，难与交锋，今且息兵养锐，佯为示弱，待他骄怠，不患不胜。"无忌不从，引军直进。桓振果倾众出战。冯该、卞范之等，又先后趋集，与无忌交战灵溪。无忌抵挡不住，前队多死，没奈何退保寻阳，与刘毅等上笺请罪。刘裕仍命毅节度诸军，唯夺去青州刺史官职。毅整署兵甲，修缮船械，再图西进。刘敬宣豫储粮食，拨给各军，所以无忌等虽然败退，不致大挫。休养数日，复从寻阳出发，前往复口。桓振遣冯该守东岸，孟山图据鲁山城，桓仙客守偃月垒。共计万人，水陆互援。刘毅攻孟山图，道规攻偃月垒，无忌遏住中流，抵御冯该，自辰至午，晋军大胜，擒住山图仙客，独冯该走往石城。毅等进拔巴陵，军令严整，不准侵掠，百姓安堵如常。

刘裕复命毅为兖州刺史，规复江陵。时益州刺史毛璩，从白帝城引兵出发，袭破汉中，得诛桓希。桓氏势力日蹙，唯荆襄尚为所据。桓振令桓蔚驻守襄阳，勉强过了残年。一交正月，南阳太守鲁宗之，起兵讨逆，掩入襄阳城。桓蔚走还江陵，刘毅并集各军，再攻马头。桓振挟安帝出屯江津，遣使求割江荆二州，然后送还天子。刘毅不许。振正欲拒战，不防鲁宗之杀入柞溪，击破振将桓楷，进驻纪南。振不得不还防宗之，留桓谦冯该卞范之守住江陵，监视安帝兄弟。谦令冯该堵截豫章口，为刘毅等所击败，再奔石城。毅等直至江陵城下，纵火焚门，谦等弃城西遁。唯卞范之迟走一步，被晋军拦住，拿下处斩。随即扑灭余火，麾军入城。卞范之到此才死，总算桓氏的异姓忠臣。桓振到了纪南，杀退鲁宗之军，返救江陵，途中望见火起，料知城已被陷，部众溃散，振无路可归，逃往涢川。安帝再得正位，改元义熙，复下赦诏，唯桓氏仍不得赦。前丰城公桓冲，有功王室，特赦免冲孙胤一人，徙居新安。进刘毅为冠军将军，所有行宫政令，悉归毅主持。授鲁宗之为雍州刺史，毛璩为征西将军，都督益梁秦凉宁五州军事。璩弟瑾为梁秦二州刺史，瑗为宁州刺史，遣建威将军刘怀肃，追剿桓氏余党，阵斩冯该。桓谦桓蔚桓楷何澹之等，都西奔后秦。

会建康留台，备齐法驾，来迎安帝。何无忌奉帝东还，留刘毅刘道规居守夏口，江陵归荆州刺史司马休之入守，不意桓振再收遗众，又从涢川进袭江陵。司马休之未曾豫备，仓皇出敌，吃了一个败仗，奔往襄阳。振再入江陵，自称荆州刺史。建威将军刘怀肃，急引军救江陵城，刘毅又遣广武将军唐兴为助，夹攻桓振。振出战沙桥，还靠着一把大刀，盘旋飞舞，乱劈晋军。怀肃素知桓振厉害，早备着强弓硬箭，与他对敌，兵刃初交，便令军士弯弓迭射，箭如骤雨一般。振众死了一半，逃去一半，那时振亦没法支持，拍马欲逃，偏偏马已中箭，掀倒地上，振亦坠马。怀肃急抢前一步，手起刀落，把振剁作两段。桓氏后起悍将，至此才尽。江陵城当然夺还。

唯益州刺史征西将军毛璩，得了江陵再陷消息，集众三万，东出讨振。使弟瑗出外水，参军谯纵出涪江，偏蜀人不乐远征，多有怨言，纵将侯晖，与巴西人阳昧联谋，逼纵为主。纵不敢承受，自投水中，又为晖等捞起，再三固请，胁纵登车，往攻秦梁二州刺史毛瑾。瑾在涪城，闻变调兵，一时无从召集，即被侯晖等陷入，把瑾杀死，遂推纵为梁秦二州刺史。毛璩行至略城，才知纵等为乱，慌忙赶还成都。亟使参军王琼，率三千人讨纵，又令弟瑗领兵四千，作为后应。琼至广汉，适值侯晖引众拦阻，当由琼麾兵杀去，击毙晖众数十名，晖即引退。琼乘胜急追，瑗亦从后趋进，驰至绵竹，不意谯纵弟明子，奉了兄命，暗设两重伏兵，悄悄待着。琼陷入第一重伏中，尚然未觉，及深入第二重，前后胡哨大作，伏兵齐起，把琼困在垓心，琼拚命冲突，竟不得出。至毛瑗兵到，杀开血路，救琼出围，琼众已十死八九，就是毛瑗麾下，也战死了一半。瑗与琼奔还成都，侯晖谯明子等追至成都城下，日夕攻扑。益州营户李腾，潜开城门，引入外寇，毛璩及瑗，不及逃避，均为所戕。侯晖谯明子，遂据住成都，迎纵为主。纵令从弟洪为益州刺史，明子为征东将军，领巴州刺史，使率部众五千，出屯白帝城，于是全蜀大乱，汉中空虚。氐帅仇池公杨盛，得遣兄子杨抚，乘虚袭据汉中，余地多归入谯氏。晋廷方搜捕桓氏余孽，不遑西顾，谯纵得安然为成都王，霸占一隅了。**谯纵据蜀，不在十六国之列。**

且说晋安帝东还建康，留台诸官，诣阙待罪，有诏令一律复职，命琅琊王德文为大司马，武陵王遵为太保，刘裕为侍中，兼车骑将军，都督中外诸军事，领青徐二州刺史。刘毅为左将军，何无忌为右将军，分督扬州豫州诸军事。刘道规为辅国将军，督淮北诸军事。魏咏之为征虏将军，兼吴国内史。余官亦进职有差。唯刘裕固让不受，安帝还道他未足偿愿，优诏慰勉，再加裕录尚书事。裕又表辞，且恳请归藩。安帝复遣百僚敦劝，并亲幸裕第，面加劝谕，裕仍不受命，始终请调任外镇。**居心可知。**乃改授裕都督荆司梁益宁秦雍凉诸州军事，并前时扬徐等八州，合成十六州都督，驻守京口，裕始拜命而去。**已将东晋江山，一大半归诸掌握了。**

先是，刘毅尝为刘敬宣宁朔参军，时人或称毅为雄杰，独敬宣说他"内宽外忌，夸己轻人，将来得志，必致陵上取祸"云云。毅得闻此言，衔恨甚深。及敬宣因功加赏，擢任江州刺史，毅使人白裕道："敬宣未预义谋，授为郡守，已属过优，今超任至江州刺史，岂不令人骇愕么？"是即夸己轻人之一斑。裕却未依毅议。敬宣已稍有所闻，自请解职，乃召还为宣城内史。毅复与何无忌等，分讨桓氏余党，所有桓亮桓玄等遗孽，一概荡平。荆湘江豫四州，从此肃清。有诏命毅都督淮南五郡，无忌都督江东五郡，晋室粗安。唯永安何皇后自巴陵还都后，年已六十有六，累经跋涉，饱受虚惊，便即一病去世，追谥为章皇后。了结何后，笔不渗漏。当时，宫廷虽经丧乱，但大憝已除，人心自然思治，共望升平。唯有一个彭泽令陶潜，系是故大司马陶侃曾孙，表字元亮，一字渊明，独因郡中遣到督邮，县吏谓应束带出迎。潜慨然太息，谓不能为五斗米折腰，遂于义熙二年，解印去县，归隐栗里，自作《归去来辞》表明高志。后来诗酒自娱，屡征不起；到了刘宋开国，还去征召，仍然不就，竟得寿终，这也是危邦不居，无道则隐的意思。不没高士。小子有诗赞道：

摆脱尘缨且挂冠，何如归隐尚堪安。

北窗醉卧东皋啸，能效陶公始达观。

陶潜归隐，寓有深衷，实在是江左乱端，未曾平定，试看下回卢循等事，便可分晓。

桓玄无赫赫之功，足以名世，但乘会稽父子之乱政，阑入建康，窃取大位，其为舆情之不服也可知。刘裕刘毅何无忌等，奋臂一呼，玄即败溃，始则犹挟安帝为奇货，及一失所挟，即被诛于枚回洲。计其僭位之期，不过半年，其亡也忽，谁曰不宜？论者谓玄挟主而不敢弑主，至桓振再起，欲弑主矣，而卒为桓谦所阻，是桓氏犹有敬主之心，虽曰为逆，尚可少原。不知彼欲借主以逃死，并非活主以鸣恭，假使玄得在位一二年，安帝宁尚得再生乎？唯毛璩首先倡义，不愧为忠，至闻桓振复陷江陵，又率众东下，报主之心，可谓挚矣。乃其后卒为叛徒所戕，祸及灭门，忠而构难，是亦当与刘越石同一叹惜也。然观于谯纵之速亡，璩亦可无遗恨也乎？

渊明赏菊

第二十四回

贪女色吞针欺僧侣

戕妇翁拥众号天主

却说卢循侵掠海滨，连年未已，虽前应桓玄招抚，受职永嘉太守，仍然未肯敛锋。见八十九回。当时为刘裕堵击，一再败循，循弃去永嘉，浮海南走。及裕起义讨玄，循复转寇南海，攻陷番禺，执住广州刺史吴隐之，自称平南将军，摄广州事，使姊夫徐道复往袭始兴，掩入城中，把始兴相阮腆之拘住，于是，循据广州，道复据始兴。及安帝反正，得平逆党，循亦未免畏忌，乃使人入贡晋廷，窥探虚实。晋廷方欲休兵息民，无暇南讨，因令循为广州刺史，道复为始兴相。实属不当。循复贻刘裕益智粽，裕报以续命汤。前琅琊内史王诞，时在广州，为循所迫，令为平南长史。诞因说循道："诞未习戎旅，留此无用，不若遣诞北上。诞与刘镇军素来友善，前去必蒙委任，倘与将军交际，定当从中相助，仰答厚恩。"循颇以为然，正要使诞启行，忽接刘裕来书，令循释还吴隐之。循尚不肯从，诞复语循道："将军今留吴公，实非良策。孙伯符即孙策。岂不欲留华子鱼？即华歆。但一境不容二主，所以纵还，将军独未闻此义么？"好口才。循乃释出隐之，使与诞同还建康。裕因隐之既归，得休便休，奈何忘却阮腆之。且暂时羁縻卢徐，容后再图。小子亦暂搁循事，到后再表。

且说后秦主姚兴，自收纳吕隆后，应八十八回。闻西僧鸠摩罗什，道行甚高，也即遣人迎入，尊为国师，鸠摩罗什散见前文。令居西明阁及逍遥园，翻译佛经。罗什博通经典，所有西域梵音，无不熟诵，及见关中通行诸佛书，多半错谬，乃召集沙门僧睿僧肇等八百余人，传授奥旨，笔述经纶三百余卷。沙门慧睿，才识高明，尝随罗什传写，罗什每与慧睿详论西方辞体，商榷异同，且云："天竺国俗，甚重文制，大约以宫商声韵，可入管弦，最为美善，所以臣民觐见国王，必有赞德经中偈颂等，语皆叶调，无不谐音。唯因中土流传，多非大乘教旨。"因特撰实相论二卷，呈诸姚兴。兴奉若神明，亲率朝臣及沙门千余人，肃容静听。罗什登座谈经，从容演讲。一日讲了多时，忽下座白兴道："有二小儿登我肩上，致生欲障，不得不求御妇人。"兴欣然道："大师聪明超悟，海内无双，若一旦入定，怎可使法种无嗣呢？"因即罢讲还宫，拨遣宫女一人，使伴罗什住宿。罗什一与交媾，果生二子，嗣是不住僧房，别立廨舍。兴敬礼不衰，优加供给，更拨女使十名，为充服役。罗什得了众女，索性肉身说法，与结大欢喜缘。高僧亦如是耶。僧徒等从旁艳羡，免不得互相效尤，作狭邪游。罗什乃持出一钵，召语僧徒道："汝等能将钵内贮物，取食净尽，方可蓄养妻妾，否则不得效我。"僧徒听了，都向钵中瞧着，不禁咋舌。原来钵中并非他物，乃是七大八小的绣花针，当下无人敢食，面面相觑。罗什却举匕箸针，一一进食，好似食韭一般，到口便软，自然熔化。恐怕是遮眼术。僧徒等不禁叹服，方才敛迹，相戒淫游。佛子佛孙，想已有许多传出了。后来，罗什居秦九年，年已七十有四，自觉不适，因口出三番神咒，令外国弟子传诵，意图自救。偏是大命该绝，诵祷无灵，到了病危时候，与众僧诀别，但言"传译诸经，俱系真旨，当使焚身以后，舌不燋烂"云云。西俗向用火葬，故罗什留有此语。罗什既死，姚兴令在逍遥园中，依西域法，用火焚尸，薪灭形碎，唯舌尚存。僧肇为作诔文，说得罗什非常神悟，共计有数千言。小子不忍割爱，特节录诔词如下：

先觉登遐，灵风缅邈，通仙潜凝，应真冲漠。丛丛九流，是非竞作，悠悠盲子，神根沉溺。时无指南，谁识冥度？大人远觉，幽怀独悟。冲恬静默，抱此玄素，应期乘运，翔翼天路。既曰应运，宜当时望，受生乘利，形标奇相。禔祾俊远，龆龀逸量，思不再经，悟不待匠。投足八道，游神三向，玄根挺秀，宏音远唱。又以抗节，忽弃荣俗，从容道门，尊尚素朴。有典斯寻，有妙斯录，弘无自替，宗无拟族。霜结如冰，神安如岳，外迹弥高，内朗弥足。恢恢高韵，可模可因，愔愔冲怀，唯妙唯真。静以通玄，动以应人，言为世宝，默为时珍。华风既立，二教亦宾，谁谓道消？玄化玄新。自公之觉，道无不弘，灵风遐扇，逸响高腾。廓兹大力，燃斯慧镫，道音始唱，俗网以崩。痴棍弥拔，上善弥增，人之寓俗，其徒无方。统斯群有，纽兹颓纲，顺以四恩，降以慧霜。如彼维摩，迹参城坊，形虽圆应，神冲帝乡。来教虽妙，何足以臧？伟哉大人，振隆圆德。标此名相，显彼冲默，通以众妙，约以玄则。方隆般若，以应天北，如何运遭，幽里冥克。天路谁通？三途谁塞？呜呼哀哉！至人无为，而无不为，拥网遐笼，长途远羁。纯恩下钓，客旅上搞，恂恂善诱，肃肃风驰。道能易俗，化能移时，奈何昊天，摧此灵规？至真既往，一道莫施，天人哀泣，悲恸灵祇。呜呼哀哉！公之云亡，时维百六，道匠韬斤，梵轮摧轴。朝阳颓景，琼岳颠覆，宇宙昼昏，时丧道目。哀哀苍生，谁抚谁育？普天悲感，我增摧衄。呜呼哀哉！昔吾一时，曾游仁川，遵其余波，纂承虚玄。用之无穷，钻之弥坚，曜日绝尘，思加数年。微情未叙，已随化迁，如何赎今？贸之以干。时无可待，命无可延，唯身唯人，靡凭靡缘，驰怀罔极，情悲昊天。呜呼哀哉！

　　自从鸠摩罗什讲经以后，尚有道恒道标道融昙无成等，具为罗什高徒广传佛法。西僧佛陀耶舍，弗若多罗，及觉贤法明，亦开关入秦，与罗什辩疑析难，多所发明。秦人沿为风气，佞佛啮经，十居八九。姚兴迷信释氏，煦煦为仁。关中臣民，颇免刑虐。但小信未孚，大体已失，姚氏国运，已启衰机。佛教是一种哲学，究非治平之道。晋十六州都督刘裕，因桓氏余孽，奔入关中，恐他引秦入寇，特遣参军衡凯之，诣秦通好。秦亦遣吉默报聘，由是使节往来，东西不绝。裕复求南乡诸郡，兴慨然许诺。廷臣多半谏阻，兴遍谕道："天下善恶，彼此从同。刘裕拔萃起微，匡辅晋室，乃能讨平逆党，修明政治，这正是当世英雄，我何惜数郡土地，不成彼美呢？"这也是信佛所致。遂将南乡顺阳新野舞阴等十二郡，割与东晋。唯仇池公杨盛，附魏抗秦，兴乃遣陇西公姚硕德，及冠军将军徐洛生等，往伐仇池，连得胜仗。盛穷蹙乞降，遣子难当及僚佐等数十人，入质长安。兴因署盛为征南大将军益州牧，都督益宁二州军事，召硕德等还师。硕德为姚氏勋戚，独具忠忱，兴亦特别待遇，每见硕德，必具家人礼，语必称字，车马服御，赏给甚丰。至此硕德凯旋，顺道入觐，兴盛筵相待，欢宴数日。待硕德辞行返镇，兴亲送至雍，然后与别，这也是兴优礼勋戚的好处。一节之长，不忍略过。

是时，南凉王秃发利鹿孤，已早去世，由弟广武公傉檀嗣立，傉檀少时机警，颇有才略，乃父思复鞬，尝语诸子道："傉檀器识，非汝等所及。"因此乌孤传位利鹿孤，利鹿孤传位傉檀，兄终弟及，有吴子诸樊兄弟遗意。谁知傉檀竟至亡国，可见小时了了，大未必佳。傉檀既嗣兄位，自号凉王，迁居乐都，改元弘昌。他见姚秦势盛，不能不与为联络，因此上表秦廷，报称嗣立。秦主兴遣使册拜傉檀为车骑将军，封广武公。已而，傉檀欲得姑臧，特向秦格外输诚，自去年号，罢尚书丞郎官，乃遣参军关尚诣秦入贡。秦主兴与语道："车骑投诚献款，为国屏藩，今闻他擅兴兵众，自造大城，究属何意？"尚答道："王公设险守国，系是古来成制，预备不虞，试想车骑僻处遐藩，密迩勃寇，南方逆羌未宾，西方蒙逊跋扈，一或有失，不但危及车骑，并且有害大秦，陛下奈何反启猜嫌呢？"兴闻言始笑道："卿言甚是，朕不免错怪了。"尚归报傉檀，傉檀乘机用兵，使弟文支出破南羌，向秦告捷，并求凉州。姚兴不许，但加傉檀散骑常侍，增邑二千户。傉檀再发兵攻北凉，沮渠蒙逊登陴固守，傉檀芟割禾苗，掠得牲畜数千头，引兵退还。于是再遣使至秦，献马三千匹，羊二万口，复乞给凉州城。秦王兴以傉檀为忠，始命都督河右诸军事，进车骑大将军，领凉州刺史，镇守姑臧。召凉州留守王尚还长安。王尚守姑臧，见八十八回。

凉州人申屠英等，遣主簿胡威赴长安，请留王尚仍守凉州，兴不肯从，威流涕白兴道："臣州奉戴王化，迄今五年，仰恃陛下威德，良牧仁政，士民戮力固守，才得保全，陛下何故贱人贵畜，以臣等易马羊呢？若军国须马，但烦尚书一符，令臣州三千余户，各输一马，朝下夕办，并非难事。昔汉武倾天下财力，开拓河西，截断匈奴右臂，今陛下无故弃五郡士民，俾资暴虏，窃恐虏情狡诈，不但虐我百姓，且劳圣朝旰食呢。"说得有理。兴始有悔意，使人止住王尚，并谕令傉檀缓进，哪知傉檀已率众三万，倍道行至五涧，逼尚出城。尚不得已让去姑臧，自还长安，傉檀遂入姑臧城，就宣德堂宴集群僚，酒至半酣，仰视建筑，很觉崇闳，便感叹道："古人谓作者不居，居者不作，今果然了。"凉州故吏孟祎进言道："从前张文王指前凉张骏，张祚尝尊骏为文王。筑造城苑，缮治宫庙，无非欲传诸子孙，永垂久远，乃秦兵渡河，全州瓦解；梁熙据有此州，拥兵十万，丧师酒泉，亡身彭济，吕氏掩入，势可排山，称王西夏，再传以后，率土崩离，衔璧秦雍。事并见前。昔人有言，富贵无常，忽乱易人，此堂建设，已将百年，共历十有二主，大约信顺乃可久安，仁义才能永固，愿大王慎图远久，无间始终。"僇檀改容称谢，推为谠言。先令弟文支镇守姑臧，自还乐都，旋即迁居姑臧城，车服礼仪，统如王制，不过向秦称藩罢了。

先是魏主拓跋珪称帝，暂不立后，前文八十三回，叙述魏事未及立后，至此补足数语。珪本来好色，所得妃妾，不下十百，大都恃娇倚宠，想做一个正宫娘娘，无如旧不敌新，后来居上，那慕容宝的季女，被虏入魏，竟因年轻貌美，得宠专房。见八十一回。魏俗欲立皇后，必先范铜为像，像成乃得册立。慕容氏铸像适成，遂得立为魏后。约莫过了三五年，珪又想另选娇娃，特遣北部大人贺狄干，向秦求婚。秦王兴闻魏已立后，当然不从，且将贺狄干拘留，不令归魏。珪闻报大怒，便亲自督兵，出攻秦属没奕于诸部。当时，北狄有柔然国，为东胡苗裔，姓郁久闾氏，始祖名木骨闾，本为代王猗卢骑卒，遁匿广漠。子车鹿会勇武过人，始纠众立国，号为柔然。后裔社仑，正与拓跋珪同时，连结后秦，屡侵魏境，至是复援秦拒魏，为珪所破，远徙漠北，夺高车为根据地，自号豆代可汗，不劳琐叙。唯秦主兴也遣弟姚平，率兵攻魏平阳，陷入乾壁。珪移众击平，将平围住。平向兴乞援，兴自统兵往救，被珪邀击蒙坑，杀退兴军。姚平乃不得出围，粮竭矢尽，投水殉难。余将狄伯支等，尽被擒去。兴力不能救，举军恸哭，因遣使向魏请和。珪尚不许，且进攻蒲坂。守将姚绪，用了坚壁清野的计策，固垒扼守，珪无从抄掠，方才引还。嗣因柔然复盛，又为魏患，魏乃与秦通好，放还秦俘。秦亦遣归贺狄干，释怨罢兵，谁知反恼了一个降臣，恨秦通魏，居然叛秦自立，独霸一方。看官道是何人？原来是刘卫辰子勃勃。

卫辰为魏所灭，勃勃辗转入秦，奔依秦高平公没奕于。事见前文。没奕于妻以爱女，使谒姚兴。兴见他身高八尺，腰带十围，仪容伟岸，应对详明，禁不住暗暗称奇，便面授骁骑将军兼奉车都尉，所有军国大议，常使参谋。兴弟邕入谏道："勃勃天性不仁，未可轻近，愿陛下留意。"兴怫然道："勃勃有济世才，我方欲与平天下，何为见疏？"这叫做养虎自卫。寻命勃勃为安远将军，封阳川侯，使助没奕于镇高平。且令朔方杂夷，及卫辰遗众三万人，拨归勃勃节制，使他伺魏间隙，报复宿仇。姚邕复与兴固争，力言不可。兴又道："卿如何知他性气？"邕答道："勃勃奉上慢，御众残，贪暴无亲，轻为去就，如欲过宠，必为边害。"兴乃罢议。未几，复拜勃勃为安北将军，封五原公，配以三交五部鲜卑，及杂虏三万余落，使镇朔方。勃勃既得专方面，号令一隅，免不得暗蓄雄心，跃跃思逞。会闻秦魏通和，遂与秦有嫌，起了叛意。适值柔然部酋社仑，遣使贡秦，有马八千匹，路过大城，竟被勃勃截住，夺为己有。又复召集部众三万余人，伪猎高平川，诱令没奕于出会。没奕于以女夫入境，定无歹心，便即坦然相迎。不料勃勃生成戾性，不顾妇翁，竟暗嘱部众，刺死没奕于，并有高平部曲，众至数万。晋安帝义熙二年，便僭称天王大单于，建元龙升，署置百官，自谓系出匈奴，乃夏后氏苗裔，因以夏为国号。也列入十六国中。命长兄右地代为丞相，封代公，次兄力俟提为大将军，封魏公，弟阿利罗引为征南将军，兼司隶校尉。异姓依次授任，尊卑有差。当下出击鲜卑薛干等三部，收降万余人，复进攻三城以北诸戍垒。

三城为秦要塞，由秦将杨丕姚石生等守着，既闻勃勃来攻，当然督兵堵击。偏勃勃兵锋甚锐，势不可当，杨姚二将，连战失利，相继败亡。勃勃尚随地侵掠，不肯少休。部将请定都高平，自固根本，勃勃道："我新创大业，士众未多，姚兴亦一时英雄，诸将用命，未可骤图，我若专恃一城，彼必并力攻我，亡可立待，不如东西飚突，攻他无备，彼顾后必失前，顾前必失后，劳碌奔波，不战亦敝，我得游食自如，不出十年，岭北河东，可尽为我有。待兴既死，然后进攻长安，兴子泓庸弱小儿，怎能敌我？我自有擒他的计策。古时轩辕氏亦迁居无常，至二十多年，始定国都，何必以我为怪呢？"确是狡谋。部将相率拜服。勃勃遂攻秦岭北诸城，忽来忽去，害得诸城门终日关闭，白昼不开。种种警报，传入长安，秦主兴方自叹道："我不用黄儿言，致生此患，今已无及了。"小子有诗咏道：

> 狼性难驯本易知，献箴况复有黄儿。
> 如何不纳忠良语，坐昧先几后悔迟。

欲知黄儿为谁，且看下回便知。

观鸠摩罗什之所为，实是一种邪术，不足厕入高僧之列，否则六根已净，何致再生欲障，纳女生男。食针之举，特借此以欺人耳。吾尝谓佛图澄之入后赵，无救石氏之亡，鸠摩罗什之入后秦，反致姚氏之敝，释氏子之无益人国，已可概见。而鸠摩罗什之道行，且出佛图澄下，修己未能，遑问济人乎？姚兴自佞佛后，割南乡十二州以畀晋，弃凉州五郡以给南凉，皆误会佛氏舍身救人之义。而轻撤国防，至命赫连勃勃之镇朔方，尤为大误。勃勃胡种，与秦异族，狼子野心，岂宜重任？就使秦不和魏，亦必有反噬之忧，及僭号叛秦，侵轶岭北，而姚兴始有不用良言之悔，晚矣。

第二十五回

葬爱妻遇变丧身
立犹子临终传位

却说后秦主姚兴，连接岭北警报，始悔从前不听黄儿，黄儿就是姚邕小字，但此时已经无及，只好严饬边城防备。勃勃已杀死妇翁没奕于，不欲立妻为后，乃更遣使至南凉，向秃发傉檀乞婚。傉檀不许，勃勃遂率骑兵二万，进攻南凉。傉檀方与沮渠蒙逊互起战争，少胜多败，又遇勃勃来攻，慌忙移军阳武，与他对敌。勃勃气势方盛，所向无前，南凉兵已经战乏，怎能招架得住？一场角逐，傉檀大败，将佐死了十余人，兵士伤毙万余，自与散骑逃入南山，才得幸免。勃勃裒尸成丘，号为髑髅台；又大掠人民牲畜，满载而归。

时西秦主乞伏乾归，自苑川入朝后秦。姚兴闻他兵势寝强，恐将来不易制服，因留乾归为主客尚书，唯令他长子炽磐，署西夷校尉，监抚部众。傉檀阴欲背秦，曾遣使邀同炽磐，共图姚氏。炽磐杀死来使，传首长安。兴得炽磐报闻，方知傉檀已有贰心，非但不肯往援，且欲声罪致讨。傉檀大惧，急还姑臧，并将三百里内民居，悉数徙入，国中骇怨。屠各部内的成七儿，劫众谋叛，幸亏殿中都尉张猛，设法解散，骑将白路等追斩七儿，才得无事。寻又由军谘祭酒梁哀，辅国司马边宪等，潜图不轨，事泄被诛，这是南凉气运未终，所以还有此侥幸呢。暂作一结。

小子因后燕构乱，正在此时，不得不插叙慕容熙事，成一片段文章。回应八十八

167

回。慕容熙纳二符女，姊为昭仪，妹为皇后，宠爱得了不得。大兴土木，筑造宫室，最大的叫做龙腾苑，广袤十余里，役徒二万人，苑内架迭景云山，台广五百步，峰高十七丈；又建逍遥宫甘露殿，连房数百，观阁相交。熙与符氏两姊妹，朝游暮乐，快活异常，两女所言，无不依从，甚至刑赏大政，亦尝关白帷房，使她裁断，所以两女权力，几出熙上。会熙游城南，暂憩大柳树下，忽听树中有声发出，好似有人呼道："大王且止！大王且止！"熙甚觉骇异，即命卫士用斧伐树。树方劈开，忽有一大蛇蜿蜒出来，长约丈余，闪闪有光，当由卫士各用长槊，竞相攒刺，好多时才得刺死。维虺维蛇，女子之祥。大符女正随熙同行，见了这般大蛇，也觉惊心，迨还宫后，遂至精神恍惚，体态惝怳，过了数日，便一病不起，奄卧床中。龙城人王荣，自言能疗昭仪疾病，愿为诊治。熙忙使入视，开方进药，连服了两三剂，竟把这如花似玉的符昭仪，医得两眼翻白，一命呜呼。好一个医生。熙不胜悲愤，命将王荣拿下，责他妄言诞语，反使宠妾速亡，当下推出公车门，处以磔刑，支解四体，焚骨扬灰。庸医杀人，未尝无过，但何至犯此大罪？一面用后礼殡葬，追谥为愍皇后。熙经此悼亡，连日不欢，亏得宫中还有个小符女，本来是宠过乃姊，以小加大，此次从旁解劝，格外绸缪，方把那慕容熙的悲伤，渐渐地淡了下去。娥眉善妒，不问姊妹。熙固悼亡，安知小符女不暗地生欢？

　　光始四年冬季，光始系慕容熙年号，见前。东方的高句骊国，入寇燕郡，杀掠百余人。越年孟春，熙督兵东征，令符后从行。到了辽东，攻高句骊城，仰用冲车，俯凿地道，高下并进，守兵不遑抵御，几被陷入。熙遍号令军中道："待铲平寇城，朕当与后乘辇共入，休得着忙！"将士等得了此令，只好缓进，城内得严加堵塞，反致难下。会春寒加剧，雨雪霏霏，兵士多致冻僵，熙与符后披裘围炉，尚觉不温，只好引兵退还。辽西太守郝颜，供应不周，遂至黜责，并欲将颜处死。颜亡命为盗，侵掠人民。熙遣中常侍郭仲往讨，用了无数的兵力，才得斩颜。转瞬间又是暮冬，符后欲北往围猎，熙不得不依。出猎已毕，符后尚不肯还宫，劝熙北袭契丹，熙乃在塞外过年。元旦已过，即与符后进趋陉北，探得契丹兵戍，很是严密，料难进取，因拟收兵南归。偏符后不欲空行，定欲出些风头，得着战胜的荣誉，方肯回南，熙不忍违抗后旨，又未敢轻迫契丹，只好想出别法，改向东行，再袭高句骊。途中不便载重，索性将辎重弃去，但率轻骑东趋。军行三千余里，士马俱疲，又适遇着大雪，冻死累累，勉强行至木底城，攻打了一二旬，全然无效，夕阳公慕容云，身中流矢，因伤辞归，士卒亦无斗志，苻后兴亦垂尽，乃一并引还。妇人之误国也如此。

慕容宝子博陵公虔，上党公昭，皆为熙所忌，诬他谋反，相继赐死。又为苻后砌承华殿，高出承光殿一倍，负土培基，土与谷几至同价。宿卫典军杜静，载棺诣阙，上书极谏。熙怒令斩首，弃尸野中。苻后尝在季夏时，思食冻鱼脍，至仲冬时，思食生地黄。熙令有司采办，有司无从觅取，竟责他不奉诏命，辄置死刑。到了光始七年的元旦，复改元建始，大赦境内。太史丞梁延年，梦见月光散采，化为五白龙，就在梦寐中占验吉凶，谓："月为臣象，龙为君象，将来臣化为君的预兆。"说着，竟被鸡声唤醒，想了片刻，觉得梦象不虚，乃起语家人道："国运恐要垂尽了。"

已而由春历夏，苻后忽然遘疾，急得慕容熙眠食不安，遍求内外名医，多方疗治。偏偏昙花易散，好梦难圆，苄苕无灵，芙蕖竟萎。熙悲号擗踊，如丧考妣，且在尸旁陪着，终日不离，自朝至暮，抚尸大哭道："体已冷了，难道果就此绝命么？"道言未绝，竟至晕倒地上。好一个义夫。左右慌忙救护，过了多时，才得苏醒，不如就此死去，省得后来饮刀。还是哭泣不休，嘱令缓殓。时当孟夏，天气温和，尸身不致骤坏，停搁两日，左右屡请殓尸，方才允准。大殓已毕，盖棺移殿。熙不许移棺，还望她起死回生，再命左右启棺审视。说也奇怪，那尸体原是未朽，并且面色如生，仍然杏脸桃腮，红白相衬。熙亲为摩抚，看一回，哭一回，嗣复想入非非，俯下了首，与死后接一个吻。两口相交，禁不住欲火上炎，竟遣开左右，扒入棺内，俯压尸身，把她卸去下衣，演出一番独角戏。闻所未闻。好一歇才平欲火，仍复出棺，见尸身忽然变色，蓬蓬勃勃的臭气，熏将出来。熙方始避开，召入侍从，把棺盖下，自己斩衰食粥，就宫内设立灵位，令百僚依次哭灵；且暗令有司监视，凡哭后有泪，方为忠孝，若无泪即当加罪。于是群臣震惧，莫不含辛取泪，免受罪名。前高阳王慕容隆妻张氏，本为熙嫂，素美姿容，兼有巧思，熙将令为苻氏殉葬，特吹毛索瘢，把她褴靴拆毁，见有敝毡，即诬她厌胜，勒令自尽。三女叩头求免，熙终不许。可怜这位张嫠妇，平白地丧了性命。毕竟美人薄命。熙又传出命令，凡公卿以下，及兵民各户，统须前往营墓。墓制非常弘敞，周轮数里，内备藻绘，下及三泉，所费金银，不可胜计。熙语监吏道："汝等须妥为办理，朕将随后入此陵了。"右仆射韦璆等，并恐殉葬，沐浴待死，还算命未该绝，不见令下。至墓已营就，号为徽平陵。启殡时全体送葬，唯留慕容云居守。熙披发跣足，步随枢后。丧车高大，不能出城，因即拆毁北门，才得舁出。长老私相叹息道："慕容氏自毁国门，怎得久享呢？"

既至南苑，忽由中黄门赵洛生，踉跄奔至，报称祸事。看官道是何因？原来中卫将军冯跋，左卫将军张兴，曾坐事出奔，至是得混入城中，与跋从兄万泥等二十二人，密结盟约，即推慕容云为主，发尚方徒五千余人，分屯四门。跋兄子乳陈等鼓噪入宫，禁卫皆散，遂由跋等闭门拒熙。熙得赵洛生警报，却投袂奋起道："鼠子有何能为？待朕还剿，便可荡平。"说着，即收发贯甲，驰还赴难。夜至龙城，门已紧闭，命卫士攻扑多时，无从得胜，乃退入龙腾苑中。越日，由尚方兵褚头，逾城从熙，自称营兵将至，愿来助顺。熙未曾听明，便即趋出。前勇复怯，不死已馁。左右不及随行，待了半日，未见熙还，方向各处找寻，并无下落，只有衣冠留在沟旁。中领军慕容拔，语中常侍郭仲道："大事垂捷，主上却无故出走，令人可怪，但城内已经悬望，不应久延，我当先往城中，留卿待着，卿如寻得主上，便应速来。若主上一时未归，我亦好安抚兵民，再出迎驾，也不为迟哩。"郭仲允诺。拔即率壮士二十余人，趋登北城。城中将士，还道是熙已前来，俱投械请降，已而熙久不至，拔无后继，众心疑惧，复下城赴苑，遂皆溃散，拔竟为城中人所杀。

慕容云既据龙城，令冯跋等搜捕慕容熙。熙自龙腾苑出走，错疑城中兵来攻，避匿沟下，累得拖泥带水，狼狈不堪。良久不见变动，方从沟中潜出，脱去衣冠，辗转逃入林中，为人所执，送至云处。云亲数熙罪，把他处斩，好与大小苻女，再去交欢，也不枉一死了。并杀熙诸子，同殡城北。总计熙在位七年，还只二十三岁，当时先有童谣云："一束藁，两头燃，秃头小儿来灭燕。"燕人初不解所谓，及熙死云手，才应谣言，藁字上有草，下有木，两头燃着，乃是草木俱尽，成一高字。云本姓高，系高句丽支庶，从前慕容皝破高句丽，被徙青山，遂世为燕臣。云父名拔，小字秃头，拔有三子，云列第三，所以称为秃头小儿，起初入事慕容宝，拜为侍御郎，旋因袭败慕容会军，宝乃养为义儿，封夕阳公。见八十一回。冯跋向与交好，所以推他为主，篡了燕祚，当下僭称天王，复姓高氏，大赦境内，改元正始，国仍号燕。命冯跋为侍中，都督中外诸军事，领征北大将军，开府仪同三司，录尚书事，封武兴公。冯万泥为尚书令，冯乳陈为中军将军，冯素弗为昌黎尹，兼抚军大将军，张兴为辅国大将军。此外，封伯子男及乡亭侯，共五十余人。所有慕容熙故臣，仍令复官。谥熙为昭文皇帝，与苻后同葬徽平陵。自慕容垂僭号称帝，至熙共历四世，凡二十四年。高云为慕容宝养子，或仍附入后燕谱录，其实是已经易姓，不能再沿旧称了。《通鉴》列高云于北燕，不为无见，唯《晋书》及《十六国春秋》，仍附云于后燕之末。

是时，南燕主慕容备德，据住广固，势尚未衰，蹉跎过了五年，已是六十九岁，苦无后嗣，探闻兄子超流寓长安，乃遣使购求。超母子尝随呼延平奔入后凉，前文中已曾叙过，见八十七回。后因凉主吕隆，失国降秦，呼延平又挈超母子徙入长安。未几平殁，超号恸经旬，母段氏语超道："我母子死中逃生，全亏呼延氏保护，若受恩不报，必受天殃。平今虽死，我欲为汝纳呼延女，聊报前恩，汝以为何如？"超当然从命，遂娶平女为妻。平女嫁超，想有两三年称后的福气。唯因诸父在东，恐为秦人所捕，乃佯狂乞食，敝服游市中，秦人都目为贱丐。独东平公姚绍，看破隐情，即入白姚兴道："慕容超姿干魁伟，必非真狂，愿微加爵禄，略示羁縻。"兴便召超入见，详加研诘。超故为谬语，答非所问，兴顾语绍道："谚云'妍皮裹痴骨'，今始知是妄语哩。"乃叱超令退，不复加意。超得自由往来，无拘无束，途中遇着一个相士，叫做宗正谦，看超面目，便与语道："汝当大贵，奈何混居市中？"超不禁着忙，亟引正谦入僻静处，详告履历，嘱使讳言。正谦系济阴人，即替超设法，使人密报南燕。备德才有所闻，因遣济阴人吴辩，往探虚实。辩至长安，先访宗正谦，当由正谦告超。超不敢转白母妻，竟与吴宗两人，变易姓名，潜行至梁父，投入镇南长史悦寿廨舍，方吐真名。寿报诸兖州刺史南海王法，法说道："昔汉有卜人，诈称卫太子，今怎知非此类呢？"遂不肯迎超。为下文伏案。悦寿即送超入广固，备德闻超到来，大喜过望，即遣三百骑往迎。超进谒备德，呈上金刀，具述祖母临终遗语。备德抚超大恸，泣下数行，当下封超为北海王，授官侍中，拜骠骑大将军，领司隶校尉。超仪表雄壮，颇肖备德，备德很加宠爱，意欲立超为嗣，乃为超筑第万春门内，规制崇闳，每日有暇，必亲自临幸，与超谈论国事。超曲意承欢，侍奉弥谨；又复开府置吏，屈己下人，内外誉望，翕然相从。

约莫过了一年，暮秋天凉，汝水忽竭，备德未免失惊，越两月，竟至寝疾。超请往祷汝水神，备德道："人主命数，本自天定，难道汝水神所能专主么？"遂不从所请。是夜，备德梦见父慕容皝，临榻与语道："汝既无男，何不立超为太子？否则恶人将从此生心了。"这恐是因想成梦。备德欲问恶人何名，偏有人从旁唤醒，开目一瞧，乃是皇后段氏，不由的唏嘘道："先帝有命，令我立储，看来是我将死了。"翌日，力疾起床，勉御东阳殿，引见群臣，议立超为太子。事尚未决，忽觉地面震动，坐立不安。百僚都窜越失位，备德也支持不住，乘辇还宫，延至夜分，病已大增，口不能言。段氏在旁大呼道："今召中书草诏，立超为嗣，可好么？"备德张目四顾，见超已侍侧，便即颔首。段后因宣入中书，草定遗诏，立超为皇太子，备德遂瞑目而逝。年正七十，在位六年。

诘朝由超登殿，嗣为南燕皇帝，循例大赦，改元太上。尊备德后段氏为太后，命北地王慕容钟都督中外诸军，录尚书事。南海王慕容法为征南大将军，都督徐兖扬南兖四州诸军事。桂阳王慕容镇为开府仪同三司，尚书令封孚为太尉，魏冲为司空，潘聪为左光禄大夫，段弘为右光禄大夫，封嵩为尚书左仆射。此外封拜各官，不必备述。追谥备德为献武皇帝，庙号世宗。唯奉灵出葬时，却先有十余柩，夜出西门，潜葬山谷，至正式告窆的东阳陵，实是一口空棺，谅想由备德生前的预嘱呢。小子有诗叹道：

> 奸诈几同曹阿瞒，不为疑冢即虚棺。
> 生前若肯留余地，朽骨何容虑未安！

欲知慕容超嗣位后事，且看下回再表。

符秦之灭，慕容氏为之，慕容氏之灭，符氏实为之，天道好还，因果不爽。且俱斩丧于妇人女子之手，何其事迹之相似也？慕容垂妻段氏，符坚尝与之辇出游，慕容冲姊弟专宠，长安有雌雄凤凰之谣，至慕容熙纳符谟二女，宠爱绝伦，大符早殁，熙杀王荣，小符继逝，熙如丧考妣，衰服送葬，以嫂为殉，而叛徒即乘间发难。说者谓衅起冯跋，成于高云，于符氏何与？不知兴土木，倾府库，唯妇言是用，皆亡国之媒介也。岂尽得归咎于冯高二子哉？若慕容备德之立慕容超，犹子比儿，不违古义。且超内能尽孝，外能下士，贤名凤表，誉重一时，此而不立，将立何人？况有慕容觥之感及梦象哉！然其后终不免亡国，此非德立超之过，乃德叛宝之过也。德不知有主，安能传及后嗣？十余柩之潜发，德亦自知负疚矣乎？

第二十六回

得使才接眷还都
失兵机纵敌入险

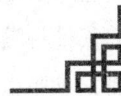

　　却说慕容超既得嗣位，引亲臣公孙五楼为武卫将军，领司隶校尉，内参政事。五楼欲离间宗亲，多方媒孽。超因出慕容钟为青州牧，段弘为徐州刺史。太尉封孚语超道："臣闻亲不处外，羁不处内，钟系国家宗臣，社稷所赖，弘亦外戚懿望，百姓具瞻，正应参翼百揆，不宜远镇外方。今钟等出藩，五楼内辅，臣等实觉未安。"超终信五楼，不听孚言。钟与弘俱不能平，互相告语道："黄犬皮恐终补狐裘呢。"嗣为五楼所闻，嫌隙益深。超因前时归国，为慕容法所不容，因亦怀恨在心。备德殁时，法恐为超所忌，不入奔丧，至是超遣使责法。法遂与慕容钟段弘等，合谋图超。不意被超察悉，立召令入都，法与钟皆称疾不赴，超先搜查内党，捕得侍中慕容统，右卫将军慕容根，散骑常侍段封等，一体枭斩；复将仆射封嵩，辗裂以殉。然后遣慕容镇攻钟，慕容昱攻弘，慕容凝韩范攻法，封嵩弟融，出奔魏境，号召群盗，袭石塞城，击杀镇西大将军馀陏。青土震恐，人怀异议。慕容凝也有异心，谋杀韩范，袭击广固。范侦得凝谋，勒兵攻凝，凝出奔后秦。慕容法亦保守不住，弃城奔魏。钟在青州，亦被镇引兵攻入，钟自杀妻孥，凿隧逃出，也奔往后秦去了。*枝叶已尽，根本何存？*

　　超既平叛党，遂以为人莫敢侮，肆意畋游。仆射韩诼切谏不从。百姓屡受征调，不堪供役，多有怨言。会超忆念母妻，特使御史中丞封恺，前往长安请求。秦主姚兴，本已将超母妻拘住，至此闻恺到来，乃召入与语道："汝主欲乞还母妻，朕亦不便加阻，但从前苻氏败亡，太乐诸伎，悉数归燕；今燕当前来归藩，并将诸伎送还，否则或送吴口千人，方可得请呢。"恺如言还报，超使群臣详议。左仆射段晖，谓："不宜顾全私亲，自降尊号。且太乐诸伎，为先代遗音，怎可畀秦？万不得已，不如掠吴口千人，付彼罢了。"*是乃忍人之言。*尚书张华，力驳晖议，说是："侵掠吴边，必成邻怨，我往彼来，贻祸无穷。今陛下慈亲，在人掌握，怎可靳惜虚名，不顾孝养？今果降号修和，定能如愿，古人谓'枉尺直寻'，便是此意。"超大喜道："张尚书深得我心，我也不惜暂屈了。"遂遣中书令韩范，奉表入秦。

秦主兴取阅表文，见他称藩如仪，便欣然语范道："封恺前来，致燕王书，曾与朕抗礼，今卿赍表来附，莫非为母受屈么？还是以小事大，已识《春秋》古义呢？"范从容答道："昔周爵五等，公侯异品，小大礼节，缘是发生；今陛下命世龙兴，光宅西秦，我朝主上，上承祖烈，定鼎东齐，南面并帝；通聘结好，若来使矜诞，未识谦冲，几似吴晋争盟，滕薛竞长，恐伤大秦堂堂国威，并损皇燕巍巍美德，彼此俱失，义所未安。"兴不待说毕，便作色道："若如卿言，是并非以小事大了。"范又道："大小且不必论，今由寡君纯孝，来迎慈母，想陛下以孝治人，定必推恩锡类，沛然垂悯呢。"*不亢不卑，是专对才。*兴方转怒为喜道："我久不见贾生，自谓过彼，今始知不及了。"乃厚礼相待，欢颜与叙道："燕王在此，朕亦亲见；风表有余，可惜机辩不足。"范答道："'大辩若讷'，古有名言。若使锋芒太露，便不能继承先业了。"兴笑道："使乎？使乎？朕今当为卿延誉了。"范复乘间聘词，说得兴非常惬意，面赐千金，许还超母妻。时慕容凝已早至长安，入白姚兴道："燕王称藩，实非本心，若许还彼母，怎肯再来称臣呢？"兴意乃中变，又不好自食前言，但称天时尚热，当俟秋凉送还，因即遣范归燕，且使散骑常侍韦宗报聘。

超北面受秦诏敕，赠宗千金，再遣左仆射张华，给事中宗正元赴秦，送入乐伎一百二十人。兴喜如所望，延华入宴，酒酣乐作，雅韵铿锵。黄门侍郎尹雅语华道："昔殷祚将亡，乐师归周；今皇秦道盛，燕乐来庭，废兴机关，就此可见了。"华不肯受嘲，忙即接口道："从古帝王，为道不同，欲伸先屈，欲取姑与，今总章西入，必由余东归，*由余戎人，入关事秦，见《列国演义》。*祸福相倚，待看后来方晓哩。"

兴听着华言，不禁勃然道："古时齐楚竞辩，二国兴师，卿乃小国使臣，怎得抗衡朝士？"华乃逊辞道："臣奉使西来，实愿交欢上国，上国不谅，辱及寡君社稷，臣何敢守默，不为仰酬？"也是一个辩才。兴始改容道："不意燕人都是使才。"乃留华数日，许奉超母妻东还。宗正元先驰归报命，超乃亲率六宫，出迎母妻。彼此聚首，自有一种悲喜交并的情形，无庸细表。

越年，为太上四年，正月上旬，追尊父纳为穆皇帝，立母段氏为皇太后，妻呼延氏为皇后。超亲祀南郊，柴燎无烟。灵台令张光，私语僚友道："今火盛烟灭，国将亡了。"及超将登坛，忽有一怪兽至圜丘旁，大如马，状类鼠，毛色俱赤，少顷即不知所在，但见暴风骤起，天地昼昏，行宫羽仪帷幔，统皆毁裂。超当然惶恐，密问太史令成公绥。绥答道："陛下信用奸佞，诛戮贤良，赋税烦苛，徭役杂沓，所以有此变象哩。"超因还宫大赦，谴责公孙五楼等，疏远了好几日，旋复引用如前；再遇地震水溢诸变，毫不知儆，又荒耽了一年。

太上五年元旦，超御东阳殿朝会群臣，闻乐未备音，自悔前时送使入秦，乃拟南掠吴人，补充乐伎。领军将军韩谆进谏道："先帝因旧京倾覆，戢翼三齐，遵时养晦，今陛下嗣守成规，正当闭关养锐，静伺贼隙，恢复先业，奈何反结怨南邻，自寻仇敌呢？"超怫然道："我意已决。卿勿多言！"祸在此了。当下遣将军慕容兴宗斛谷提公孙归等，率骑兵寇晋宿豫，掳去阳平太守刘千载，济阴太守徐阮，及男女二千五百人，载归广固。超令乐官分教男女，充作乐伎。并论功行赏，特进公孙归为冠军将军，封常山公；归为公孙五楼兄，故赏赉独隆；五楼且加官侍中尚书令，兼左卫将军，专总朝政；就是他叔父公孙颓，也得授武卫将军，封兴乐公。桂阳王慕容镇入谏道："臣闻悬赏待勋，非功不侯，今公孙归结祸构兵，残贼百姓，陛下乃封爵酬庸，岂非太过？从来忠言逆耳，非亲不发，臣虽庸朽，忝居国戚，用敢竭尽愚款，上渎片言。"超默然不答，面有怒容，镇只好趋退。群臣从旁瞧着，料知超喜佞恶直，遂相戒不敢多言。尚书都令史王俨，谄事五楼，连年迁官，超拜左丞，时人相传语云："欲得侯，事五楼。"超又使公孙归等率骑五千，入寇南阳，执住太守赵光，俘掠男女千余人而还。

晋刘裕欲发兵进讨，先令并州刺史刘道怜，出屯华阴，一面部署兵马，请命乃行。时刘裕已晋封豫章郡公，刘毅何无忌，也分封南平安成二郡公。三公当道，裕权最盛。无忌素慕殷仲文才名，因仲文出任东阳太守，请他过谈。仲文自负才能，欲秉内政，偏被调出外任，悒悒不乐，因此误约不赴。无忌疑仲文薄己，遂向裕进谗道："公欲北讨慕容超么？其实超不足忧，唯殷仲文桓胤，是心腹大病，不可不除。"裕也以为然。适部将骆球谋变，事泄被诛，裕遂谓仲文及胤，与球通谋，即将他二人捕戮，屠及全家。二人罪不至死，唯为桓氏余孽，死亦当然。

已而，司徒兼扬州刺史王谧病殁，资望应由裕继任。刘毅等不欲裕入辅政，拟令中领军谢混为扬州刺史。或恐裕有异言，谓不如令裕兼领扬州，以内事付孟昶。朝议纷纭莫决，乃遣尚书右丞皮沈，驰往询裕。大权已旁落了。沈先见裕记室刘穆之，具述朝议。穆之伪起如厕，潜入白裕道："晋政多阙，天命已移，公勋高望重，岂可长作藩臣？况刘孟诸人，与公同起布衣，共立大义，得取富贵，不过因事有先后，权时推公，并非诚心敬服，素存主仆的名义。他日势均力敌，终相吞噬，不可不防。扬州根本所系，不可假人，前授王谧，事出权道；今若再授他人，恐公终为人制，一失权柄，无从再得，不如答言事关重大，未便悬论，今当入朝面议，共决可否。俟公到京，彼必不敢越公，更授他人了。"裕之篡晋，实由穆之一人导成。裕极口称善；见了皮沈，便依言照答，遣他复命。果然沈去数日，便有诏征裕为侍中，扬州刺史，录尚书事。裕当然受命，唯表解兖州军事，令诸葛长民镇守丹徒，刘道怜屯戍石头。

会闻谯纵据蜀，有窥伺下流消息，乃亟遣龙骧将军毛修之，会同益州刺史司马荣期，共讨谯纵。荣期先至白帝城，击败纵弟明子，再请修之为后应，自引兵进略巴州。不料参军杨承祖，忽然心变，刺死荣期，擅称巴州刺史，回拒修之。修之到了宕渠，接得警耗，退还白帝城，邀同汉嘉太守冯迁，即九十一回中之益州督护。同击承祖，幸得胜仗，把他枭首。再欲进讨谯纵，偏来了一个新益州刺史鲍陋，从旁阻挠，牵制修之。修之据实奏闻，刘裕乃表举刘敬宣为襄城太守，令率兵五千讨蜀，又命并州刺史刘道规，为征蜀都督，节制军事。谯纵闻晋师大至，忙遣使至后秦称臣，奉表乞师；且致书桓谦，招令共击刘裕。谦将来书呈入秦主，自请一行。秦主兴语谦道："小水不容巨鱼，若纵有才力，自足办事，何必假卿为鳞翼？卿既欲往，宜自求多福，毋堕人谋。"谦志在报怨，竟拜辞而去。到了成都，与纵晤谈，起初却还似投契，后来谦虚怀引士，交接蜀人，反被纵起了疑心，竟把他锢置龙格，派人监守。谦流涕道："姚主果有先见，求福反致得祸了。"已而谯纵出兵拒敌，与刘敬宣接战数次，均至失利，再遣人至秦求救。秦遣平西将军姚赏，梁州刺史王敏，率兵援纵。纵亦令将军谯道福，悉众出发，据险固守。敬宣转战入峡，直抵黄虎，去成都约五百里。前面山路崎岖，又为谯道福所阻，不能进军。相持至六十余日，军中食尽，且遭疫疠，伤毙过半，没奈何收兵退回。敬宣坐是落职，道规亦降号建威将军。裕因荐举失人，自请罢职，有诏降裕为中军将军，余官如故。

裕本欲自往讨蜀，因南燕为患太近，不得不后蜀先燕，于是抗表北伐，指日出师。朝臣多说是西南未平，不宜图北，独左仆射孟昶，车骑司马谢裕，参军臧熹，赞同裕议。安帝不能不从，便命裕整军启行。时为义熙五年五月，夏日正长，大江方涨，裕率舟师发建康，由淮入泗，直抵下邳，留住船舰辎重，麾兵登岸。步至琅琊，所过皆筑城置守。或谓裕不宜深入，裕笑道："鲜卑贪婪，何知远计？诸君不必多虑，看我此行破虏呢。"乃督兵急进，连日不休。

南燕主超闻有晋师，方引群臣会议，侍中公孙五楼道："晋兵轻锐，利在速战，不宜急与争锋。今宜据住大岘山，使不得入，旷日延时，挫他锐气，然后徐简精骑二千，循海南行，截彼粮道，别敕段晖发兖州兵士，沿山东下，腹背夹攻，这乃是今日的上计。若依险分戍，筹足军粮，芟刈禾苗，焚荡田野，使彼无从侵掠，彼求战不得，求食无着，不出旬月，自然坐困，这也不失为中策。二策不行，但纵敌入岘，出城逆战，便成为下策了。"莫谓五楼无才，超本深信五楼，何为此时不用？超作色道："今岁星在齐，天道可知，不战自克。就是证诸人事，彼远来疲乏，必不能久，我据有五州，拥民万亿，铁骑成群，麦禾布野，奈何芟苗徙民，先自蹙弱哩？不若纵使入岘，奋骑逆击，以逸待劳，何忧不胜？"辅国将军贺赖卢道："大岘为我国要塞，天限南北，万不可弃，一失此界，国且难保了。"超摇首不答。太尉桂林王慕容镇又谏道："陛下既欲主战，何不出岘逆击？就使不胜，尚可退守，不宜纵敌入岘，自弃岩疆。"超终不从，拂袖竟入。镇出语韩诨道："既不能逆战却敌，又不肯徙民清野，延敌入腹，坐待围攻，是变做刘璋第二了。刘璋即汉后主。今年国灭，我必致死，卿系中华人士，恐仍不免文身了。"诨无言自去，径往白超。超怒镇妄言，收镇下狱，乃集莒与梁父二处守兵，修城隍，简车徒，静待晋兵到来。

刘裕得安然过岘，指天大喜道："兵已过险，因粮灭虏，就在此举了。"慕容超方命五楼为征虏将军，使与辅国将军贺赖卢，左将军段晖等，率步骑五万人，出屯临朐。自督步骑四万，作为后应。临朐南有巨蔑水，距城四十里，公孙五楼领兵往据，方达水滨，已由晋将孟龙符杀来，兵势甚锐，不容五楼不走。晋军有车四千辆，分作左右两翼，方轨徐进。将至临朐城下，与慕容超大兵相遇，杀了半日有余，不分胜负。刘裕用胡藩为参军，至是向裕献策，请出奇兵径袭临朐城。裕即遣藩及谘议将军檀韶，建威将军向弥，引兵绕出燕兵后面，直攻临朐，且大呼道："我军从海道来此，不下十万人，汝等守城兵吏，能战即来，否则速降。"城内只有老弱残兵，为数甚少，唯城南有燕将段晖营，不及乞援，已被向弥攐甲登城，立即陷入。段晖闻变，料难攻复，只得遣人飞报慕容超。超闻报大惊，单骑奔还，投入段晖营中。南燕兵失了主子，统皆骇散，当被刘裕纵兵奋击，追到城下，乘胜踹入晖营。晖出营拦阻，一个失手，要害处中了一槊，倒毙马下。还有燕将十余人，相继战死。超策马急奔，不及乘辇，所有玉玺豹尾等件，一股脑儿抛去。晋军一面搬运器械，一面长驱追超。超逃入广固，仓皇无备，那晋军已随后拥入，竟将外城占据了去。小子有诗咏道：

> 设险方能制敌强，如何纵使入萧墙？
> 良谋不用嗟何及，坐致岩疆一旦亡。

欲知慕容超如何拒守，容至下回说明。

慕容超之迎还母妻，不可谓非孝义之一端。超母跋涉奔波，备尝艰苦，超既得承燕祀，宁有身为人主，乃忍其母之常居虎口乎？呼延女之为超妇，超母以报德为言，夫欲报之德，反使之流落长安，朝不保暮，义乎何在？所屈者小，所全者大，此正超之不昧天良也。惜乎！有使才而无将才，顾私德而忘公德，无端寇晋，启衅南邻，迨至晋军入境，又不听公孙五楼之上中二策，纵使入岘，自撤藩篱，愚昧如此，几何而不为刘璋乎？史称超身长八尺，腰带九围，雄伟如此，乃不能保一广固城，外观果曷恃哉！

第二十七回

覆孤城慕容超亡国
诛逆贼冯文起开基

却说晋军入广固外城，急得慕容超奔避不遑，慌忙闭内城门，集众固守。刘裕督兵围攻，四面筑栅，栅高三丈，穿堑三重，抚纳降附，采拔贤俊，华夷大悦。超闷坐围城，无计可施，乃遣尚书郎张纲，诣秦乞援，并赦桂林王慕容镇，令督中外诸军，兼录尚书事。当即召入与语，自悔前误，殷勤问计。迟了，迟了！镇慨答道："百姓怨望，系诸一人，今陛下亲董六师，战败奔还，群臣离心，士民短气，今欲乞秦援兵，闻秦人亦有外患，恐不暇分兵救人。唯我散卒还集，尚有数万，宜尽出金帛，充作犒赏，更决一战。若天意助我，定能破敌，万一不捷，死亦殉国，比诸闭门待尽，恰是好得多了。"语尚未毕，旁有司徒乐浪王慕容惠接口道："晋兵乘胜，气势百倍，今徒令羸兵与战，不败何待？秦虽与勃勃相持，未足为患，且与我分据中原，势如唇齿，怎得不前来相援？但不令大臣西向，恐彼未必遽出重兵，尚书令韩范，望重燕秦，宜遣令乞师为是！"超依了惠言，再令韩范前去。

是时，秦主兴因南凉生贰，秃发傉檀内外多难，意欲乘此进讨，收还姑臧。应九十三回。先使尚书郎韦宗往觇虚实，宗与傉檀相见，傉檀纵横辩论，洞悉古今。宗大为叹服，归报秦主兴道："凉州虽敝，傉檀权谲过人，未可骤图。"兴疑问道："刘勃勃兵皆乌合，尚能击破傉檀，况我军曾经百战，攻无不克，难道还不及勃勃么?"宗答道:"傉檀为勃勃所欺,敝在轻视勃勃,不先留意,今我用大军往讨,彼必戒惧求全,兵法有言:'两军相见,哀者必胜。'臣所以为不宜轻攻哩。"兴不信宗言,竟令子广平公弼,及后军将军敛成,镇远将军乞伏乾归等,率领步骑三万,袭击傉檀。又使左仆射齐难,率领骑兵二万,往攻勃勃。吏部尚书尹昭入谏道:"傉檀自恃险远,故敢违慢,不若诏令沮渠蒙逊,及李暠往讨,使他自相残杀,互致困敝,不必烦我兵力哩。"是即卞庄刺虎之计。兴仍然不从,唯使人致书傉檀,伪称:"我国发兵,实是往讨勃勃,请勿多虑!"兴自以为得计,谁知弄巧反拙。傉檀信为真言,遂不设备。谁知秦军已乘虚直进,攻克昌松,杀毙太守苏霸,直达姑臧城下。傉檀方知为秦所赚,急忙调兵登陴,日夕督守,伺敌少懈,密遣精骑夜出,劫破秦垒。秦统将姚弼退据西苑,暗使人喉动城中,买嘱凉州人王钟宋钟王娥等,使为内应。偏被傉檀察悉,把他叛党坑死,再命各郡县散牛羊,作为敌饵。果然秦将敛成,纵兵抄掠,自紊军律。傉檀即遣将军俱延敬归等,开城纵击,大败秦兵,斩首七千余级。

　　姚弼收集败兵,固垒自守,且驰报长安,请速济师。秦主兴复遣常山公显,率骑二万,倍道赴援。显至姑臧,令射手孟钦等五人,至凉风门前挑战,不意城外已伏着凉将宋益,觑得孟钦走近,引兵突出。孟钦弦不及发,已被劈倒,余四人不值一扫,尽皆毙命。显始知傉檀有备,不易攻克,乃遣人与傉檀修好,委罪敛成,引众退归。还有齐难一军,驰入夏境,沿途四掠。勃勃却退兵河曲,佯示虚弱,乘难无备,潜师掩袭,俘斩至七千人。难慌忙退走,奔至木城,被勃勃引兵追到,四面兜围,把难擒去,余众皆为所虏,数共万三千人,于是岭北一带,俱降勃勃。勃勃遍置守宰,分疆拒秦,秦已将亡,故两路俱败。秦主兴未免懊悔,尚欲再讨勃勃,适值南燕求援,自觉不遑东顾,但权允发兵,令张纲先行返报。

　　纲经过泰山,为太守申宜所执,送入晋营。刘裕素闻纲有巧思,善制攻具,便引纲入见,亲为解缚,好言抚慰,使登楼车巡城,呼语守吏道:"刘勃勃大破秦军,秦主无暇来救,只好由汝等自寻生路罢。"守吏听了此言,无不失色。慕容超惶急异常,乃遣使至裕营请和,愿割大岘山南地归晋,世为藩臣。裕拒绝不许,未几来一秦使,传语刘裕道:"慕容氏与秦毗邻,素来和好,今晋军无端加攻,秦已遣铁骑十万,行次洛阳,若晋军不还,便当长驱直进了。"裕怒答道:"汝可归白姚兴,我平燕后,便当来取关洛,若姚兴自愿送死,尽管速来。"秦使自去。参军刘穆之入白道："公奈何挑动敌怒？今广固未下，再来羌寇，敢问公将如何抵御？"裕笑道："这是兵机，非卿所解。试想姚兴果肯救燕，方且潜师前来，何至先遣使命，令我预防，这明明是虚声吓人，不足为虑。"一口道破。穆之乃退。

秦主兴本遣卫将军姚强，带着步骑万人，偕燕使韩范至洛阳，令与洛城守将姚绍合兵，往救广固。嗣闻勃勃杀败秦军，窥伺关中，乃追还姚强，但用了一个虚张声势的计策，去吓刘裕。裕不为所动，秦谋自沮。只韩范快快自归，且悲且叹道："天意已要亡燕了。"燕臣张华封恺，出兵击裕，均被裕军擒住。封融张俊，相继乞降。俊语刘裕道："燕人所恃，唯一韩范，今范甫归，还道他能致秦师，若得范来降，燕城自下了。"裕乃表范为散骑常侍，致书招范。长水校尉王蒲，劝范奔秦，范慨然道："刘裕起自布衣，灭桓玄，复晋室，今兴师伐燕，所向崩溃，这乃天授，未必全由人力呢。燕若灭亡，秦亦难保，我不可再辱，不如降晋罢了。"遂潜投裕营。裕得范大喜，即使范至城下，招降守将，城中愈觉夺气。或劝燕主超诛范家族，超因范弟谅尽忠无贰，因赦范家。嗣见晋军建设飞楼，悬梯木，幔板屋，覆以牛皮，上御矢石，料知此种攻具，定是张纲所为，遂将纲母捕到，悬缚城上，支解示徇。*死在目前，何必行此惨虐。*

既而太白星入犯虚危，灵台令张光，谓天象亡燕，劝超降晋。超并不答言，便把佩剑拔出，剗落光首。好容易过了残腊，翌日为晋义熙六年元旦，超登天门，在城楼朝见群臣，杀马犒飨将士，并迁授文武百官。越宿，与宠姬魏夫人登城，见晋兵势甚强盛，不禁唏嘘泪下，与魏氏握手对泣。韩谌从旁进言道："陛下遭际厄运，正当努力自强，鼓励士气，奈何反与女子对泣呢？"超乃拭泪谢过。尚书令董锐又劝超出降，超复系锐下狱。贺赖卢公孙五楼暗凿地道，通兵出战。晋军不及防备，几被掩入，幸亏裕军律素严，前仆后继，仍把燕军杀退。城门久闭不开，居民无论男女，俱生了一种脚气病，不能行走，就是超亦染了此症，乘攀登城。尚书悦寿语超道："今天助寇为虐，战士凋敝，城孤援绝，天时人事，已可知了。从来历数既终，尧舜尚且避位，陛下亦应达权通变，庶得上存宗庙，下保人民。"超怃然道："兴废原有天命，我宁奋剑致死，不愿衔璧求生。"*颇有血性，可惜不知守国。*

刘裕见城中困乏，乃下令破城，悉众猛扑。或谓："今日往亡，不利行师。"裕掀须道："我往彼亡，有何不利？"遂亲自督攻，不克不止。悦寿在城上望着，料知不能支持，因开门迎纳晋军。超与左右数十骑，逾城出走，才行里许，即被晋军追到，捉得一个不留。当下押至裕前，由裕叱责数语，大略是说他抗命不降，殃及兵民。超神色自若，但将母托刘敬宣，余无一言。裕乃命将超置入槛车，解送建康。且因广固围久乃下，恨及燕人，意欲把男子一并坑死，妇女尽赏将士。韩范入谏道："晋室南迁，中原鼎沸，士民失主，不得不归附外族。既为君臣，自当替他尽力，其实统是衣冠旧族，先帝遗民，今王师吊民伐罪，若不问首从，一概加诛，窃恐西北人民，将从此绝望了。"裕虽改容称谢，尚斩燕王公以下三千人，没入家口万余，毁城平濠，变成白地，然后班师。慕容超解入晋都，枭首市曹，年才二十有六。总计超僭位六年，与慕容德合并计算，共得十有一年，南燕遂亡，慕容氏从此垂尽。慕容宝养子高云，已经篡位，仍复原姓。见九十三回。但使慕容归为辽东公，使主燕祀，是前燕后燕南燕三国，至此俱已沦亡。就是史家把高云僭位，列入后燕，也不过一年有余，便即告终。

　　云本由冯跋等推立，僭号天王，立妻李氏为后，子彭城王为太子，名目上算做一国主子，实际上统是冯跋专权。云亦恐跋等为变，心不自安，特养壮士为爪牙，令他宿卫。当时卫弁头目，一名离班，一名桃仁，日夕随侍，屡蒙厚赐，甚至高云的饮食起居，也慷慨推解，毫不少吝，居然有甘苦同尝的意思。哪知小人好利，贪婪无厌，任你高云如何宠遇，总有一二事未惬他意，遂致以怨报德，暗起杀心。迁延到一年有余，突然生变，班仁两人，怀剑直入，向内启事。高云毫无所觉，出临东堂。桃仁递上一纸，交云展阅。云接纸在手，不防离班抽剑砍来，吓得云不知所措，还算忙中有智，把儿提起，当住离班的剑锋，无如一剑未中，一剑又至，这剑乃是桃仁所刺，急切无从招架，竟被穿入腰胁，大叫一声，晕倒地下；再经离班一剑，当然结果性命。

小人之难养也，如此。

　　冯跋在外闻报，忙升洪光门观变。帐下督张泰李桑语跋道："二贼得志，将无所不为，愿为公力斩此贼。"跋点首应诺，泰与桑仗剑下城，招呼徒众，扑入东堂。途中遇着离班，大呼杀贼，班迫不及避，也恶狠狠的持剑来斗，桑接住厮杀，徒众齐上，并力击班。独泰恐桃仁遁走，亟向东堂驰入，冤冤相凑，正值桃仁出来，由泰劈头一剑，好头颅左右分离，立致倒毙。可巧桑已枭了班首，进来助泰，见泰诛死桃仁，自然大喜，当下迎跋入殿，推他为主。跋情愿让弟素弗，素弗道："从古以来，父兄得了天下，方传子弟，未闻子弟可突过父兄。今鸿基未建，危甚赘疣，臣民俱属望大兄，何必再辞。"张泰李桑等，亦同声推戴。跋乃允议，遂在昌黎城即天王位，改元太平，国仍号燕，是为北燕。为十六国之殿军。

跋字文起，世为汉族，系长乐郡信都人。祖父和曾避晋乱，迁居上党，父安雄武有力，尝为西燕将军。西燕灭亡，跋复东徙和龙，住居长谷。屋上每有云气护住，状若楼阁，时人诧为奇观。及慕容宝即位，署跋为中卫将军。跋弟素弗，素性豪侠，不务正业，尝与从兄万泥，及诸少年同游水滨，见一金龙出溪水中，问诸万泥等人，皆云未见。素弗捞得金龙，取示大众，无不惊异。后来被慕容熙闻知，暗加疑忌。熙既篡立，欲诛冯跋兄弟，增设禁令。跋适犯禁，惧祸潜奔，与子弟同匿山泽，每夜独行，猛兽尝为避路。跋乃奋然起事，与兄弟潜入龙城，弑熙立云。补九十三回中所未详。云既被戕，跋得称尊，总算不忘旧谊，为云举哀发丧，依礼奉葬。云妻子亦已遇害，统皆代埋，设立云庙，置园邑二十家，四时致祭。追谥云为惠懿皇帝。一节可取。一面追尊祖考，称祖和为元皇帝，父安为宣皇帝，奉母张氏为太后，立妻孙氏为王后，子永为太子，弟范阳公素弗为车骑大将军，录尚书事。次弟汲郡公弘为侍中，兼尚书仆射。从兄广川公万泥，领幽平二州牧，从兄子乳陈为征西大将军，领并青二州牧。余如张兴冯护等，佐命功臣，亦皆封赏有差。

素弗当弱冠时，曾向尚书左丞韩业处求婚，业因素弗行谊不修，毅然谢绝。素弗再求尚书郎高邵女，邵亦弗许。至是得为宰辅，并不记嫌，待遇韩业等，反且加厚。又能拔寒畯，举贤能，谦恭俭约，以身率下，端的是休休有容，不愧相度，这也好算是难得呢。惟万泥乳陈，自命勋亲，欲为公辅，偏跋令居外镇，作为二藩。乳陈性尤粗悍，不顾利害，因密遣人告万泥道："乳陈有至谋，愿与叔父共议。"万泥遂往与定约，兴兵作乱。跋遣弟弘与将军张兴，率步骑二万人往讨，弘先传书招谕道："我等兄弟数人，遭际风云，鼓翼齐起。今主上得群下推戴，光践宝位，裂土分爵，与兄弟共同富贵，并享荣华，奈何无端起衅，自寻干戈呢？人非圣人，不能无过；过贵能改，方不终误。属在至亲，所以极诚相告，还望释嫌反正，同奖王室，勿再沉迷。"万泥得书，便欲罢兵谢罪，独乳陈按剑怒吼道："大丈夫死生有命，怎得中道生变，不战即降呢？"遂答书不逊，约同一战。张兴语弘道："贼与我约，明日争锋，恐今夜就来劫营，应命三军格外戒备，方保无虞。"弘乃密下军令，每人各携草十束，备着火种，分头埋伏，自与张兴出伏要路，静待乱兵到来。

黄昏已过，万籁无声，尚不闻有什么动静，到了夜半，果见尘头纷起，约莫有千余人，疾趋而来。弘不禁暗叹道："张将军确有先见，贼众前来送死了。"再阅半时，那乱兵已经过去，才发了一声胡哨，号召各处伏兵，霎时间火炬齐明，呼声四集，吓得乱兵东逃西窜，拚命乱跑。怎奈四面八方，统已有人拦着，不是被杀，就是被擒，扰乱了小半夜，千余人全体覆没，无一得还。弘等得胜回营，天色已大明了。乳陈得了败耗，方才惊惧，与万泥诣营乞降。只有这般胆量，何必前此发威！弘召他入营，诘责罪状，即命左右推出斩首。余众赦免，然后班师。跋进弘为骠骑大将军，改封中山公，且署素弗为大司马，改封辽西公。嗣是除苛政，惩贪赇，省徭赋，课农桑，燕人大悦，恰享了好几年的太平。同时，南凉的秃发傉檀复称凉王，改元嘉平。西秦的乞伏乾归，也逃归苑川，复称秦王，改元更始，这都因后秦寖衰，所以不甘受制，仍然独立。唯有那雄长朔方的拓跋珪，立国已二十四年，尚只三十九岁，被那逆子清河王绍，入宫弑死，这也是北魏史上的骇闻。小子有诗叹道：

> 父子相离己灭伦，况经手刃及君亲。
> 莫言胡俗无天性，祸报由来有夙因。

毕竟拓跋斌何故遇弑，且至下回再详。

慕容超之亡国，非刘裕得亡之，超实自亡之也。超之致亡，已见前评，及城不能保，尚未肯出降，自决一死，卒至为裕所虏，送斩建康，彼得毋援国君死社稷之义，诩诩然自谓正命耶。但王公以下，被杀之三千人，家口没入至万余，虽由裕之残虐不仁，亦何莫非由超之倔强不服，激成裕愤，区区一死，亦何足谢国人也。彼慕容云之愚昧，且出超下，其得立也出诸意外，其被戕也亦出乎意外。冯跋不必防而防之，离班桃仁，不宜亲而亲之，然欲不死得乎？跋之称尊，不得谓其非僭，然较诸沮渠蒙逊辈，相去远矣，况有冯素弗之良宰辅乎。

第二十八回

何无忌战死豫章口
刘寄奴固守石头城

　　却说拓跋珪素来好色，称帝时曾纳刘库仁从女，宠冠后宫，生子名嗣，后因慕容氏貌更鲜妍，特立为后，已见前文。见九十二回。珪母贺氏，已早殁世，追谥为献明太后。太后有一幼妹，入宫奔丧，生得一貌如花，纤秾合度，珪瞧入眼中，暗暗垂涎，便想同她狎昵，无如这位贺姨母，已经嫁人，不肯再与苟合，惹得珪心痒难熬，竟动了杀心，密嘱刺客，把贺姨夫杀毙。贺姨母做了寡妇，无从诉冤，只好草草发丧，丧葬已毕，即由宫中差来干役，逼令入宫。贺氏明知故犯，不能不随他同去，一经见珪，还有什么好事，眼见得衾裯别抱，露水同栖。冤家有孽，生下了一个婴儿，取名为绍，蜂目豺声，与乃母大不相同，想是贺姨夫转世。渐渐地长大起来，凶狠无赖，不服教训，珪尝把他两手反缚，倒悬井中，待他奄奄垂毙，然后释出。他经此苦厄，稍稍敛迹，但心中愈加含恨。珪哪里知晓，还道他惧罪知改，特拜为清河王。后来珪势益盛，纳妾愈多，一人怎能御众，免不得求服丹药，取补精神。哪知这药性统是燥烈，愈服愈燥，愈燥愈厉，遂至喜怒乖常，动辄杀人。长子嗣本受封齐王，至是立为太子，嗣母刘贵人，反被赐死。珪召嗣与语道："昔汉武将立太子，必先杀母，实预恐妇人与政，所以加防。今汝当继统，我不得不远法汉武了。"汉武杀钩弋夫人，宁足为训？况珪曾赖母得立，奈何不思？嗣闻言泣下，悲不自胜。珪反动怒，把他叱退。

185

待嗣还居东宫，还闻他朝夕恸哭，又遣人召嗣入见。东宫侍臣，劝嗣不应遽入，因托疾不赴。卫王拓跋仪前镇中山，为珪所忌，召还闲居，阴有怨言。珪适有所闻，便说他蓄谋不轨，勒令自杀。贺夫人偶然忤珪，亦欲加刃，吓得贺氏奔避冷宫，立遣侍女报绍，令他入救。绍本怀宿愤，又听得生母将死，气得双目直竖，五内如焚，当下招致心腹，贿通宫女宦官，使为内应，趁着天昏夜静，逾垣入宫，宫中已有人前导，引至内寝，破户直入。珪才从梦中惊醒，揭帐启视，刀已飞入，不偏不倚，正中项下，颈血模糊，便即毕命。莫非尊报。

绍既弑父，便去觅母。贺氏见绍夜至，问明情状，却也一惊，忙去视珪，果被杀死，不由得泪下两行。曾忆念前夫么？绍却欲号召卫士，往攻东宫，意图自立。卫士多不愿助绍，相率观望。适东宫太子拓跋嗣，使人报告将军安同，促令诛逆。安同慷慨誓众，无不乐从，遂一拥入宫，搜捕逆绍。卫士争先应命，七手八脚，把绍抓出，送交安同。安同迎嗣登殿，声明绍罪，立命枭斩。绍母贺氏，一并坐罪赐死。死后却难见二夫。于是嗣即尊位，为珪发丧，追谥为宣武皇帝，庙号太祖。后来改谥道武，这且慢表。

且说晋刘裕既平南燕，还屯下邳，意欲经营司雍二州，忽由晋廷飞诏召裕，促令还援。看官道是何因？原来卢循陷长沙，徐道复陷南康庐陵豫章，顺流东下，居然想逼夺晋都了。先是卢徐二人，虽受晋官职，仍然阳奉阴违，伺机思逞。徐道复闻刘裕北伐，致书卢循，劝他入袭建康，循复称从缓。道复自往语循道："我等长住岭外，岂真欲传及子孙？不过因刘裕多智，未易与敌，所以郁郁居此。今裕方顿兵北方，未有还期，我正好乘虚掩击，直入晋都，何无忌。刘毅。等皆不及裕，无能为力。若我得攻克建康，裕虽南还，也不足畏了。"却是个好机会。循尚狐疑未决。道复奋起道："君若不肯同行，我当自往。始兴兵甲虽少，也可一举，难道不能直指寻阳么？"循见他词气甚厉，不得已屈志相从。道复即还至始兴，整顿舟舰。他本预蓄异谋，尝在南康山伐取材木，至始兴出售，鬻价甚贱，居民争往购取，不以为疑，其实是留贮甚多，至尽取做船材，旬日告成，遂与卢循北出长江，分陷石城，舣舟东指。

晋廷单靠刘裕，自然驰使飞召，裕即令南燕降臣韩范，都督八郡军事，封融为渤海太守，引兵南行。到了山阳，又接得豫章警报，江荆都督何无忌，为徐道复所败，竟至阵亡。无忌系江左名将，突然败死，令裕也惊心。究竟无忌如何致败？说将起来，也是冒险轻进，有勇寡谋，遂落得丧师失律，毕命战场。当无忌出师时，自寻阳驶舟西进，长史邓潜之进谏道："国家安危，在此一举，卢徐二贼，兵舰甚盛，势居上流，不可轻敌，今宜暂决南塘，守城自固，料彼必不敢舍我东去，我得蓄力养锐，待他疲老，然后进击，这乃是万全计策呢。"无忌不从。参军殷阐复谏道："循众皆三吴旧贼，百战余生，始兴贼亦骁捷善斗，统难轻视，将军宜留屯豫章，征兵属城，兵至合战，也不为迟。若徒率部众轻进，万一失利，悔将何及？"无忌是个急性鬼，仗着一时锐气，径至豫章西隅，徐道复已据住西岸小山，带了数百弓弩手，迭射晋军。晋军前队，多受箭伤，不敢急驶过去，惹得无忌性起，改乘小舰，向前直闯。偏偏西风暴起，将他小舰吹回东岸，余舰亦为浪所冲，东飘西荡。道复乘着风势，驶出大舰，来击无忌，无忌舟师已散，如何抵挡，顿致尽溃。独无忌不肯倒退，厉声语左右道："取我苏武节来。"左右取节呈上，无忌执节督战，风狂舟破，贼众四集，可怜无忌身受重伤，握节而死。虽曰忠臣，实是无益有害。

刘裕得知无忌死耗，恐京畿就此失守，便即卷甲急趋，与数十骑驰至淮上。可巧遇着朝廷来使，急忙问讯，朝使谓贼尚未至，专待公援，裕才放心前进，行至江滨，适值风急波腾，众不敢济。裕慨然道："天若佑晋，风将自息，否则总是一死，覆溺何害！"此时尚是一大忠臣。说着，便挺身下舟，众亦随下。说也奇怪，舟行风止，竟安安稳稳地驶至京口。百姓见裕到来，齐声相庆，倚若长城。越二日，裕即入都，因江州覆没，表送章绶，有诏不许。时青州刺史诸葛长民，兖州刺史刘藩，并州刺史刘道怜，各将兵入卫。藩系豫州刺史刘毅从弟，与裕相见，报称毅已起兵拒贼，有表入京。裕谓兵宜缓进，不可求速，遂展纸作书云：

> 吾往日习击妖贼，晓其变态，贼新获利，锋不可当。今方整修船械，限日毕工，当与老弟同举。平贼以后，上流事自当尽委，愿弟勿疑！

书毕加封，令藩赍书诣毅，并嘱他传语乃兄，切勿躁进。藩趋往姑孰，投书与毅，且述裕言。毅展阅未毕，便瞋目顾藩道："前日举义平逆，权时推裕，汝道我真不及他吗？"休说大话！说着，将书掷地，立集水师二万，出发姑孰。到了桑落州，正值卢循徐道复合兵前来，船头很是高锐，毅舰低脆，一与相触，便致碎损。客主情形，既不相符，毅众当然惊避。卢徐乘势冲突，连毅舟都被撞碎。毅慌忙弃舟登岸，徒步奔还，随行只有数百人，余众都被贼虏去。**果能及刘裕否？**卢循审讯俘虏，得知刘裕已还建康，颇有戒心，意欲退还寻阳，攻取江陵，据住江荆二州，对抗晋廷。独道复谓宜乘胜急进。彼此争论数日，毕竟道复气盛，循不得不从，便即连檣东下。

警报传达建康，裕因都城空虚，亟募民为兵，修治石头城。或谓宜分守津要，裕摇首道："贼众我寡，再若分散，一处失利，全局俱动，今不如聚众石头，随宜应赴，待至徒众四集，方可再图。"诸葛长民孟昶等，探得贼势猖獗，舳舻蔽江，有众十数万，都不禁魂驰魄散，想出了一条趋避的计策，欲奉乘舆过江，独裕不许。昶料事颇明，曾谓何无忌刘毅出师，必遭败衄，后皆果如昶言。此时因北师甫还，战士已经疲乏，亦恐裕不能抗循，所以主张北徙，朝议亦大半赞成。唯龙骧将军虞邱面折昶议，还有中兵参军王仲德，也不服昶论，独向裕进言道："明公具命世才，新建大功，威震六合，妖贼乘虚入寇，闻公凯旋，自当惊溃，若先自逃去，威名俱丧，何以图存？公若误从众议，仆不忍同尽，请从此辞。"裕大喜道："我意正与卿相同。南山可改，此志不移呢。"正问答间，见孟昶踉跄进来，又申前议。裕勃然道："今重镇外倾，强寇内逼，人情惶骇，莫有固志。若一旦迁动，必致瓦解，江北岂果可得至么？就使得至，也不能久延。今兵士虽少，尚足一战，我能胜贼，臣主同休，万一不胜，我当横尸庙门，以身殉国，难道好窜伏草间，偷生苟活么？我计已决，卿勿再言！"昶还要泣陈，自请先死。裕忿然道："汝且看我一战，再死未迟。"昶怏怏退出，归书遗表，略言"臣裕北讨，臣实赞同，今强贼乘虚进逼，自愧失策，愿一死谢过"云云。表既封毕，便仰药而死。**愚不可及。**

俄闻卢循已至淮口，不得不内外戒严，琅琊王德文督守宫城，刘裕出屯石头，使谘议参军刘粹，辅着四龄少子义隆，往镇京口。余将亦由裕调度，各有职守。裕登城遥望，见居民多临水眺贼，不禁动疑，顾问参军张劭。劭答道："今若节钺未临，百姓将奔散不暇，尚敢临水观望吗？照此看来，定是有恃无恐，所以得此安详。"裕又凝望片刻，召语将佐道："贼若由新亭直进，锐不可当，只好暂时回避，徐决胜负。若回泊西岸，贼势必懈，便容易成擒了。"将佐等听了裕言，便专探贼舰消息。徐道复原欲进兵新亭，焚舟直上，偏卢循不肯冒险，逡巡未行，且语道复道："我军未向建康，闻孟昶已惧祸自裁，看来晋都空虚，必且自乱，何必急求一战，多伤士卒呢？"道复终不得请，退自叹息道："我必为卢公所误，事终无成。若使我独力驰驱，得为英雄，取天下如反手哩。"*也是过夸，试看后来豫章之战。*

既而刘裕登石头城，望见敌船，引向新亭，也觉失色。嗣看他退驻蔡洲，方有喜容。龙骧将军虞邱，请伐木为栅，保护石头淮口，又修治越城，增筑查浦药园廷尉*宜寺所居之处*。三垒，杜贼侵轶。裕皆依计施行，人心渐固。刘毅奔还建康，诣阙待罪。有诏降毅为后将军，裕却亲加慰勉，使知中外留守事宜。再派冠军将军刘敬宣屯北郊，辅国将军孟怀玉屯丹阳郡西，建武将军王仲德屯越城，广武将军刘默屯建阳门外。又令宁朔将军索邈，用突骑千匹，外蒙虎皮，分扎淮北。部署既定，壁垒皆新。卢循探悉情形，才悔因循误事，急遣战舰十余艘，进攻石头城的防栅。栅中守卒，并不出战，但用神臂弓竞射，一发数矢，无不摧陷，循只好退去。寻又伏兵南岸，伪使老弱东行，扬言将进攻白石。刘裕留参军沈林子徐赤特防备南岸，截堵查浦，嘱令坚守勿动，自与刘毅诸葛长民等，往戍白石，拒遏贼军。卢循闻裕北去，自喜得计，遂引众进毁查浦，直攻张侯桥。徐赤特即欲出击，林子道："贼众声往白石，乃反来此挑战，情诈可知。我众寡不敌，不如据垒自固，静待大军。况刘公曾一再面嘱，怎好有违？"赤特不听，自引部曲出战，遇伏败走，遁往淮北。贼众趁势攻栅，喊杀连天，亏得林子据栅力御，又经别将刘钟、朱龄石等，相率来援，方将贼众击退，循引锐卒趋往丹阳。

裕抵白石，未见贼至，料知贼有诈谋，急率诸军驰还石头，捕斩赤特，然后出阵南塘，令参军诸葛叔度，及朱龄石等渡淮追贼。贼众转掠各郡，郡守统坚壁待着，毫无所得。循乃语道复道："我兵老了，不如退据寻阳，并力取荆州，徐图建康便了。"乃留徒党范崇民，率众五千，居守南陵，自向寻阳退去。晋廷进刘裕为太尉，领中书监，并加黄钺。裕表举王仲德为辅国将军，刘钟为广州太守，蒯恩为河间太守，令与谘议参军孟怀玉等，引兵追循，自还东府整治水军，增筑楼船；特遣建威将军孙处，振武将军沈田子，领兵三千，自海道径袭番禺，捣循巢穴。将佐谓海道迂远，不宜出发，裕微笑不答，但嘱孙处道："大军至十二月间，必破妖贼，卿可先倾贼巢，截彼归路，不怕不为我所歼哩。"*却是釜底抽薪的妙计。*孙处等奉令自去。

那卢循退至寻阳，遣人从间道入蜀，联结谯纵，约他夹攻荆州。纵复称如约，并向后秦乞师。秦主姚兴，册封纵为大都督，相国蜀王，加九锡礼，得承制封拜，并使前将军苟林，率兵会纵。纵乃释出桓谦，令为荆州刺史，应九十四回。又使谯道福为梁州刺史，兴兵二万，与秦将苟林共寇荆州。荆州为贼寇所阻，与建康音问不通，刺史刘道规，曾遣司马王镇之，率同天门太守檀道济，广武将军刘彦之，入援建康。镇之行至寻阳，适值秦苟林抄出前面，击败镇之，镇之退走。卢循欢迎苟林，使为南蛮校尉，拨兵相助，会攻荆州。桓谦又沿途募兵，得众二万，进据枝江。苟林入屯江津，二寇交逼江陵，荆州大震，士民多思避去。刘道规会集将士，对众晓谕道："诸君欲去，尽请自便。我东来文武，已足拒寇，可不烦此处士民了。"说着，令大开城门，彻夜不闭，任令自由出入，暗中却日夕增防，士民不禁惮服，反无一人出走。会雍州刺史鲁宗之，自襄阳率军与援，或谓宗之情不可测，道规独单骑迎入，推诚相待，引为腹心。虽是一番权术，却不愧为济变才。当下留宗之居守，自引各军士击桓谦，水陆齐进，直达枝江。天门太守檀道济，奋呼陷阵，大破谦众。谦单舸奔逃，被道规追击过去，一阵乱箭，把谦射死。再移军进攻苟林。

林闻谦败死，未战先逃，道规令参军刘遵，从后追赶，驰至巴陵，得将苟林击毙。道规回军江陵，检得士民通敌各书，一律焚去，不复追究，人情大安。鲁宗之当即辞去。忽闻徐道复率贼三万，奄至破冢，将抵江陵，城中又复惊哗，一时谣言蜂起，且云："卢循已陷京邑，特使道复来镇荆州。"道规也觉怀疑，自思追召宗之，已是不及，眼前唯有镇定一法，募众守城。好在江陵士民，统感道规焚书德惠，不再生贰，誓同生死，因此秩序复定。可巧刘遵亦得胜回来，道规即使为游军，自督兵出豫章口，逆击道复。道复来势甚锐，突破道规前军，节节进逼。不防斜刺里来了战舰数艘，横冲而入，把道复兵舰截作两段，道复前后不能相顾，顿致慌乱。道规得乘隙奋击，俘斩无算。再经来舰中的大将，帮同拦截，杀得道复走投无路，拚死的杀出危路，走往溢口去了。小子有诗赞刘道规道：

> 江陵重地镇元戎，战守随宜终立功。
> 尽有良谋能破贼，强徒漫自诩英雄。

究竟何人来助道规，得此胜仗，待至下回报明。

　　叙何无忌刘毅之败衄，益以显刘裕之智能。无忌猛将也，而失之轻，刘毅亦悍将也，而失之愎，轻与愎皆非良将才，徐道复谓其无能为，诚哉其无能为也。然观于毅之苟免，犹不如无忌之舍生，虽曰徒死无益，究之一死足以谢国人，况观于后来之刘毅，死于刘裕之手，亦何若当时殉难，尚得流芳千古乎？刘裕临敌不挠，见机独断，诚不愧为一代枭雄，曹阿瞒后，固当推为巨擘，卢循徐道复诸贼，何能当之？宜其终归败灭也。刘道规为裕弟，智力不亚乃兄，刘氏有此二雄，其亦可谓世间之英乎？

第二十九回

窜南交卢循毙命
平西蜀谯纵伏辜

却说刘道规至豫章口，击破徐道复，全亏游军从旁冲入，始得奏功。游军统领，便是参军刘遵，当时道规将佐，统说是强寇在前，方虑兵少难敌，不宜另设游军。及刘遵夹攻道复，大获胜仗，才知道规胜算，非众所及，嗣是益加敬服，各无异言。刘裕闻江陵无恙，当然心喜，便拟亲出讨贼。刘毅却自请效劳，长史王诞密白刘裕道："毅既丧败，不宜再使立功。"裕乃留毅监管太尉留府，自率刘藩、檀韶、刘敬宣等，出发建康。王仲德刘钟各军，前奉裕令追贼，行至南陵，与贼党范崇民相持，至此闻裕军且至，遂猛攻崇民，崇民败走，由晋军夺还南陵。凑巧裕军到来，便合兵再进，到了雷池，好几日不见贼踪，乃进次大雷。越宿，见贼众大至，舳舻衔接，蔽江而下，几不知有多少贼船，裕不慌不忙，但令轻舸尽出，并力拒贼，又拨步骑往屯西岸，预备火具，嘱令贼至乃发，自在舟中亲提桴鼓，督众奋斗。右军参军庾乐生，逗留不进，立命斩首徇众。众情知畏，不敢落后，便各腾跃向前。裕又命前驱执着强弓硬箭，乘风射贼，风逐浪摇，把贼船逼往西岸，岸上晋军，正在待着，便将火具抛入贼船，船中不及扑救，多被延烧，烈焰齐红，满江俱赤，贼众纷纷骇乱，四散狂奔。卢循徐道复，也是逃命要紧，走还寻阳。卢徐二贼，从此休了。

裕得此大捷，依次记功，复麾军进迫左里。左里已遍竖贼栅，无路可通，裕但摇动麾竿，督众猛扑，砉然一声，麾竿折断，幡沉水中，大众统皆失色。裕笑语道："往年起义讨逆，进军覆舟山，幡竿亦折，今又如此，定然破贼了。"*覆舟山之战，系讨桓玄时事，见九十回。*大众听了，气势益奋，当下破栅直进，俘斩万余。卢徐二贼，分途遁去。裕遣刘藩、孟怀玉等，轻骑追剿，自率余军凯旋建康，时已为义熙六年冬季，转眼间便是义熙七年了。徐道复走还始兴，部下寥寥，只剩了一二千人，并且劳疲得很，不堪再用。偏晋将军孟怀玉，与刘藩分兵，独追道复，直抵始兴城下。道复硬着头皮，拚死守城。一边是累胜军威，精神愈振，一边是垂亡丑虏，喘息仅存，彼此相持数日，究竟贼势孤危，禁不住官军骁勇，一着失手，即被攻入。道复欲逃无路，被晋军团团围住，四面攒击，当然刺死。

独卢循收集散卒，尚有数千，垂头丧气，南归番禺。途次接得警报，乃是番禺城内，早被晋将孙处沈田子从海道掩入，占踞多日了。*回应前回。*原来卢循出扰长江，只留老弱残兵，与亲党数百人，居守番禺，孙处沈田子引兵奄至城下，天适大雾，迷蒙莫辨，当即乘雾登城，一齐趋入。守贼不知所为，或被杀，或乞降。孙处下令安民，但将卢循亲党，捕诛不赦外，余皆宥免，全城大定。又由沈田子等分徇岭表诸郡，亦皆收复。只卢循得此音耗，累得无家可归，不由的惊愤交并，慌忙集众南行。倍道到了番禺，誓众围攻，孙处独力拒守，约已二十余日，晋将刘藩，方驰入粤境，沈田子亦从岭表回军，与藩相遇，当下向藩进言道："番禺城虽险固，乃是贼众巢穴，今闻循集众围攻，恐有内变，且孙季高*系处表字。*兵力单弱，未能久持，若再使贼得据广州，凶势且复振了，不可不从速往援。"藩乃分兵与田子，令救番禺。田子兼程急进，到了番禺城下，便扑循营，喊杀声递入城中。孙处登城俯望，见沈田子与贼相搏，喜出望外，当即麾兵出城，与田子夹击卢循，斩馘至万余人。循狼狈南遁。处与田子合兵至苍梧郁林宁浦境内，三战皆捷。适处途中遇病，不能行军，田子亦未免势孤，稍稍迟缓，遂被卢循窜去，转入交州。

先是九真太守李逊作乱，为交州刺史杜瑷讨平，未几瑷殁，子慧度讣达晋廷，有诏令慧度袭职。慧度尚未接诏，那卢循已袭破合浦，径向交州搗入。慧度号召中州文武，同出拒循，交战石碕，得败循众。循党尚剩三千人，再加李逊余党李脱等，纠集蛮獠五千余人，与循会合，循又至龙编南津，窥伺交州。慧度将所有私财，悉数取出，犒赏将士。将士感激思奋，复随慧度攻循。循党从水中舟行，慧度所率，都是步兵，水陆不便交锋，经慧度想出一法，列兵两岸，用雉尾炬烧着，掷入循船。雉尾炬系束草一头，外用铁皮缚住，下尾散开，状如雉尾，所以叫做雉尾炬。循船多被燃着，俄而循坐船亦致延烧，连忙扑救，还不济事，余舰亦溃。循自知不免，先将妻子鸩死，后召妓妾遍问道："汝等肯从死否？"或云："雀鼠尚且贪生，不愿就死。"或云："官尚当死，妾等自无生理。"循将不愿从死的妓妾，一概杀毙，投尸水中，自己亦一跃入江，溺死了事。又多了一个水仙。慧度命军士捞起循尸，枭取首级，复击毙李脱父子，共得七首，函送建康。南方十多年海寇，至此始荡涤一空，不留遗种了。也是一番浩劫。晋廷赏功恤死，不在话下。

且说荆州刺史刘道规，莅镇数年，安民却寇，惠及全州，嗣因积劳成疾，上表求代。晋廷令刘毅代镇荆州，调道规为豫州刺史。道规转赴豫州，旋即病殁。荆人闻讣，无不含哀。独刘毅素性贪愎，自谓功与裕埒，偏致外调，尝郁郁不欢。裕素不学，毅却能文，因此朝右词臣，多喜附毅。仆射谢混，丹阳尹郗僧施，更与毅相投契。毅奉命西行，至京口辞墓。谢郗等俱往送行，裕亦赴会。将军胡藩密白裕道："公谓刘荆州终为公下么？"裕徐徐答道："卿意云何？"藩答道："战必胜，攻必取，毅亦知不如公。若涉猎传记，一谈一咏，毅却自诩雄豪。近见文臣学士，多半归毅，恐未必肯为公下，不如即就会所，除灭了他。"裕之擅杀，藩实开之。裕半晌方道："我与毅共同匡复，毅罪未著，不宜相图，且待将来再说。"杀机已动。随即欢然会毅，彼此作别。裕复表除刘藩为兖州刺史，出据广陵。毅因兄弟并据方镇，阴欲图裕，特密布私人，作为羽翼。乃调僧施为南蛮校尉，毛修之为南郡太守，裕皆如所请，准他调去。是亦一郑庄待弟之策。毅又常变置守宰，擅调豫江二州文武将吏，分充僚佐；嗣又请从弟兖州刺史刘藩为副。于是刘裕疑上加疑，不肯放松，表面上似从毅请，召藩入朝，将使他转赴江陵。藩不知是计，卸任入都，便被裕饬人拿下，并将仆射谢混，一并褫职，与藩同系狱中。越日，即传出诏旨，略言"刘藩兄弟与谢琨同谋不轨，当即赐死。毅为首逆，应速发兵声讨"云云。一面令前会稽内史司马休之为荆州刺史，随军同行。裕弟徐州刺史刘道怜为兖青二州刺史，留镇京口。使豫州刺史诸葛长民监管太尉府事，副以刘穆之。

裕亲督师出发建康，命参军王镇恶为振武将军，与龙骧将军蒯恩，率领百舰，充作前驱，并授密计。镇恶昼夜西往，至豫章口，去江陵城二十里，舍船步上，扬言刘兖州赴镇。荆州城内，尚未知刘藩死耗，还道传言是实，一些儿不加预防。至镇恶将到城下，毅始接得侦报，并非刘藩到来，实是镇恶进攻，当即传出急令，四闭城门，那知门未及闭，镇恶已经驰入，驱散城中兵吏。毅只率左右百余人，奔突出城，夜投佛寺，寺僧不肯容留，急得刘毅势穷力蹙，没奈何投缳自尽。**究竟逊裕一筹，致堕诡计。**镇恶搜得毅尸，枭首报裕。裕喜已遂计，即西行至江陵，杀郄僧施，赦毛修之。宽租省调，节役缓刑，荆民大悦。裕留司马休之镇守江陵，自率将士东归。有诏加裕太傅，领扬州牧，裕表辞不受，唯奏征刘镇之为散骑常侍。镇之系刘毅从父，隐居京口，不求仕进，尝语毅及藩道：“汝辈才器，或足匡时，但恐不能长久呢。我不就汝求财位，当不为汝受罪累，尚可保全刘氏一脉，免致灭门。”毅与藩哪里肯信，还疑乃叔为疯狂，有时过门候谒，仪从甚多，辄被镇之斥去。果然不到数年，毅藩遭祸，亲族多致连坐，唯镇之得脱身事外。裕且闻他高尚，召令出仕，镇之当然不赴，唯守志终身罢了。**不没高士。**

豫州刺史诸葛长民，本由裕留监太尉府事，闻得刘毅被诛，惹动兔死狐悲的观念，便私语亲属道：“昔日醢彭越，今日杀韩信，祸将及我了。”长民弟黎民进言道：“刘氏覆亡，便是诸葛氏的前鉴，何勿乘刘裕未还，先发制人？”长民怀疑未决，私问刘穆之道：“人言太尉与我不平，究为何故？”穆之道：“刘公溯流西征，以老母稚子委足下，若使与公有嫌，难道有这般放心么？愿公勿误信浮言！”**穆之为刘裕心腹，长民尚且不知，奈何想图刘裕？**长民意终未释。再贻冀州刺史刘敬宣书道：“盘龙刘毅小字。专擅，自取夷灭，异端将尽，世路方夷，富贵事当与君共图，幸君勿辞！”敬宣知他言中寓意，便答书道：“下官常恐福过灾生，时思避盈居损，富贵事不敢妄图，谨此复命！”这书发出，复将长民原书，寄呈刘裕。裕掀髯自喜道：“阿寿原不负我呢。”阿寿就是敬宣小字。说毕，即悬拟入都期日，先遣人报达阙廷。

长民闻报，不敢动手，唯与公卿等届期出候，自朝至暮，并不见刘裕到来，只好偕返。次日，又出候裕，仍然不至，接连往返了三日，始终不闻足迹，免不得疑论纷纭。**裕又作怪。**谁知是夕黄昏，裕竟轻舟径进，潜入东府，大众都未知悉，只有刘穆之在东府中，得与裕密议多时。到了诘旦，裕升堂视事，始为长民所闻，慌忙趋府问候。裕下堂相迎，握手殷勤，引入内厅，屏人与语，非常款洽。长民很是惬意，不防座后突入两手，把他拉住，一声怪响，骨断血流，立时毙命，遂舆尸出付廷尉，并收捕长民弟黎民幼民，及从弟秀之。黎民素来骁勇，格斗而死；幼民秀之被杀。当时都下人传语道："勿跋扈，付丁旿。"旿系裕麾下壮士，拉长民，毙黎民，统出旿手，这正好算得一个大功狗了。意在言中。

裕又命西阳太守朱龄石，进任益州刺史，使率宁朔将军臧熹，河间太守蒯恩，下邳太守刘钟等，率众二万，西往伐蜀。时人统疑龄石望轻，难当重任，独裕说他文武优长，破格擢用。臧熹系裕妻弟，位本出龄石上，此时独属归龄石节制，不得有违。临行时，先与龄石密商道："往年刘敬宣进兵黄虎，无功而还，今不宜再循覆辙了。"遂与龄石附耳数语，并取出一锦函，交与龄石，外面写着六字云："至白帝城乃开。"龄石受函徐行，在途约历数月，方至白帝城。军中统未知意向，互相推测，忽由龄石召集将士，取示锦函，对众展阅，内有裕亲笔一纸云："众军悉从外水取成都，臧熹从中水取广汉，老弱乘高舰十余，从内水向黄虎，至要勿违。"大众看了密令，各无异言，便即倍道西进。前缓后急，统是刘裕所授。

蜀王谯纵，早已接得警报，总道晋军仍由内水进兵，所以倾众出守涪城，令谯道福为统帅，扼住内水。黄虎系是内水要口，此次但令老弱进行，明明是虚张声势，作为疑兵。外水一路，乃是主军，由龄石亲自统率，趋至平模，距成都只二百里。谯纵才得闻知，亟遣秦州刺史侯晖，尚书仆射谯诜，率众万余，出守平模夹岸，筑城固守。时方盛暑，赤日当空，龄石未敢轻进，因与刘钟商议道："今贼众严兵守险，急切未易攻下，且天时炎热，未便劳军，我欲休兵养锐，伺隙再进，君意以为可否？"钟连答道："不可不可。我军以内水为疑兵，故谯道福未敢轻去涪城，今大众从外水来此，侯晖等虽然拒守，未免惊心，彼阻兵固险，明明是不敢来争，我乘他惊疑未定，尽锐进攻，无患不克。既克平模，成都也易取了。若迟疑不定，彼将知我虚实，涪军亦必前来，并力拒我，我求战不得，军食无资，二万人且尽为彼虏了。"龄石矍然起座，便誓众进攻。能从良策，便是良将。

蜀军筑有南北二城，北城地险兵多，南城较为平坦，诸将欲先攻南城，龄石道："今但屠南城，未足制北，若得拔北城，南城不麾自散了。"当下督诸军猛攻北城，前仆后继，竟得陷入，斩了侯晖谯诜，再移兵攻南城。南城已无守将，兵皆骇遁，一任晋军据住。可巧臧熹亦从中水杀进，阵斩牛脾守将谯抚之，击走打鼻守将谯小狗，留兵据守广陵，自引轻兵来会龄石。两军直向成都，各屯戍望风奔溃，如入无人之境，成都大震。谯纵魂飞天外，慌忙挈了爱女，弃城出走，先至祖墓前告辞。女欲就此殉难，便流泪白纵道："走必不免，徒自取辱，不若死在此处，尚好依附先人。"纵不肯从，女竟咬着银牙，用头撞碣，砰的一声，脑浆迸裂，一道贞魂，去寻那谯氏先祖先宗了。烈女可敬！纵心虽痛女，但也未敢久留，即纵马往投涪城。途次正遇着道福，道福勃然怒道："我正因平模失守，引兵还援，奈何主子匹马逃来？大丈夫有如此基业，骤然弃去，还想何往？人生总有一死，难道怕到这般么？"说着，即拔剑投纵。纵连忙闪过，剑中马鞍，马尚能行，由纵挥鞭返奔，跑了数里，马竟停住，横卧地上。纵下马小憩，自思无路求生，不如一死了事，遂解带悬林，自缢而亡。不出乃女所料。巴西人王志，斩纵首级，赍送龄石。龄石已入成都。蜀尚书令马耽，封好府库，迎献图籍。当下搜诛谯氏亲属，余皆不问。谯道福尚拟再战，把家财尽犒兵士，且号令军中道："蜀地存亡，系诸我身，不在谯王。今我在，尚足一战，还望大家努力！"众虽应声称诺，待至金帛到手，都背了道福，私下逃去。都是好良心。剩得道福孤身远窜，为巴民杜瑾所执，解送晋营，结果是头颅一颗，枭示军门。总计谯氏僭称王号，共历九年而亡。小子有诗叹道：

> 九载称王一旦亡，覆巢碎卵亦堪伤。
> 撞碑宁死先人墓，免辱何如一女郎。

朱龄石既下成都，尚有一切善后事情，待至下回续叙。

卢循智过孙恩，徐道复智过卢循，要之皆不及一刘裕，裕固一世之雄也。道复死而循乌得生？穷窜交州，不过苟延一时之残喘而已。前则举何无忌刘毅之全军，而不能制，后则仅杜慧度之临时召合，即足以毙元恶，势有不同故耳。然刘毅不能敌卢循，乌能敌刘裕？种种诈谋，徒自取死。诸葛长民，犹之毅也。谯纵据蜀九年，负险自固，偏为朱龄石所掩入，而龄石之谋，又出自刘裕，智者能料人于千里之外，裕足以当矣。然江左诸臣，无一逮裕，司马氏岂尚有幸乎？魏崔浩论当世将相，尝目裕为司马氏之曹操，信然。

第三十回

南凉王愎谏致亡
西秦后败谋殉难

却说朱龄石入成都后，上书告捷，晋廷叙功加赏，命龄石监督梁秦二州军事，赐爵丰城县侯。龄石恐降臣马耽在蜀生事，特将他徙往越巂。耽至徙所，私语亲属道："朱侯不送我入凉，无非欲杀我灭口，看来我必不免了。"乃盥洗而卧，引绳扼死，既而龄石使至，果来杀耽。见耽已死，即戮尸归报，龄石乃安。可见龄石不免营私。后来龄石遣使诣北凉，宣谕晋廷威德，北凉王沮渠蒙逊，却也有些畏惧，因上表晋廷。略云：

上天降祸，四海分崩，灵耀拥于南裔，苍生没于丑房。陛下累圣重光，道迈周汉，纯风所被，八表宅心。臣虽被发旁徼，才非时俊，谬经河右遗黎，推为盟主，臣之先人，世荷恩宠，虽历夷险，执义不回，倾首朝阳，乃心王室。近由益州刺史朱龄石，遣使诣臣，始具朝廷休问。承车骑将军刘裕，秣马挥戈，以中原为事，可谓天赞大晋，笃生英辅。彼亦唯知一裕。臣闻少康之兴大夏，光武之复汉业，皆奋剑而起，众无一旅，犹能成配天之功，著《车攻》之咏。陛下据全楚之地，拥荆扬之锐，宁可垂拱晏然，弃二京以资戎房乎？若六军北轸，克复有期，臣愿率河西诸戎，为晋右翼，效力前驱，粪鞭待命！

看官听说！这时候的沮渠蒙逊已夺了南凉的姑臧城，从张掖徙都姑臧，自称河西王，改元玄始，差不多与吕光一律了。原来南北二凉，互相仇敌，争战不休。送见前文。南凉王秃发傉檀，背秦僭位，称妻折掘氏为王后，子虎台为太子，也设置臣僚，封拜百官。应九十五回。且遣左将军枯木，与驸马都尉胡康等，往侵北凉，掠去临松人民千余家。北凉怎肯干休？由蒙逊亲率骑士，称戈报怨，突入南凉的显美境内，大掠而去。南凉太尉俱延，引兵追蹑，被蒙逊回军奋击，大败遁还。于是傉檀也征兵五万，往攻蒙逊。左仆射赵晁，及太史令景保谏阻道："近年天文错乱，风雨不时，陛下唯修德责躬，方可迎吉，不宜再动干戈。"傉檀勃然道："蒙逊不道，入我封畿，掠我边疆，残我禾稼，我若不再征，如何保国？今大军已集，卿等反出言沮众，究出何意？"谁叫你先去害人？景保道："陛下令臣主察天文，臣若见事不言，便负陛下。今天象显然动必失利。"傉檀道："我挟轻骑五万，亲征蒙逊，可战可守，有什么不利呢？"景保还要强谏，惹得傉檀性起，锁保随军，且与语道："有功当斩汝徇众，无功当封汝百户侯。"当下亲自出马，引众直趋穷泉。

蒙逊当然出拒，两下相见，北凉兵非常厉害，杀得南凉人仰马翻，纷纷逃溃。傉檀亦单骑奔还，只有景保锁着，不能自由行走，致被北凉兵擒去，推至蒙逊面前。蒙逊面责道："卿既识天文，为何违天犯顺，自取羁辱？"保答道："臣非不谏，谏不肯从，亦属无益。"蒙逊道："昔汉高祖免厄平城，赏及娄敬；袁绍败溃官渡，戮及田丰。卿谋同二子，可惜遇主不同，卿若有娄敬的功赏，我当放卿回去，但恐不免为田丰呢。"保又道："寡君虽才非汉祖，却与袁本初不同，臣本不望封侯，亦不至虑祸呢。释还与否，悉听明断便了。"蒙逊乃放归景保。保还至姑臧，傉檀引谢道："卿为孤蓍龟，孤不能从，咎实在孤，孤今当从卿了。"乃封保为安亭侯。已经迟了。

蒙逊进围姑臧，城内大骇，民多惊散。傉檀亦非常着急，只得遣使请和，遣子他及司隶校尉敬归，入质蒙逊。蒙逊乃引兵退去。归至胡坑，乘间逃还，他亦走了里许，仍被追兵拘住，将他械归。傉檀恐蒙逊复至，不敢安居，竟率亲党徙居乐都，但留大司农成公绪守姑臧。甫出城门，魏安人焦谌王侯等闭门作乱，收合三千余家，占据南城，推焦朗为大都督，自称凉州刺史，通款蒙逊。蒙逊复进兵姑臧，焦朗未悉谌谋，纠众守城，偏偏谌为内应，潜开城门，迎纳蒙逊。朗不及出奔，束手受擒。还算

战官渡袁本初败绩

蒙逊大开恩典，把朗赦免，再移兵往取北城。成公绪早已遁去，姑臧城遂全属蒙逊了。傉檀轻弃姑臧，原是失策，但易得易失，亦理所固然。蒙逊令弟挈为秦州刺史，居守姑臧，自率兵进攻乐都。

傉檀迁居未久，闻得蒙逊兵至，慌忙勒兵登陴，日夕守御。蒙逊相持匝月，尚幸全城无恙，唯守卒已死了多人，总觉岌岌可危，不得已再与讲和。蒙逊索傉檀宠子为质，傉檀不肯遽许，旋经群臣固请，才令爱子安周出质，蒙逊乃去。过了数月，傉檀复欲往攻蒙逊，邯川护军孟恺进谏道："蒙逊方并姑臧，凶势方盛，不宜速攻，且保守境土为是。"傉檀急欲复仇，不听恺言，忽惧忽忿，好似小儿模样。遂分兵五路，同时俱进。到了番禾苕藋等地方，掠得人民五千余户，乃议班师。部将屈右入白道："陛下转战千里，已属过劳，今既得利，亟宜倍道还师，速度险阨。蒙逊素善用兵，士众习战，若轻军猝至，出我意外，强敌外逼，徙户内叛，岂不危甚？"道言方绝，卫将伊力延接口道："彼步我骑，势不相及，若倍道急归，必致捐弃资财，示人以弱，这难道是良策么？"屈右出语诸弟道："我言不用，岂非天命？恐我兄弟将不能生还了。"傉檀徐徐退还，途次忽遇风雨，阴雾四塞。那蒙逊兵果然大至，喊声四震，吓得南凉兵魂不附体，没路飞跑。傉檀亦即返奔，弃去辎重，狼狈走还。蒙逊追至乐都，四面围攻，傉檀又送出一个质子染干，方得令蒙逊回军。亏得多男。

是时，西秦王乞伏乾归，叛秦独立。见九十五回。乃号妻边氏为王后，子炽磐为太子，兼督中外诸军，录尚书事。屡寇秦境，陷入金城略阳南安陇西诸郡。秦主姚兴，不遑西讨，只好遣吏招抚，曲为周旋。乾归方欲图南凉，乃与秦修和，送还所掠守宰，答书谢罪。兴更册拜乾归为征西大将军，河州牧，大单于，河南王，都督陇西岭北匈奴杂胡诸军事。炽磐为镇西将军左贤王平昌公。乾归父子受了秦命，送遣炽磐及次子审虔，带领步骑万人，往攻南凉，击败南凉太子虎台，掠得牛马十余万匹而还。未几，复与秦背约，寇掠略阳南平，徙民数千户至谭郊，令子审虔率众二万，赴谭郊筑城；筑就后又复迁都，但命炽磐留镇苑川。

从子乞伏公府，系国仁子，年已长成，自恨前时不得嗣立，深怨乾归。公府事见前文。会乾归出畋五溪，有枭鸟飞集手上，忙即拂去，心中不能无嫌，唯未曾料及隐患。是夕，宿居猎苑，被公府招引徒党，突入寝处，刺死乾归。因恐炽磐往讨，走保大夏。炽磐闻变，立命弟智达木奕于等，引兵讨逆，留骁骑将军娄机镇苑川，自帅将佐至枹罕城。已而智达击败大夏，追公府至嵁嵓山，把他擒住，并获公府四子，解至谭郊，车裂以徇。炽磐遂自称大将军河南王，改元永康，迎回乾归遗枢，安葬枹罕，追谥为武元王，号称高祖。署翟勍为相国，麹景为御史大夫，段晖为中尉；当即兴兵四出，攻讨吐谷浑诸胡，先后俘得男女二万八千人。越二年余，有五色云出现南山，炽磐目为符瑞，喜语群臣道：“我今年应得太庆，王业告成了。”嗣是缮甲整兵，专待四方衅隙。适南凉王傉檀，西讨乙弗，炽磐拔剑奋起道：“平定南凉，在此一行了。”当下征兵二万，克日起行。

那傉檀连年被兵，损失不赀，国威顿挫。唯契汗乙弗，向居吐谷浑西北，臣事南凉，至是亦叛。因此傉檀定议西征。邯川护军孟恺，又进谏道：“连年饥馑，百姓未安，炽磐蒙逊，屡来侵扰，就使远征得克，后患必深，计不如与炽磐结盟，通籴济难，足食缮兵，相时乃动，方保万全。”傉檀不从，使太子虎台居守，预约一月必还，倍道西去，大破乙弗，掳得马牛羊四十余万头，饱载归来。哪知乐极悲生，福兮祸倚，中途遇着安西将军樊尼，报称：“乐都失守，王后太子，俱已陷没了。”傉檀听到此耗，险些儿晕了过去，勉强按定了神，问明情形，才知为炽磐所掩袭。乐都城内的兵民，仓猝奔溃，虎台不及出奔，遂致被掳，妻妾等统是怯弱，当然不能脱身了。傉檀踌躇多时，复号众与语道：“今乐都为炽磐所陷，男夫多死，妇女赏军，我等退无所归，只好再行西掠，尽取乙弗资财，还赎妻子罢。”说着，又麾众西进。偏将士俱思东归，多半逃还。傉檀遣镇北将军段苟往追，苟亦不返。俄而将佐皆散，唯安西将军樊尼，中军将军纥勃，后军将军洛肱，散骑常侍阴利鹿，尚是随着。傉檀泣叹道：“蒙逊炽磐，从前俱向我称藩，今我若穷蹙往降，岂不可耻？但四海虽广，无可容身，与其聚而同死，不若分而或生。樊尼系我兄子，宗祧所寄，我众在北，尚不下二万户，可以往依。蒙逊方招怀远迩，不致寻仇，纥勃洛肱，俱可同去。我已老了，无地自容，宁与妻子同死罢。”言若甚悲，*实由自取*。樊尼与纥勃洛肱，依言别去。傉檀掉头东行，随从只阴利鹿一人，因凄然顾语道：“我亲属皆散，卿何故独留？”利鹿道：“臣家有老母，非不思归，但忠孝不能两全，臣既不能为陛下保国，难道尚敢相离么？”傉檀感叹道：“知人原是不易，大臣亲戚，统弃我自去，唯有卿终始不渝，卿非负我，我实愧卿。”说毕，泪下如雨。利鹿亦泣慰数语，乃再相偕同行。

途次探得炽磐已归，留部将谦屯都督河右，镇守乐都，又任秃发赴单为西平太守，镇守西平，赴单系乌孤子，为傉檀侄。傉檀得此援系，当即往投。赴单已臣事西秦，自然报达炽磐。炽磐从前入质南凉，利鹿孤尝给宗女为妻，后来炽磐奔还，傉檀曾将炽磐女送归。及炽磐攻入乐都，掳得傉檀季女，见她艳丽动人，遂逼令侍寝。为此两道姻谊，所以遣使往迎傉檀，待若上宾，令为骠骑大将军，封左南公。就是虎台被他带归，亦优礼相待。傉檀乃遣阴利鹿归省，利鹿方去。

自从乐都失陷，南凉各城，尽归炽磐，唯浩亹守将尉贤政，固守不下。炽磐遣人招谕道："乐都已溃，卿妻子都在我处，何不早降？"贤政答道："主上存亡，尚未探悉，所以不敢归命。若顾恋妻子，便忘故主，试问大王亦何用此臣？"去使还报炽磐。炽磐再使虎台赍去手书，往招贤政。贤政见了虎台，便正色道："汝为储副，不能尽节，弃父忘君，自堕基业，贤政义士，岂肯效汝么？"虎台怀惭而去。及傉檀受爵左南，才举城归附后秦。与阴利鹿志趣相同，犹为彼善于此。炽磐既并吞南凉，遂自称秦王，立傉檀女秃发氏为王后，前妻秃发氏为左夫人。重后轻前，亦属非是。旋恐傉檀尚存，终为后患，竟遣人赍了鸩毒，往毒傉檀。傉檀一饮而尽，俄而毒发，痛不可当，左右请丞服解药，傉檀瞑目道："我病岂尚宜疗治么？"言讫即毙。年终五十一，在位十三年。南凉自秃发乌孤立国，兄弟相传，共历三主，凡十有九年而亡。

傉檀子保周破羌，利鹿孤孙副周，乌孤孙承钵，皆奔往北凉，转入北魏。魏并授公爵，且赐破羌姓名，叫作源贺，后来为北魏功臣。就是傉檀兄子樊尼，亦入魏授官，不遑细叙。唯虎台仍在西秦，北凉王沮渠蒙逊，遣人引诱虎台，许给番禾西安二郡，且愿借兵士，使报父仇。虎台恰也承认，阴与定约。偏被炽磐闻知，召入宫廷，不令外出，但表面上还不露声色，待遇如初。炽磐后秃发氏，与虎台为兄妹，起初是无法解脱，只好勉侍炽磐，佯作欢笑，及得立为后，历承恩宠，心中总不忘君父，自恨身为女流，无从报复。可巧乃兄召入，尝得相见，遂觑隙与语道："秦与我有大仇，不过因婚媾相关，虚与应酬，试想先王死于非命，遗言不愿疗治，无非为保全子女起见，我与兄既为人子，怎可长事仇雠，不思报复呢？"虽含有烈性，究竟自己被污，也不免迟了一着。虎台点首退出，密与前时部将越质洛城等设谋，阴图炽磐。不料宫中却有一个奸细，本是秃发氏遗胄，偏他甘心事虏，反噬虎台兄妹，这叫丧尽天良，可叹可恨呢！

看官道是何人？便是炽磐左夫人秃发氏。她自傉檀女入宫得宠，已怀妒意，又平白地失去后位，反使后来居上，越觉愤愤不平，但面上却毫不流露，佯与王后相亲，很是投机。秃发后仍以姊妹相呼，误信她为同宗一派，当无异心，所以有时晤谈，免不得将报仇意计，漏说数语。她便假意赞成，盘问底细，得悉她兄妹隐情，竟去报知炽磐。炽磐不听犹可，听了密报，自然怒起，立把王后兄妹，及越质洛城等人，一并处死。自是左夫人秃发氏，得快私愤，复沐专宠了。唯炽磐元妃早殁，遗下数男，次子叫做慕末，由炽磐立为太子。慕末弟轲殊罗，亦为前妻所出，后来炽磐身死，慕末继立，秃发左夫人做了寡妇，不耐嫠居，竟与轲殊罗私通，谋杀慕末。慕末闻知，鞭责轲殊罗，赦他一死，独勒令秃发氏自尽，事在刘宋元嘉六年，乃是东晋后事。小子因她妒悍淫昏，终遭恶报，所以特别提出，留作榜样。奉劝后世妇女，切莫效此丑恶事呢。是有心人吐属。因随笔凑成一诗道：

> 一门姊妹不相侔，谗杀同宗甘事仇。
> 待到后来仍自尽，何如死义足千秋。

西秦方盛，后秦却已垂亡，欲知详情，试看下回分解。

秃发傉檀，北见侵于蒙逊，东受迫于炽磐，其危亡也必矣。然使听孟恺之言，和东拒北，尚不至于遽亡，乃人方眈伺，彼尚逞兵，乙弗不必讨而讨之，乐都不可忽而忽之，卒至众叛亲离，束手降虏，举先人之基业，让诸他人，寻且服鸩自毙，嗟何及哉！傉檀女为西秦后，冀复父仇，谋泄而死。一介妇人，独有亢宗之想，计虽不成，志足悲也。彼左夫人亦秃发氏女，何忘仇无耻若是？同一巾帼，判若径庭，然则秃发后其可不传乎？特笔以表明之，所以补《晋书》之阙云。

第三十一回

入荆州驱除异党
夺长安翦灭后秦

却说秦主姚兴嗣位后，曾立昭仪张氏为后，长子泓为太子，余子懿弼洸宣谌愔璞质逵裕国儿等，皆封公爵。弼受封广平公，素性阴狡，潜谋夺嫡，外面却装作孝谨，深得父宠，出为雍州刺史，权镇安定。降臣姜纪，曾叛凉归秦，依弼麾下，劝弼结兴左右，自求入朝。弼如言施行，果得兴诏，征为尚书侍中大将军，得参朝政。嗣是引纳朝士，勾结党羽，势倾东宫，为国人所侧目。左将军姚文宗，与东宫常相往来，很是亲昵。弼因之加忌，诬称文宗怨望，嘱使侍御史廉桃生为证人。兴不察虚实，竟将文宗赐死，群臣益复畏弼，不敢多言。*溺爱不明，适足致乱。*弼令私人尹冲为给事黄门郎，唐盛为治书侍御史，伺察机密，监制朝廷。右仆射梁喜，侍中任谦，京兆尹尹昭，不忍坐视，乘间白兴道："家庭父子，人所难言，但君臣恩义，与父子相同，臣等理不容默，故敢直陈。广平公弼势倾朝野，意在夺嫡，陛下反假他威权，任所欲为，时论皆言陛下有废立意，果有此事，臣等宁死不敢奉诏。"兴愕然道："哪有此事？"喜等复道："陛下既无此事，爱弼反致祸弼，应亟加裁制，方免他忧。"兴默然不答，喜等只好趋退。大司农窦温，司徒左长史王弼，为弼说情，劝兴改立弼为太子。兴虽然不允，亦未尝驳责，益令朝右生疑，但不过腹诽心议罢了。

未几，兴遇重疾，太子泓入侍，弼谋作乱，潜集党羽数千人，披甲为备，拟俟兴死后，杀泓自立。兴子裕侦悉弼谋，遣使四出，飞告诸兄。于是上庸公懿，治兵蒲坂，陈留公阊治兵洛阳，平原公谌治兵雍州，俱欲入赴长安，会师讨弼。尚幸兴病渐愈，弼谋不得遂。征虏将军刘羌，乘兴升殿，泣告前情。兴慨然道："朕过庭无训，使诸子不睦，负惭四海，今愿卿等各陈所见，俾安社稷。"京兆尹尹昭复请诛弼，右仆射梁喜，亦如昭议，唯兴始终不忍，但免弼尚书令，使以将军公就第。懿洸谌闻兴已瘳，各罢兵还镇。已而懿洸谌及长乐公宜，联翩入朝，使弟裕先入报兴，求陈时事。兴怫然道："汝等无非论弼得失，我已尽知，不烦进言了。"裕答道："弼果有过，陛下亦宜垂听，若懿等妄言，尽可加罪，奈何不令入见呢？"兴乃就谘议堂引见诸子。宣流涕极陈弼罪，兴徐嘱道："我自当处弼，何必汝等加忧？"宣始趋出。抚军东曹属姜虬疏请黜弼，兴将虬疏取示梁喜，喜复请早决，兴仍然不从，蹉跎过去，又越年余。

晋荆州刺史司马休之，据住江陵，雍州刺史鲁宗之，据住襄阳，与太尉刘裕相争，因驰书入关，乞发援兵。秦主兴遣将姚成王司马国璠等，率八千骑赴援，指日出发。究竟休之宗之，何故与裕失和？说来又是一番原因。休之出镇江陵，颇得民心，子文思过继谯王，留居建康，豪暴粗疏，为太尉裕所嫉视。有司希旨，阴伺文思过失，适文思捶杀小吏，正好据事纠弹。有诏诛文思党羽，本身贷死。裕将文思送给休之，令自训厉，意欲休之将子处死。休之但表废文思，并寄裕书，陈谢中寓讥讽意。裕因之不悦，特使江州刺史孟怀玉，兼督豫州六郡，监制休之。翌年，又收休之次子文质，从子文祖，并皆赐死，一面声讨休之，即加裕黄钺，领荆州刺史，起兵西行。裕令弟中军将军刘道怜监留府事，进刘穆之兼左仆射，佐助道怜，自己好放心前去。休之闻报，忙邀雍州刺史鲁宗之。及宗之子竟陵太守鲁轨，合拒裕军。裕使参军檀道济朱超石，率步骑出襄阳。江夏太守刘虔之，聚粮以待，偏被鲁轨暗袭虔之，把他击死。裕婿徐逵之，与别将蒯恩沈渊子等，出江夏口，又堕入鲁轨的埋伏计。逵之沈渊子阵亡，唯蒯恩得免。

裕连接败报，不由的怒气勃勃，麾军渡江，亲决胜负。休之也恐不能敌裕，因向后秦乞援。秦虽遣将为助，究因道途相隔，未能遽至。回应上文。休之子司马文思，与宗之子鲁轨，合兵四万，夹江扼守，列阵峭岸，高约数丈。裕舟近岸，将士见了峭壁，不敢上登。裕披甲出船，自欲跃上，诸将苦谏不从。主簿谢晦，把裕掖住，气得裕嫚目扬须，拔剑指晦道："我当斩汝！"晦答道："天下可无晦，不可无公。"有何用处？不过留他篡晋呢。将军胡藩，忙趋出裕前，用刀头挖穿岸上，可容足趾，便蹑迹登岸。将士亦陆续随上，向前力战。文思与轨，稍稍却退。转瞬间，裕亦上岸，麾军大进，顿将文思等击退，直指江陵。休之宗之，闻裕军锐甚，无心固守，亦弃城北遁。唯轨退保石城，裕令阆中侯赵伦之，参军沈林子攻轨，另遣武陵内史王镇恶，领着舟师，追蹑休之宗之。休之在途中收集败军，拟援石城，不意石城已被攻破。轨独狼狈奔来，乃相偕奔往襄阳。襄阳参军李应之，闭门不纳，休之等只好奔往后秦。行至南阳，正遇秦将姚成王等前来，彼此谈及，知荆雍已被裕军夺去，不如同入长安，再作后图，乃相引入关去了。

休之有亲属司马道赐，为青冀二州刺史刘敬宣参军，密拟起应休之，与裨将王猛子等合谋，竟将敬宣刺毙。敬宣府吏，当即召众戡乱，捕斩道赐猛子，青冀二州，仍然平定。裕饬诸军还营，奏凯入朝。廷旨加裕太傅扬州牧，剑履上殿，入朝不趋，赞拜不名。裕表辞太傅州牧，其余受命。是年，又命裕都督二十二州军事。越年，再任裕为中外大都督。裕闻后秦乱起，骨肉相残，已有亡征，乃说他援纳叛党，决计西讨；当下敕令戒严，准备启行。

自从秦主兴收纳休之，命为镇军将军，领扬州刺史，使他侵扰荆襄，且欲调兵接应。无如诸子相争，国内不安，天灾地变，复随时告警，忽而大旱，忽而水竭，忽而白虹贯日，忽而荧惑出东井，童谣讹言，哗传不息。兴亦未免怀忧，乃不遑出师。再越一年，已是秦主兴的末年了。正月元旦，兴御太极前殿，朝会群臣，礼毕退朝，群臣忽闻有哭泣声，仔细一查，乃是沙门贺僧。贺僧能言未来吉凶，为兴所敬礼，所以宴会时尝得列席。此次退朝哭泣，大众不免疑问，他且默然自去。尽在不言中。兴哪里知晓，北与拓跋魏和亲，特遣女西平公主，嫁与拓跋嗣为夫人，南使鲁宗之父子，寇晋襄阳。宗之道死，由鲁轨引兵独行，为晋雍州刺史赵伦之击退。兴自出华阴，调兵南下，不意旧疾复发，没奈何趋还长安。太子泓留守西宫意欲出迎，宫臣进谏道："主上有疾，奸臣在侧，殿下今出，进不得见主上，退且有不测奇祸，不如勿迎。"泓蹙然道："臣子闻君父疾笃，尚可不急往迎谒么？"宫臣答道："保身保国，方为大孝，怎可徒拘小节呢？"泓乃不敢出郊，但在黄龙门下，迎兴入宫。时黄门侍郎尹冲，果欲因泓出迎，刺泓立弑，偏偏计不得遂，只好罢议。

尚书姚沙弥，为冲画策，拟迎兴入弼第。冲因兴生死未卜，欲随兴入宫作乱，故不用沙弥言。兴既入宫，命太子泓录尚书事，且召入东平公姚绍，使与右卫将军胡翼度，典兵禁中，防制内外。且遣殿中上将军敛曼嵬，往收弼第中甲仗，纳诸武库。未几，兴疾益剧，有妹南安长公主，入内问疾，兴不能答，于是阁宫仓皇，群谓兴死在目前。兴少子耕儿，出告兄南阳公愔道："主上已崩，请速决计！"愔闻言即出，号召党羽尹冲姚武伯等，率甲士攻端门。敛曼嵬勒兵拒战，胡翼度率禁兵闭守四门，愔等不得突入，索性在端门外面，放起火来，那时宫内臣妾，见外面火光烛天，当然骇噪。秦主兴耳目尚聪，力疾起问，才得乱报，便令侍臣扶掖出殿，传旨收弼，立即赐死。*何若先事预防，或可免此惨剧。*禁兵见兴出临，无不喜跃，争往击愔。愔败奔骊山。*愔党建康公吕隆即后凉亡国主。*奔雍，尹冲及弟泓奔晋，秦宫少定。兴已弥留，亟召姚绍、姚赞、梁喜、尹昭、敛曼嵬等，并入内寝，受遗诏辅政，越日兴殂。泓秘不发丧，便遣将捕诛南阳公愔及吕隆等人，然后发丧。追谥兴为文桓皇帝，总计兴在位二十二年，寿终五十一岁。

泓乃嗣位，改元永和。北地太守毛雍，起兵叛泓，泓命东平公绍往讨，将雍擒斩。长乐公宣，未知雍败，遣将姚佛生等，入卫长安。佛生既行，宣参军韦宗好乱，劝宣乘势自立，宣竟为所误，也即发难。再由东平公绍移军往击，大破宣兵。宣诣绍归罪，为绍所杀。既而西秦王炽磐，仇池公杨盛，夏主勃勃，先后交侵，秦土日蹙。再经晋刘裕引着大军，得步进步，姚氏宗祚，从此要灭亡了。

刘裕既兴兵讨秦，加领征西将军，兼司豫二州刺史。世子义符为中军将军，留监府事。左仆射刘穆之，领监军中军二府军司，入居东府，总摄内外。司马徐羡之为副，左将军朱龄石守卫殿省，徐州刺史刘怀慎守卫京师。部署既定，然后西讨军出都，分作数路。龙骧将军王镇恶，冠军将军檀道济，自淮泗向许洛，新野太守朱超石，宁朔将军胡藩趋阳城，振武将军沈田子，建威将军傅弘之入武关，建武将军沈林子，彭城内史刘遵考，率水军出石门，自汴达河，又命冀州刺史王仲德为征虏将军，督领前锋，开钜野入河。刘穆之语镇恶道："刘公委卿伐秦，卿宜努力！"镇恶道："我若不克关中，誓不复渡江。"当下各路出发，陆续西进。裕亦徐出彭城，连接前军捷报。王镇恶收服漆丘，檀道济降项城，拔新蔡，下许昌，沈林子克仓垣，王仲德亦入滑台，好算是势如破竹，先声夺人了。

唯滑台系是魏地，守将尉建，骤见晋军到来，不明虚实，便即遁去。魏主拓跋嗣闻报，即遣部将叔孙建公孙表等，引兵渡河。途遇尉建返奔，就将他缚住，押往滑台城下，一刀斩首，投尸河中。随即问城上晋兵，责他何故入犯？仲德使司马竺和之答语道："刘太尉遣王征虏将军，自河入洛，清扫山陵，并未敢侵掠魏境，不过魏将弃城自去，王征虏暂借空城，休息兵士，缓日即当西去，便将原城奉还。"不假道而入城，究属牵强。叔孙建不便启衅，使人飞报魏主。魏主嗣又令建致书刘裕，裕婉词答复道："洛阳系我朝旧都，山陵具在，今为西羌所掠，几至陵寝成墟，且我朝叛犯，均由羌人收纳，使为我患，我朝因此西讨，假道贵国，想贵国好恶从同，定无违言。滑台一军，便当令彼西引，断不久留。"这一席话，答将过去，魏人倒也无词可驳，只好按兵待着，俟仲德他去，收复滑台。

那晋将檀道济，进拔秦阳荥阳二城，直抵成皋。秦征南将军姚洸，屯戍洛阳，急向关中乞援。秦主泓遣武卫将军姚益男，越骑校尉阎生，合兵万三千人，往救洛阳。又令并州牧姚懿，南屯陕津，作为声援。姚益男等尚未到洛，晋军已降服成皋，进攻柏谷。秦宁朔将军赵玄，劝洸据险固守，静待援师，怎知司马姚禹，已暗通晋军，但请洸发兵出战。洸即令赵玄，领兵千余，出堵柏谷坞，广武将军石无讳，出守巩城。玄临行时，泣语洸道："玄受三帝重恩，理当效死。但公误信奸人，必贻后悔。"说毕，即与司马骞鉴，驰往柏谷，正值晋军攻入，便与交锋。晋军越来越多，玄兵只有千余，又无后继，如何拦截得住？玄拼命冲入，身中十余创，力不能支，据地大呼。司马骞鉴，抱玄泣下。玄凄声道："我死此地，君宜速去。"鉴泣答道："将军不济，鉴将何往？"遂相偕战死。不愧为姚氏忠臣。无讳至石阙奔还，姚禹逾城降晋。晋军直逼洛阳，四面围攻。姚洸待援不至，只好出降。檀道济俘得秦兵四千余名，或劝他悉加诛戮，封作京观。道济道："伐罪吊民，正在今日，怎得多杀哩？"是极。因皆释缚遣归，入城安民，秦人大悦。

姚益男等闻洛阳失陷，不敢再进，折回关中。刘裕使冠军将军毛修之往镇洛阳，再饬道济等前进。适西秦王炽磐，遣使诣裕，愿击秦自效。裕即表封炽磐为平西将军河南公，自引水军发彭城，接应前军。秦主泓方惶急得很，不防并州牧姚懿，到了陕津，误听司马孙畅计议，意图篡立，反倒戈还攻长安。秦主急遣东平公姚绍等，引兵击懿。懿败被擒，孙畅伏诛。接连是征北将军齐公姚恢，复自称大都督，托言入清君侧，自北雍州还趋长安，再由姚绍移军攻恢，恢方败死。**懿为泓弟，恢为泓叔，不思共救国危，反相继谋逆，真是姚氏气数。**姚绍得进封鲁公，升官太宰，都督中外诸军事，率同武卫将军姚鸾等，拥兵五万，东援潼关。别遣副将姚驴守蒲坂。晋将王镇恶入渑池，进薄潼关，檀道济沈林子，自陕北渡河，进攻蒲坂。蒲坂城坚难下，林子谓不若会同镇恶，合攻潼关。道济依议，便与林子回军，共至潼关下寨。姚绍开关搦战，被道济等纵兵奋击，丧亡千人，不得已退保定城，据险固守，再令姚鸾出击晋军粮道，偏为晋将沈林子所料，夤夜袭鸾，把鸾击毙。绍又使东平公姚赞，截晋水军，亦被沈林子击败，奔回定城。

秦主泓连接败报，仓皇失措，只好向魏乞援。晋刘裕溯河西上，亦使人向魏借道。魏主拓跋嗣集众会议，多说秦魏方通婚媾，理应拒晋援秦。**秦女西平公主为魏夫人事，见上文。**独博士祭酒崔浩，谓："秦已垂亡，往救无益，不如假裕水道，听他西上，然后发兵堵塞东路。裕若胜秦，必感我惠，否则我亦有救秦的美名，这乃是一举两得的上计。"拓跋嗣不能无疑，再经宫内的拓跋夫人，劝嗣拒晋，嗣乃遣司徒长孙嵩等屯兵河北，遏住裕军。裕引军入河，魏兵随裕西行。裕遣亲兵队长丁旿，率勇士七百人，坚车百乘，登岸列阵。再命朱超石领着弓弩手二千，登车环射魏兵，且射且进。再用大锤短槊，左右猛击，连毙魏兵无数。魏兵大溃，魏将阿薄干阵亡，裕军遂安然向西去了。

魏主嗣始悔不听崔浩，再与浩商议军情，欲截裕军归路。浩答道："裕能得秦，不能守秦，将来关中终为我有，何必目前劳兵？臣尝私论近世将相，王猛佐秦，乃是苻坚的管仲，慕容恪辅燕，乃是慕容晖的霍光，刘裕相晋，乃是司马德宗的曹操，彼欲立功震世，篡代晋室，岂肯长留关中么？"**料事如神。**嗣乃大喜，不再出兵。晋将王镇恶，久驻潼关，粮食将尽，意欲弃去辎重，还赴大军。沈林子拔剑击案道："今许洛已定，关右将半，前锋为全军耳目，奈何自沮锐气，功败垂成呢？"镇恶乃白至弘农，晓谕百姓，劝送义租，百姓应命输粮，军食复振。林子复击破河北秦军，斩秦将姚洽姚墨蠡唐小方。姚绍愧愤成疾，呕血而亡。秦兵失了姚绍，越加惊心，无心战守。晋将沈田子傅弘之等，领着偏师千余骑，袭破武关，进屯青泥。秦主泓率众数万，前来抵御，弘之欲退，田子独慷慨誓众，鼓噪奋进。姚泓素未经大战，蓦见晋军各执短刀，冒死冲来，好似虎狼一般，不由得惊心动魄，急忙返奔，余众当然披靡，

王景畧畫像

北海王猛少貧賤以鬻畚為業極溫入關猛被褐
詣當世之務捫蝨而言旁若無人溫曰江東無卿比
故苻堅王泰偡相之兵強國富號渓告堅曰吳越乃
正朝相承顧勿以晉為圖

乱世贤相王猛

统皆溃散，所有乘舆麾盖，抛弃殆尽。沈林子恐田子有失，亟往驰救，见秦主已经败去，便相偕追入，再加刘裕到了潼关，令王镇恶自河入渭，亟捣长安。裕军继进，斩姚强，走姚难，直达渭桥。姚丕扼守渭桥，由镇恶舍舟登岸，身先士卒，大破丕军。姚泓引兵援丕，反被丕败卒还冲，自相践踏，不战即溃。泓匹马奔还，镇恶追入平朔门，长安已破，急得泓不知所为，挈妻子奔往石桥。姚赞还救姚泓，众皆散去，胡翼度走降晋军。泓无法可施，只得输款乞降。后秦自姚苌僭号，共历三世，凡三十二年而亡。小子有诗叹道：

> 霸踞关中卅二年，如何豆釜竟相煎！
> 内忧外侮侵寻日，莫怪姚宗不再延。

姚泓出降，独有一幼子涕泣谏阻，坠城殉国。欲知详情，下文还有一回，请看官仔细看明。

司马休之，晋宗室之强者也。刘裕既杀刘毅与诸葛长民，宁能再容休之？其所由使镇荆州者，亦一调虎离山之秘计耳。文思有罪，废之可也，乃必送交休之，令其处死，是明知休之之不忍杀子，可声罪以讨之。休之不能敌裕，卒致兵败西走，而鲁宗之父子，亦随与同行，裕之驱除异己，从此垂尽矣。后秦主姚兴父子，其恶皆不若姚苌，兴得幸免，泓竟速亡，祸实由苌贻之。内有诸子之相争，外有强邻之相逼，虽曰人事，亦由天道。如姚苌之狡鸷，犹得传祚三世，不可谓非幸事。姚泓以仁孝闻，卒致失国陨身，乃知凶人之必归无后也。

第三十二回

招寇乱秦关再失
迫禅位晋祚永终

却说姚泓幼子佛念，年才十二，他料乃父出降，未足自全，因涕泣语泓道："陛下今虽降晋，亦必不免，还不如自裁为是。"泓怃然不应。佛念竟自登宫墙，跃坠下地，脑破身亡。*倒是一个国殇*。泓率妻子及群臣诣镇恶营前乞降，镇恶命属吏收管，待刘裕入城处置，一面出示抚慰，严申军令，阖城粗安。既而闻裕到来，出迎灞上，裕面加慰劳道："成我霸业，卿为首功。"镇恶再拜道："威出明公，力出诸将，镇恶何功足录呢？"裕笑道："卿亦欲学汉冯异么？"说着，即偕镇恶入城，收秦仪器法物，送往建康，外如金帛珍宝，分赏将士。秦平原公姚璞，及并州刺史尹昭，以蒲坂降。东平公姚赞，亦率宗族百余人投降。裕尽令处斩，且解送姚泓入都，枭首市曹，年才三十。司马休之父子及鲁轨，已见机先遁，逃入北魏，裕无法追捕，只好罢休。

晋廷遣琅琊王德文，暨司空王恢之，并至洛阳，修谒五陵。裕欲表请迁洛，谘议将军王仲德，谓："劳师日久，士卒思归，迁都事未可骤行。"裕乃罢议，唯暗嘱行营长史王弘，入朝讽请，加九锡礼。有诏进裕为相国，总掌百揆，封十郡为宋公，兼加九锡。裕反佯辞不受。*请之而复辞之，全是狡诈*。寻又封裕为王，裕仍表辞。时夏主勃勃雄踞朔方，就黑水南面筑一大城，作为夏都，自谓将统一天下，君临万邦，故名都城为统万城。又言祖宗误从母姓，实属不合，特改刘氏为赫连氏，取徽赫连天的意思。远族以铁伐为氏，谓刚锐如铁，并足伐人。无非杜撰。嗣是屡寇秦边，掠民突境。至闻刘裕伐秦，因笑语群臣道："姚泓本非裕敌，且兄弟内叛，怎能拒人？眼见是要灭亡了。但裕不能久留，必将南归，但使子弟及诸将居守，我正好进取关中呢。"遂秣马厉兵，进据安定。秦岭北郡县镇戍，皆降勃勃。

裕得此消息，亦知勃勃必进图关中，乃遣使贻勃勃书，约为兄弟。勃勃使侍郎皇甫徽，预草答书，一诵即熟，乃对着裕使，口授舍人，令他书就，即交裕使赍归。裕问悉情形，并展读复书，不禁愧叹，自谓勿如，也被勃勃所绐么？因欲经略西北，为弭患计。偏由建康递到急报，乃是左仆射刘穆之，得病身亡。裕恃穆之为腹心，府事统归他主裁，忽然病死，顿令裕内顾怀忧，当即决意东归，留次子义真为安西将军，都督雍梁秦州军事，镇守关中。义真年仅十三，特使谘议将军王修为长史，王镇恶为司马，沈田子毛德祖傅弘之为参军从事，留辅义真，自率诸军启行。既知勃勃为患，乃使幼子守秦，裕亦有此失策，令人不解！三秦父老，各诣军门泣阻道："残民不沾王化，已阅百年，今复得睹汉仪，人人相贺，长安十陵，是公祖墓，咸阳宫阙，是公旧宅，去此将何往呢？"裕祖乃汉高帝弟交，曾见前文，故秦民所言如此。裕只以受命朝廷，不得擅留为辞。且言："有次子义真及诸文武共守此土，可保无虞。"吾谁欺？欺天乎？秦民只好退去。王镇恶恃功贪恣，盗取库财，不可胜记。又与沈田子等不和，田子屡次白裕，谓："镇恶贪婪不法，且家住关中，不可保信。"裕终不问。至裕启程时，又与傅弘之同申前议。裕答道："猛兽不如群狐，卿等十余人，难道怕一王镇恶么？"此语益错。语毕即行，自洛入河，开汴渠以归。

夏主勃勃，闻裕已东归，便召王买德问计，欲夺关中。买德道："关中为形胜地。裕乃令幼子居守，匆匆东返，无非欲急去篡晋，不暇顾及中原，一语窥破。我若不再取关中，尚待何时？青泥上洛，是南北险要，可先遣游军截住，再发兵东塞潼关，断他水陆要道，然后传檄三辅，兼施威德，区区义真，如网罟中物，自然手到擒来了。"勃勃大喜，遂命子赫连瑰率兵二万，南向长安。前将军赫连昌，往屯潼关，使买德为抚军长史，出据青泥，自率大军继进。瑰至渭阳，秦民多降。关中守将沈田子傅弘之等，督兵出御，因闻夏兵势盛，不敢前进，但退守刘回堡，遣使还报刘义真。王镇恶语王修道："刘公以十岁儿付我侪，理当竭力匡辅，今大敌当前，拥兵不进，试问虏何时得平？"说着，即遣还来使，自率部曲往援。田子得使人返报，益恨镇恶，随即造出一种讹言，谓："镇恶将自王关中，送归义真，杀尽南人。"军士闻言，当然惊惶。及镇恶到来，由田子邀入傅弘之营，诈称有密计相商，请屏左右。镇恶贸然径入，突被田子宗党沈敬仁，一刀刺死，复矫称："刘太尉密令，谓镇恶系前秦王猛孙，反复难恃，所以加诛"云云。弘之本未与田子同谋，骤遭此变，急忙奔还长安，告知王修。修拥义真披甲登城，潜令军士埋伏城外，等到田子返报，即发伏拿下田子，责他擅杀大将，斩首徇众。当下命冠军将军毛修之，代为司马，与傅弘之同出拒战，连破夏兵，夏兵乃退。

王修遣人报知刘裕，裕表赠镇恶为左将军青州刺史，别遣彭城内史刘遵考为并州刺史，领河东太守，出镇蒲坂。征荆州刺史刘道怜为徐兖二州刺史，调徐州刺史刘义隆出镇荆州。义隆系裕第三子，年尚幼弱，辅以刘彦之、张邵、王昙首、王华等人，四方重镇，统用刘氏子弟扼守，刘裕心术，不问可知了。已而相国宋公的荣封，及九锡殊礼，联翩下诏，裕居然受封。正要将篡立事下手进行，偏得关中警耗，乃是长安大乱，夏兵四逼，非但秦地难守，连爱子义真都命在须臾。裕不禁着忙，急遣辅国将军蒯恩，率兵西往，召还义真，再派右司马朱龄石为雍州刺史，代镇关中。龄石临行，裕与语道："卿到长安，速与义真轻装出关，待至关外，方可徐行，若关右必不可守，即与义真俱归便了。"*既知爱子，何必令守关中？* 龄石领命而去。裕又遣龄石弟超石，宣慰河洛，随后继进，才稍稍放下忧心。

哪知关中变乱，统是义真一人酿成。*所谓成事不足，败事有余。* 义真年少好狎，赏赐无节，王修每加裁抑，为众小所嫉视，遂日进谗言，诬修谋反。义真不明曲直，便使嬖人刘乞等，刺杀王修，于是人情疑骇，无复固志。义真悉召外兵入卫，闭门拒守，这消息传入夏境，赫连勃勃，即发兵南下，占据关中郡县，复自率亲军入踞咸阳，截断长安樵汲，长安大震。义真自然向裕乞援，到了蒯恩入关，促义真即日东归。偏义真左右，志在子女玉帛，一时未肯动身；及龄石踵至，再三敦促，义真乃出发长安。部下趁势大掠，满载妇女珍宝，方轨徐行，傅弘之蒯恩随着，一日只行十里。忽闻夏世子赫连璝，轻骑追来，弘之急白义真，劝他弃了辎重，赶紧出关。义真还不肯从。俄而夏兵大至，尘雾蔽天，弘之即令义真先行，自与蒯恩断后，且战且走。夏兵不肯舍去，尽管追蹑，累得傅蒴两人，力战了好几日，杀得人困马乏，才到青泥。不料夏长史王买德，引兵截住，傅弘之蒴恩，虽然死斗，究竟敌不住夏兵，结果是同被擒去。司马毛修之，也为买德所擒，单逃出一个义真。**还是死的干净。**义真见左右尽亡，避匿草中，幸遇中兵参军段宏，窃负而逃，又当夜色迷蒙，无人能辨，才得脱归。

夏主勃勃入攻长安，长安只有朱龄石居守，百姓不服龄石，把他撵逐。龄石焚去前朝宫殿，奔往潼关。弟超石奉令西行，亦入关探兄，兄弟方才相会，同入戍将王敬垒中。偏夏将赫连昌，引众来攻，先截水道，后扑戍垒，垒中兵渴不能战，竟被陷入。龄石使超石速去，超石泣道："人谁不死？宁忍今日别兄，自寻生路呢？"遂与敬等出斗，力竭负伤，统为所擒。勃勃遂入长安，据有关中。龄石兄弟，及王敬傅弘之等，并皆不屈，均遭杀害。勃勃且积人头为京观，号为髑髅台，然后命在灞上筑坛，自称皇帝，改元昌武。寻复还居统万城，留世子赫连瑰为雍州牧，镇守关中，号为南台，这且搁下不提。

且说刘裕闻长安失守，未知义真存亡，顿时怒不可遏，即欲兴兵北伐。侍中谢晦等固谏，尚未肯从，嗣得段宏启闻，知已救出义真，乃不复发兵，但登城北望，慨然流涕罢了。是岁为晋义熙十四年，**即安帝二十二年。**西凉公李歆，遣使至建康，报称父丧，且告嗣位。歆父就是李暠，自与北凉脱离关系，据有秦凉二州郡县，初称凉公，嗣称秦凉二州牧。**应八十六回。**改年建初，由敦煌迁都酒泉，一再奉表建康，词极恭顺。就是境内自治，亦注重文教，志在息民。唯北凉主沮渠蒙逊，屡往侵扰。暠每出防堵，互有胜负。在位十九年，年已六十七岁，得疾而亡。临殁时，遗命长史宋繇道："我死后，我子与卿相同，望卿善为训导，勿负我心。"繇当然受命，嗣奉暠子歆为西凉公，领凉州牧，改元嘉兴，追谥暠为武昭王，尊暠继妻尹氏为太后。暠元配辛氏，贞顺有仪，中年去世，暠尝亲为作诔，并撰悼亡诗数十首。续配尹氏，本是扶风人马元正妻，元正早卒，尹乃改嫁，自恨再醮失节，三年不言，抚前妻子，恩过所生；及暠创业时，多所赞助，故当时有李尹王敦煌的谣传。**尹氏排入《晋书·列女传》，故文不从略。**歆既嗣位，进宋繇为武卫将军，录三府事。繇劝歆仍事晋室，尹太后语亦从同，所以歆遣使报晋。晋授歆为镇西大将军，封酒泉公。北凉王蒙逊，闻歆得邀封，也遣使向晋称藩。有诏授蒙逊为凉州刺史，唯此时颁发诏旨，已为琅琊王德文所出，那晋安帝已被刘裕弑死了。

　　裕年逾六十，急欲篡晋，自娱晚年，尝查阅谶文云："昌明后尚有二帝。"昌明即晋孝武帝表字，见前文。乃决拟弑主应谶，密嘱中书侍郎王韶之，贿通安帝左右，乘间弑帝。安帝原是傀儡，一切辅导，全仗弟琅琊王德文。德文自往洛阳谒陵后，便即还都，仍然日侍帝侧，不敢少离。韶之等无隙可乘，如何下手？会德文有疾，不得不回第调养。韶之趁势入宫，指挥内侍，竟用散衣作结，套住安帝颈中，生生勒毙。阅至此，令人发指。年止三十七岁，在位二十二年。韶之既已得手，便去报知刘裕，裕因托称安帝暴崩，且诈传遗诏，奉琅琊王德文嗣位，是为恭帝。越年正朔，改元元熙，立妃褚氏为皇后。后系义兴太守褚爽女，颇有贤名。可惜已成末代。恭帝因先兄未葬，一切典仪，概从节省。过了元宵，方将梓宫奉葬，追谥为安皇帝，一面加封百官，进刘裕为宋王。裕老实受封，移镇寿阳。嗣复讽令朝臣，再加殊礼，得用天子服驾，出警入跸，进母萧氏为王后，世子义符为太子。

　　好容易过了一年，裕在寿阳宴集群僚，伪言将奉还爵位，归老京师。僚属莫名其妙，只有一中书令傅亮，悉心揣摩，居然窥透裕意，到了席散出厅，复叩扉请见道："臣暂应还都。"裕掀髯一笑，并无他言。贼心相照。亮便即辞去，仰见天空中现出长星，光芒四射，不禁抚髀长叹道："我尝不信天文，今始知天道有凭了。"越宿，即驰赴都中。未几，即有诏命传出，征裕入辅。裕留四子义康镇寿阳，参军刘湛为辅，自率亲军匆匆启行。到了建康，傅亮已安排妥当，迫帝禅位，自具诏草，进呈恭帝，令他照稿誊录。恭帝顾语左右道："桓玄时晋已失国，亏得刘公恢复，又复重延，到今将二十年。今日禅位，也是甘心。"说着，即强作欢颜，操笔书就，付与傅亮；眼中想已包含无数泪珠。复取出玺绶，交给光禄大夫谢澹，尚书刘宣范，赍送宋王刘裕；自挈皇后褚氏等，凄然出宫去了。当时，司马氏中，稍有才望的人物，或逐或死，已经垂尽，只司马楚之有万余人，屯据长社，司马文荣引乞活千余人，屯据金墉城南，乞活见前。司马道恭自东坦率三千人，屯据城西，司马顺明集五千人屯陵云台，彼此统是晋室遗胄，志在规复，但没有一定统领，好似散沙一般，如何成事？结果是被各处戍将，驱逐出境，同奔北魏去了。强弩之末，势不能穿鲁缟。宋王刘裕得了禅诏，表面上还三揖三让，佯作谦恭，那一班攀鳞附翼的臣僚，连番劝进，遂在南郊筑坛，祭告天地，即皇帝位，国号宋，颁诏大赦，改晋元熙二年为宋永初元年。废晋恭帝为零陵王,晋后褚氏为零陵王妃,徙居故秣陵县城。使冠军将军刘遵考率兵管束,东晋遂亡。更可恨的是狠心辣手的刘裕,暗想废主尚存,终是祸根,不如一律铲除,好免后患。自晋元熙二年六月受禅,到九月中,竟用毒酒一罂,命鸩零陵王司马德文,起初是遣琅琊郎中令张伟往鸩,伟竟取来自饮,毒发即亡。尚是一个晋氏忠臣,故特表出。后竟令兵士逾垣,再鸩德文。德文不肯饮鸩,竟被兵士用被掩死。可怜德文在位才及年余,便遭惨毙,年终三十六岁。宋主裕佯为举哀,辍朝三日,追谥曰恭。总计东晋自元帝至恭帝,共十一主,得一百零四年,若与西晋并合计算,共十五主,得一百五十六年。

　　至若刘宋开国,一切事实,具详《南北史演义》中,此书名为《两晋演义》,便应就此收场。唯东晋亡时,西凉亦亡。西凉主李歆,好兴土木,又尚严刑,累得人民不安,变异迭出。歆尚不知做,从事中郎张显,切谏不从。北凉主蒙逊,乘隙图歆,佯引兵攻西秦,暗中却屯川岩,专待歆军,果然歆为彼所诱,拟乘虚往袭北凉。武卫将军宋繇等,苦口谏阻,终不见听,再经尹太后危词劝戒,仍然不从;遂将步骑三万人东行。中途被蒙逊邀击,一败涂地。或劝歆还保酒泉,歆慨然道:"我违母训,自取败辱,不杀此胡,有何面目再见我母呢?"当下收拾残兵,再战再败,竟为所杀。蒙逊遂进据酒泉,灭掉西凉。西凉自李暠独立,一传而亡,凡二主,共二十二年。只西凉母后尹氏,见了蒙逊,蒙逊却好言劝慰,尹氏正色道:"李氏为胡所灭,尚复何言?"蒙逊默然,仍令退去。或语尹氏道:"母子命悬人手,奈何倨傲若此?"尹氏道:"兴灭死生,乃是定数,但我一妇人,不能死国,难道尚怕加斧钺,求为他人臣妾么?若果杀我,我愿毕了。"蒙逊闻言,反加敬礼,娶尹氏女为子妇。后来尹氏自往伊吾,与诸孙同居,竟得寿终。特叙西凉之亡,全为尹氏一人。唯北燕沮渠蒙逊,传子牧犍,为魏所灭,西秦乞伏炽磐,传子慕末,为夏所灭。夏历二传,赫连冒赫连定。北凉只一传,冯跋弟弘。先后入魏。就是仇池杨氏,亦被魏吞并,这都属刘宋时事,详载《南北史演义》,请看官另行取阅便了。交代清楚。不过五胡十六国的兴亡,却有略表数行,录述如下:

　　(一)汉刘渊。前赵刘曜。 匈奴汉历三主,分为二赵,前赵刘曜,为后赵所灭。

　　(二)北凉沮渠蒙逊。 同上凡二主,为北魏所灭。

（三）夏赫连勃勃。 同上凡三主，为北魏所灭。

（四）前燕慕容皝。 鲜卑凡三主，为前秦所灭。

（五）后燕慕容垂。 同上凡五主，为北燕所篡。

（六）南燕慕容德。 同上凡二主，为晋所灭。

（七）西秦乞伏国仁。 同上凡四主，为夏所灭。

（八）南凉秃发乌孤。 同上凡三主，为西秦所灭。

（九）后赵石勒。 羯凡七主，为冉闵所篡，闵复为前燕所灭。

（十）成汉李雄。 氐凡三主，雄弟寿，改国号汉，寿子势为晋所灭。

（十一）前秦苻洪。 同上凡七主，为后秦所灭。

（十二）后凉吕光。 同上凡四主，为后秦所灭。

（十三）后秦姚苌。 同上凡二主，为晋所灭。

（十四）前凉张重华。 汉族凡五主，为前秦所灭。

（十五）西凉李暠。 同上凡二主，为北凉所灭。

（十六）北燕冯跋。 同上凡二主，为北魏所灭。

小子叙述既毕，尚有煞尾诗二首，作为本编的余声，看官毋遽掩卷，且再阅后面两行。诗云：

> 百年遗祚竟沦亡，大好江东让宋王；
> 我篡他人人篡我，祖宗作法子孙偿。
> 彝夏如何溃大防，五胡迭入竟猖狂；
> 可怜中土无宁宇，话到沧桑也黯伤。

刘裕既得关中，乃令次子义真居守，彼岂不知义真尚幼，无守土才，况王沈诸将，嫌隙已萌，即无赫连勃勃之窥伺，亦未必常能保全。其所由遽尔东归者，篡晋之心已急，利令智昏，不暇为关中妥计耳。至裕一归而秦地即乱，诸将多死，唯义真幸得脱归，失于彼必偿于此，而裕之篡晋益急矣。弑安帝复弑恭帝，何其残忍至此！意者其亦司马氏篡魏之果报欤？然司马昭弑高贵乡公，其子炎犹不杀陈留王，故尚能传祚至百余年；裕以一身弑两主，欲子孙之得长世，难矣！本回叙东晋之亡，简而不略，诛刘裕之心也。详见《南北史演义》中末段复将五胡十六国始末，作一总结，以便收束全书，阅者得此，则回忆前文，更自了然，而作者之苦心，益可见矣。